I0544542

DIE RETTUNG VON HARLEY

Die Rettung von Harley (Die Delta Force Heroes, Buch Drei)

SUSAN STOKER

Besuchen Sie Susan im Netz!
www.stokeraces.com
facebook.com/authorsusanstoker
twitter.com/Susan_Stoker
bookbub.com/authors/susan-stoker
instagram.com/authorsusanstoker
Email: Susan@StokerAces.com

WIDMUNG

Für David.

KAPITEL EINS

»Du hast wohl den Verstand verloren.«

»Ich finde es großartig.«

Harley Kelso starrte ihre Geschwister ungläubig an. Es überraschte sie nicht, dass ihr Bruder nicht viel von ihrem neuesten Plan hielt, jedoch umso mehr, dass *Montesa* diejenige war, die dachte, dies wäre keine gute Idee. Sie war in der Regel übereifrig, Harley bei jeder verrückten Sache, die sie vorhatte, zu unterstützen. Ihr Bruder Davidson war dagegen fast immer überfürsorglich und hatte die seltenen Verehrer, die sich zum Haus vorgewagt hatten, als sie jünger war, immer abgeschreckt und lehnte generell alles ab, was auch nur annähernd wild war.

Beide Geschwister waren älter als sie, doch schon seit sie ein kleines Mädchen gewesen war, hatte Davidson den klassischen älteren Bruder für sie und Montesa gespielt. Er hatte einmal eine Bande Jungs angegriffen, die Montesa belästigt hatte, und war dabei ziemlich verprügelt worden. Doch sein Ablenkungsmanöver hatte funktioniert und sie hatte die Gelegenheit nutzen können, um wegzulaufen.

Harley hätte alles für ihren Bruder und ihre Schwester getan, doch *dies* musste sie tun, egal was sie davon hielten.

»Ich weiß, dass es nicht gerade das sicherste Unterfangen ist, aber irgendetwas stimmt mit meiner Grafik nicht und der beste Weg herauszufinden, wo der Fehler liegt, besteht darin, es selbst zu erleben.«

»Blödsinn«, konterte Montesa sofort und fing an, an ihren Fingern herum zu zupfen, während sie sprach. »Erstens könntest du den ganzen Tag YouTube Videos anschauen und aus erster Hand erfahren, was da alles passiert. Zweitens könntest du mit einem Fernglas zum Flughafen fahren und beobachten, wie es vor sich geht. Drittens –«

»Nein«, unterbrach Harley ihre Schwester, da sie wusste, dass sie den ganzen Tag weiterreden würde, wenn sie nicht gestoppt würde. »Das ist nicht so, wie wenn man es selbst erlebt.«

»Wo willst du das denn machen?«, fragte Davidson.

Sie war froh, dass ihr Bruder vernünftig war, und Harley erzählte ihm eifrig, was sie in Erfahrung gebracht hatte. »Bei einem professionellen Club für Fallschirmspringer in Waco. Der Besitzer hat schon Millionen von Sprüngen hinter sich. Er war beim Militär, ich erinnere mich nicht mehr, in welcher Einheit, aber seine ganzen Auszeichnungen sind auf der Webseite zu finden. Ich habe mir das Online-Video angeschaut und viel darüber gelesen. Es ist nicht so, dass ich alleine springe, ich mache einen Tandemsprung. Ich werde an einem Profi festgeschnallt. Die ganze Sache dauert nur zwanzig Minuten und die Hälfte der Zeit ist bereits vorbei, sobald wir auf der richtigen Höhe angelangt sind.«

Montesa seufzte. »Du willst das wirklich tun, nicht wahr?«

»Ja.« Harley wusste, dass sie viel selbstsicherer klang, als sie in Wirklichkeit war. Doch wenn sie auch nur ein Quäntchen Angst zeigte, würde ihre Schwester sich darauf stürzen und sie schließlich dazu überreden, ihr Vorhaben aufzugeben. »Ich muss es tun. Ich arbeite an der Grafik für das neueste Spiel von *This is War*. Aber jedes Mal, wenn ich die Männer codiere, die mit den Fallschirmen aus dem Flugzeug springen, sieht es komisch aus. Irgendwie ruckartig.«

»Und du glaubst, dass es dir helfen wird, besser zu programmieren, wenn du es selbst erlebst?«

Der skeptische Unterton in der Stimme ihrer Schwester war kaum zu überhören.

»Nun, ja. Schau, auch wenn wir mal eine Sekunde lang annehmen, dass ich verrückt bin und keine Ahnung habe, wovon ich rede, wird es trotzdem ein tolles Erlebnis werden. Ich habe das Sicherheitsprotokoll des Clubs gelesen, es ist makellos. Es ist noch nie jemand gestorben. Es wurde noch nie jemand verletzt. Die Ausbilder, die im Club arbeiten, haben schon unzählige Sprünge gemacht. Es ist ja nicht so, als würde ich zum Flughafen fahren und irgendjemanden auf der Straße fragen, ob er mit mir zusammen aus einem Flugzeug springt.«

Montesa seufzte und schaute zur Decke hoch, als ob sie hoffte, dass dort oben eine Antwort geschrieben stand. »Ich habe keine Ahnung, wie es sein kann, dass wir miteinander verwandt sind.«

Harley lächelte ihre Schwester an. »Ich auch nicht. Wir sehen uns überhaupt nicht ähnlich und wir sind grundverschieden.«

»Ich spreche nicht vom Aussehen, und das weißt du«, knurrte Montesa, löste den Blick von der Decke, schaute Harley wieder an und seufzte dramatisch. »Vereinbare einen Termin mit John und sorg dafür, dass dein Testament auf dem neuesten Stand ist.«

Harley rollte mit den Augen. »Himmel, ich muss mein Testament nicht aktualisieren, du Spinnerin. Ihr beiden bekommt sowieso schon alles, was ich besitze, wenn ich abkratze. Und ich werde bestimmt nicht in dein Büro gehen und mich mit deinem Partner treffen, nur damit ihr beide mich weiter ausfragen und mir die Sache ausreden könnt. Vergiss es.«

Harley mochte den Anwaltspartner ihrer Schwester. Er war etwa fünfzehn Jahre älter als sie und hatte Montesa direkt nach dem Jurastudium angeheuert, gleich nachdem sie in die Anwaltskammer aufgenommen worden war. Er hatte eine kleine Anwaltskanzlei, doch er hatte offensichtlich etwas in Montesa gesehen, das ihm gefiel. Sie arbeiteten seit etwa zehn Jahren zusammen. Harley vermutete, dass die beiden mehr als nur Geschäftspartner waren, doch sie würde sich auf keinen Fall in das Liebesleben ihrer Schwester einmischen. Denn sobald sie das täte, würde Montesa sie für *ihr* nicht existierendes Liebesleben kritisieren. Nein danke.

»Soll ich dich hinbringen?«, fragte Davidson.

Harley schüttelte den Kopf und war froh darüber, dass sie schon alles arrangiert hatte. »Geht nicht, Brüderlein. Es ist am nächsten Mittwoch und du hast nächste Woche diese Konferenz.«

»Mist, Harl, warum muss es unter der Woche sein? Verschieb es bis zum Wochenende, bis dann bin ich zurück und kann mit dir hinfahren.«

»Nein. Der Termin ist schon gebucht und die Kaution bezahlt.«

»Wie viel kostet es?«, wollte Montesa wissen.

Manchmal kam es ihr vor, als würde sie sich ein Tennisspiel anschauen, wenn sie mit ihren Geschwistern sprach, doch Harley hatte sich daran gewöhnt.

»Nur zweihundertfünfzig Dollar.«

»Um Himmels willen, das ist ja der reinste Wucher.«

»Nein, ist es nicht. Hör auf damit, Davidson«, rief Harley. »Überleg mal. Das Flugzeug, der Treibstoff, die Fallschirme, die Erfahrung der Ausbilder ... eigentlich ist es sogar ziemlich billig.«

»Verdammt. Ich hasse es, wenn du recht hast, aber ich wäre trotzdem lieber mit dabei«, murrte er und sah alles andere als glücklich aus.

»Soll ich eine Videoaufzeichnung machen? Das kostet fünfzig Dollar extra. Eigentlich wollte ich das nicht, aber ...«

»Ja.«

»Nein.«

Montesa und Davidson antworteten gleichzeitig.

»Ich habe keine Lust zuzusehen, wie meine kleine Schwester zerplatzt oder sich vollsabbert, bevor sie auf dem Boden aufprallt«, sagte Montesa bestimmt.

»Wenn ich mir das vorstelle, muss ich zustimmen. Tut mir leid, Davidson, kein Video. Mein Sabbern muss nicht überall im Internet zu sehen sein, denn ich weiß genau, was du tätest, würdest du das Video in die Hände bekommen.«

Davidson lächelte sie an, wurde dann aber ernst. »Ich glaube, es wird dir guttun. Du gehst nicht oft aus und vielleicht lernst du dort jemanden kennen.«

Harley stand von der Couch auf und trug ihren Teller in die Küche. Sie weigerte sich, auf die Anspielung ihres Bruders zu reagieren. Sie wusste genau, was sie war. Sie war ein Computerfreak. Eine Langweilerin. Sie trug eine Brille und zog bequeme Kleidung vor. Sie hatte noch nie in ihrem Leben Make-up aufgelegt, sehr zu Montesas Missbilligung. Es passte einfach nicht zu ihr. Von Kindesbeinen an war sie von Computern und Videospielen fasziniert gewesen und hatte die meiste Zeit ihrer Highschool-Jahre vor dem Fernseher verbracht und mit Leuten, die sie noch nie getroffen hatte, Videospiele gespielt.

Ihre Vorliebe für Videospiele hatte zu einem Informatikstudium an einem College vor Ort geführt. Danach war sie nach Kalifornien gezogen, um ihr Studium zu beenden, und hatte dann ihr Diplom in Informatik gemacht, mit Spezialisierung auf Spielentwicklung.

Es war ihr schwergefallen, von zu Hause wegzuziehen, doch sowohl Montesa als auch Davidson hatten sie rückhaltlos unterstützt. Nach jahrelanger harter Arbeit und einem Praktikum bei Activision wurde ihr eine Festanstellung angeboten. Das Beste daran war, dass sie aus der Ferne arbeiten konnte, und so war sie sofort wieder nach Temple in Texas zurückgezogen, um in der Nähe ihrer Familie zu sein.

Sie hatte ihren Geschwistern immer nahegestanden, schon bevor ihre Eltern gestorben waren. Vielleicht lag es an ihren Namen und der Tatsache, dass sie deswegen oft gehänselt worden waren, oder daran, dass sie fast gleich alt waren, vielleicht hatte es auch genetische Gründe; die drei Geschwister hatten jedenfalls immer zusammengehalten. Davidson war zwei Jahre älter als Montesa, die wiederum zwei Jahre älter als Harley war. Beide erinnerten sie stets daran, dass sie für immer das Baby bleiben würde, egal wie alt sie war. Harley behauptete immer, dass sie mit vierunddreißig kaum mehr ein Baby war, doch insgeheim machte es ihr nichts aus, dass ihre Geschwister sich in ihr Leben einmischten. Die Alternative war zu deprimierend, um darüber nachzudenken.

Honey und Jim hatten immer hart gearbeitet, waren jedoch eher unkonventionelle Eltern gewesen. Sie waren eingefleischte Biker gewesen, deshalb hatten sie ihren Kindern entsprechende Namen gegeben. Harley dachte, dass es nicht normal war, seine Kinder nach Motorrädern zu benennen, aber was wusste sie schon? Ihre Mutter hatte immer gelächelt und war jederzeit bereit gewesen, alles stehen und liegen zu lassen, um einer Freundin oder einem ihrer Kinder zu helfen, wenn Not am Mann war. Sie war rund und gesund gewesen und hatte sich nie dafür gerechtfertigt, dass sie aß und trank, was sie wollte. Jim war ein großer Mann gewesen, stark wie ein Bär. Er hatte einen kleinen Bierbauch gehabt, doch genauso wie seine Frau hatte ihn das nie gestört. Er hatte sein Haar lang getragen und einen vollen, buschigen, braunen Bart gehabt. Er hatte oft gesagt, dass es ihm gefiel, den Wind im Haar zu spüren, wenn er auf seinem Motorrad unterwegs war.

Die beiden hatten sich Anfang zwanzig heftig ineinander verliebt, nachdem sie sich bei einem Motorradtreffen kennengelernt hatten. Sie hatten genau sechs Monate später geheiratet, ohne sich darum zu kümmern, was die Gesellschaft von ihnen erwartete. Der Biker-Lebensstil gefiel ihnen und sie hatten sich nie dafür entschuldigt. Sie waren keine strengen Eltern gewesen, hatten jedoch darauf bestanden, dass sich ihre Kinder respektvoll verhielten. Sie hatten ihre Kinder ermutigt, ihren Herzen zu folgen und zu tun, was sie wollten.

Sie waren auf ihrer jährlichen Pilgerreise nach Sturgis in South Dakota gewesen, als ein Mann in einem großen Pritschenwagen sie im toten Winkel nicht gesehen hatte und beim Fahrbahnwechsel direkt in sie hineingefahren war. Jim hatte versucht, seine Frau zu beschützen, doch sein Motorrad kollidierte mit Honeys und die beiden stürzten den Hang des Bergs hinunter, den sie hochgefahren waren. Keiner von beiden hatte eine Chance gehabt.

Es war ein schlimme Zeit in Harleys Leben gewesen, doch tief im Inneren war sie froh darüber, dass ihre Eltern zusammen gestorben waren. Sie und ihre Geschwister wussten, dass keiner der beiden in der Lage gewesen wäre, ohne den anderen weiterzuleben. Sie war damals siebzehn Jahre alt gewesen und da Montesa noch zu Hause lebte, hatte ihre Schwester das alleinige Sorgerecht für sie bekommen, bis sie achtzehn wurde.

Als Harley klein war, hatte sie oft ihren Namen ändern wollen, doch nach dem Unfall begann sie, ihn zu mögen. Er war eine Verbindung zu ihren Eltern. Es spielte keine Rolle, dass er etwas seltsam war. Prominente gaben ihren Kindern heutzutage Namen, die noch viel seltsamer waren.

»Ich rufe dich an, wenn ich von der Konferenz zurück bin, dann können wir zusammen zu Mittag essen und du kannst mir erzählen, wie es war«, schlug Davidson vor, der Harley mit durchdringendem Blick ansah.

»Klingt gut«, sagte sie sofort. Er und Montesa waren ihre engsten Freunde, natürlich würde sie ihnen nach dem Sprung erzählen, wie es gewesen war.

Ihr Bruder und ihre Schwester hatten ihre Teller zur Spüle gebracht und machten sich bereit zu gehen. Es war ihr wöchentliches Ritual, an einem Abend zusammen zu essen, und sie wechselten sich als Gastgeber ab. Diese Woche war sie an der Reihe gewesen und hatte wie üblich das Essen bestellt. Heute war Pizza-Abend gewesen. Montesa und Davidson beklagten sich zwar darüber, doch Harley wusste, dass sie insgeheim das Junkfood mochten, das sie bestellt hatte.

»Ruf mich an, sobald du zu Hause bist«, sagte Montesa, als sie ihre Schwester umarmte. »Ich weiß, dass dir tausend Dinge im Kopf herumschwirren werden und du herausfinden willst, wie du dein Erlebnis in Code übertragen kannst, aber ich werde mir so lange Sorgen um dich machen, bis ich von dir höre.«

»Werde ich machen. Versprochen. Fahrt langsam, ihr beiden.«

»Hab dich lieb«, sagte Davidson, als er sie umarmte.

Harley stellte sich auf die Zehenspitzen und legte ihrem Bruder die Arme auf die Schultern. Sie war fast einen Meter achtzig groß, doch Davidson war noch fast fünfzehn Zentimeter größer als sie. Montesa legte ihre Arme um die beiden und sie standen einen Moment lang so vor der Haustür. Sehr zu ihrem Missfallen hatte Montesa die Gene ihrer Mutter geerbt; sie war mit einem Meter siebzig die Kleinste der Familie und es fiel ihr schwer, ihr Gewicht zu kontrollieren.

»Okay, das reicht. Los, geht schon. Ich werde mich melden und euch auf dem Laufenden halten«, bestätigte Harley, während sie sich aus der Umarmung löste und ihre Geschwister in Richtung Tür schob.

»Wehe, wenn du das nicht tust«, schimpfte Montesa, während sie sich die Handtasche umhängte. Sie mochte zwar wie eine süße, etwas spießige Frau mittleren Alters aussehen, doch im Gerichtssaal war sie wie ein Wirbelwind und bekannt dafür, sich von niemandem etwas gefallen zu lassen. Sie hatte weit mehr Prozesse gewonnen als verloren. Es wurde gemunkelt, dass andere Anwälte ihre Mandanten dazu drängten, außergerichtliche Lösungen zu finden, wenn sie erfuhren, dass sie im Gerichtssaal gegen Montesa antreten mussten. Die Wahrscheinlichkeit, den Prozess zu gewinnen, nahm einfach dramatisch ab, sobald sie Montesa im Gerichtssaal gegenüberstanden.

Harley beobachtete, wie ihre Geschwister ihr noch einmal zuwinkten, während sie davonfuhren. Ihr Haus befand sich in einem Stadtteil von Temple, der vorwiegend die ältere Generation anzog. Genau so, wie sie es mochte. Sie sehnte sich nach Ruhe und musste sich in dieser

Gegend keine Sorgen um ihre Sicherheit machen. Gretel Owens war eine Witwe, die im Haus neben ihr wohnte. Sie war dreiundachtzig, verhielt sich jedoch so, als wäre sie dreißig Jahre jünger. Sie war in den Mann verknallt, der auf der anderen Seite neben Harley wohnte, Henry Barberfield. Henry war ein Vietnam-Veteran, der nie verheiratet gewesen war. Laut Gretel war er in jüngeren Jahren ein Frauenheld gewesen, doch das schien sie nicht abzuschrecken. Harley wusste nicht, wie alt Henry war, vermutlich aber ungefähr im selben Alter wie Gretel.

Es gefiel ihr, zwischen diesen beiden Achtzigjährigen zu leben. Sie war nicht besonders umgänglich und widmete sich lieber ihren Videospielen als anderen Menschen. Der Computer konnte ihr nicht wehtun. Sie hatte schon vor langer Zeit gelernt, sich von niemandem etwas gefallen zu lassen. Wen kümmerte es, dass sie ein Computerfreak war? Wen kümmerte es, dass sie introvertiert war? Schließlich stand nirgendwo geschrieben, dass jeder Mensch auf Erden extrovertiert und schön sein musste. Und Harley hätte wetten können, dass die meisten der Leute, die ihr mitleidige Blicke zuwarfen, wahrscheinlich Kinder hatten, die ihre Videospiele spielten. Das brachte ihr Geld ein und sie reagierte schon lange nicht mehr so empfindlich auf Blicke und Kommentare von Fremden.

Harley machte die Tür zu und ging zurück in ihr Büro. Sie hatte eine Menge Fragen über das Fallschirmspringen und wollte wissen, wie genau es funktionierte. Sie hatte nur ein paar Tage, um sich auf ihr Abenteuer vorzubereiten. Obwohl sie ihren Bruder und ihre Schwester dazu überredet hatte, ihr Vorhaben zu akzeptieren, war sie tief im Inneren nicht mehr sicher, ob sie es *tatsächlich* tun sollte. Activision hatte erst kürzlich ein paar neue Entwickler angeheuert und sie wollte nicht auf der Strecke bleiben. Sie musste etwas tun, um ihren Chef zu beeindrucken, und die Truppe im neuesten *War* Spiel Fallschirmspringen zu lassen war genau das Richtige. Sie wollte, dass es visuell beeindruckend war und dass der Spieler sich so fühlte, als würde er tatsächlich mit dem Fallschirm auf dem Schlachtfeld landen.

Es war eine großartige Idee – sie musste nur den Mut aufbringen, es durchzuziehen.

KAPITEL ZWEI

Harley war viel weniger nervös, als sie angenommen hatte, als es endlich Mittwoch war. Wie empfohlen trug sie locker sitzende Kleidung, eigentlich genau dieselbe, die sie normalerweise trug, deshalb war die Auswahl einfach gewesen. Jeans, ein langärmliges T-Shirt mit dem *This is War*-Logo und Turnschuhe. Harley versuchte, so zu tun, als würde sie jeden Tag aus einem Flugzeug springen, und stapfte viel selbstbewusster in den Waco Skydiving Club, als sie tatsächlich war.

Obwohl sie nicht wusste, was sie erwartet hatte, war Harley trotzdem überrascht, nur eine Person im Club anzutreffen, die aussah, als würde sie dort arbeiten. Sechs andere Leute, die offensichtlich alle miteinander befreundet waren, saßen an einem Tisch im hinteren Bereich. Ihre Knie wurden weich.

Harley wollte auf keinen Fall, dass sie diese Erfahrung mit einer Gruppe von Leuten machen musste, die einander kannten und mochten. Sie fühlte sich im Alltag schon oft genug wie ein Außenseiter.

»Hey, du bist bestimmt Harley. Willkommen! Komm zu

uns herüber, damit wir uns kennenlernen können, bevor wir mit dem rechtlichen Kram beginnen.«

Der Mann, der das gesagt hatte, hatte einen Ziegenbart und einen kleinen Bierbauch. Sein Haar war blond und etwas zerzaust. Seine Jeans sah ausgewaschen, aber bequem aus und er trug ein T-Shirt mit der Aufschrift »Waco Skydiving Club«. Er erinnerte sie sehr an ihren Vater, was ihr half, sich etwas zu entspannen. Es war, als wäre er bei ihr und schaute auf sie hinunter.

»Danke, Dad«, flüsterte sie und atmete tief durch.

Sie näherte sich der Gruppe, doch als sie sah, wie alle lachten und miteinander redeten, brachte das ihr sowieso schon schwaches Selbstvertrauen noch mehr ins Wanken und sie spielte erneut mit dem Gedanken, das Ganze sein zu lassen. Doch der Mann, der ihrem Vater ähnlich sah, ließ sie gar nicht zu Wort kommen.

Er wandte sich an die Gruppe und sagte: »Ich bin Tommy und habe diesen Club vor etwa acht Jahren gegründet. Es gibt eine Menge aktive und pensionierte Soldaten in dieser Gegend, die, wie ihr wisst, nach einer Freizeitbeschäftigung suchen. Wir befolgen die Regeln und Vorschriften der US Parachute Association und behalten das Wetter genau im Auge. Wenn es auch nur das geringste Anzeichen dafür gibt, dass es sich ändern könnte, springen wir nicht. Sicherheit hat bei uns oberste Priorität. Jetzt, wo wir das geklärt haben, würde ich vorschlagen, dass sich alle der Reihe nach vorstellen und erzählen, warum sie heute hier sind.«

Harley fühlte sich, als wäre sie wieder in der vierten Klasse. Sie war die Neue in der Schule gewesen und hatte sich vor die Klasse stellen und ihren Namen sagen müssen und welches ihr Lieblingsfach war. Wissenschaft war offenbar nicht die richtige Antwort gewesen, denn von diesem Tag an war sie gehänselt und ausgelacht worden, nicht nur wegen ihres seltsamen Namens, sondern weil sie sich für Wissenschaft interessierte.

»Ich fange an«, sagte ein gut aussehender Mann mit einer tiefen Stimme. »Ich bin Joe und das ist mein fünfter Sprung. Ich habe vor ein paar Jahren den ersten gemacht und seitdem bin ich süchtig.« Er nickte der Frau zu, die neben ihm saß.

»Oh, okay, ich bin Sarah. Dies ist mein vierter Sprung. Joe hat mich dazu überredet, nach seinem ersten Mal mit ihm zu springen. Ich habe es getan, obwohl ich gezögert habe. Und jetzt reibt er mir dauernd unter die Nase, dass er einmal mehr als ich gesprungen ist.«

Alle grinsten das schöne Paar an. Harley stöhnte innerlich. Großartig. Jetzt würde sie nicht nur mit einer Gruppe von Freunden zusammen springen müssen, sondern hätte wetten können, dass sie auch der einzige Neuling war.

Ihre Vorahnung wurde bestätigt, als die anderen in der Gruppe ebenfalls bekannten, dass sie vorher schon gesprungen waren. Als sie endlich an der Reihe war, hielt sie sich kurz und wollte es so schnell wie möglich hinter sich bringen.

»Ich bin Harley. Dies ist mein erstes Mal. Schön, euch alle kennenzulernen.« Nur weil sie kein Gruppenmensch war, hieß das noch lange nicht, dass sie die Regeln nicht kannte. Sei höflich. Lächle. Zeig Interesse.

»Hey, Harley, toller Name. Dann bist du also die einzige Jungfrau hier, gut zu wissen«, kommentierte Tommy. Seine Worte hallten quer durch den Raum.

Harley errötete leicht und biss sich auf die Lippe. Sie wusste, dass der Mann von der Tatsache sprach, dass sie die Einzige war, die noch nie aus einem Flugzeug gesprungen war. Doch es fühlte sich plötzlich so an, als wüsste er, dass die einzige sexuelle Begegnung, die sie am College gehabt hatte, peinlich ausgegangen war. Harley nahm an, dass sie technisch gesehen noch Jungfrau war, obwohl der Kerl seine Finger in sie geschoben und ihr Jungfernhäutchen durchbrochen hatte. Sie hatte vor Schmerzen die Knie hochgezogen und sie ihm in die Hoden gerammt. Es musste wohl kaum erwähnt werden, dass damit der Abend und die Pseudo-Beziehung, die sie gehabt hatten, beendet war.

Harley lachte einfach mit den anderen mit. Zum Glück ritt er nicht auf seinem kleinen Witz herum, sondern fuhr fort: »Okay, die meisten von euch wissen, wie es geht. Wir holen eure Ausweise und wiegen euch, damit wir euch einen geeigneten Tandem-Partner zuordnen können. Wir haben Snacks, Kaffee und Wasser, aber ich empfehle euch, nicht zu viel Flüssigkeit zu trinken. Sobald ihr festgeschnallt seid, könnt ihr mindestens eine Stunde lang nicht mehr zur Toilette gehen.«

Er schaute sich alle Gruppenmitglieder von oben bis unten an und nickte. »Sieht so aus, als wärt ihr alle zweckmäßig gekleidet, danke. Harley, da du eine Brille trägst, müssen wir eine Schutzbrille finden, die über deine Brille passt. Erinnere mich später daran, falls ich es vergesse, okay?«

Harley nickte und schämte sich dafür, dass sie die Einzige war, die eine Brille trug. Es war nichts, das ihr peinlich sein musste, doch sie konnte nichts dagegen tun. Sie hatte versucht, Kontaktlinsen zu tragen, aber stundenlang auf den Computer zu starren trocknete die Augen aus und sie hatte schreckliche Kopfschmerzen bekommen. Mit Brille war es einfacher.

»Sobald alle bereit sind, schauen wir uns ein paar Videos an. Das erste beschreibt den Prozess, den ihr durchlaufen werdet. Von der Art und Weise, wie die Fallschirme eingepackt sind, bis zum Anpassen der Gurte und dem, was ihr tun werdet, wenn es Zeit ist zu springen. Dann befassen wir uns mit den rechtlichen Aspekten und ihr müsst eine Verzichtserklärung unterschreiben. Dann zeigen wir euch ein weiteres Video über die Gefahren, die auftreten können, wenn man aus einem Flugzeug springt, nur damit ihr wisst, worauf ihr euch einlasst. Wenn ihr dann immer noch springen wollt, nehmen wir die Bezahlung entgegen und verteilen die Anzüge. Habt ihr irgendwelche Fragen?«

Harley hatte Tausende von Fragen, doch als sie in die Runde schaute und sah, dass die anderen in der Gruppe sich langweilten, biss sie sich auf die Zunge. Genau deshalb hatte sie nicht mit einer Gruppe von Leuten, die bereits Erfahrung hatten, springen wollen. Sie war total nervös und wollte so viele Informationen wie möglich bekommen. Doch anstatt sich auf andere Neulinge verlassen zu können, die Fragen stellten, war sie nun auf sich alleine gestellt.

Vorläufig hielt sie den Mund, folgte den anderen und setzte sich in der ersten Reihe auf einen Stuhl. Sie wollte den Fernseher gut sehen und hören können. Die anderen Paare begannen sofort, sich miteinander zu unterhalten, doch Harley richtete ihre volle Aufmerksamkeit auf den Bildschirm.

»Und? Was meinst du?«, fragte Tommy seinen Freund Beckett »Coach« Ralston, als sie im kleinen Büro des Waco Skydiving Clubs standen und die Gruppe von Zivilisten musterten, die in ein paar Stunden mit dem Fallschirm springen würden.

Coach zuckte mit den Schultern. »Sieht aus wie die Gruppe, die wir gestern hatten.« Aus einem perfekt funktionierenden Flugzeug zu springen war nicht gerade Coachs Vorstellung von Vergnügen, doch er hatte sich nach der Entführung der Freundin und Tochter seines Teamkollegen zwei Wochen Urlaub genommen. Emily und Annie ging es gut, doch Jacks, der rachsüchtige Ex-Soldat, der die ganzen Ereignisse arrangiert hatte, hatte nicht so viel Glück gehabt. Er hatte sich ein paar Tage im Krankenhaus erholen dürfen und war nun Gast des Bundesstaates Texas. Jacks würde in ein paar Wochen seine Gerichtsverhandlung haben und Coach hoffte, dass er danach einige Zeit hinter Gittern verbringen würde.

Coach und die anderen Mitglieder seines Delta Force-Teams hatten frei und Tommy steckte in der Klemme. Einer seiner Ausbilder hatte sich das Bein gebrochen. Er würde zwar bald Ersatz bekommen, der andere Mann würde jedoch einen weiteren Monat nicht arbeiten können. Da Coach viel Zeit und keine anderen Pläne hatte, hatte er zugestimmt, seinem Freund auszuhelfen.

Coach und Tommy hatten sich ein paar Jahre zuvor kennengelernt. Er hatte von einem neuen Einpackverfahren für Fallschirme gehört und wollte es ausprobieren. Er hatte Nachforschungen angestellt und herausgefunden, dass der Waco Skydiving Club einen ausgezeichneten Ruf genoss und das neue Verfahren bereits anwendete. Coach war hingefahren, hatte sich die Organisation angeschaut und sich vom ersten Tag an gut mit Tommy verstanden. Tommy war älter als er und etwas traditioneller, als Coach es gewohnt war, doch er war ein toller Kerl mit einem Herz aus Gold. Es stand außer Frage, dass Coach seiner Bitte, ihm zu helfen, nachkommen würde.

»Die drei Paare sind schon mehrmals gesprungen, diesmal ist nur eine Jungfrau dabei«, erklärte Tommy und deutete mit dem Kinn auf die große Frau, die in der ersten

Reihe saß und sich auf das Sicherheitsvideo konzentrierte. Sie war die Einzige, die sich das Video aufmerksam anschaute und den Blick auf den Bildschirm fixiert hatte. Sie bemühte sich offenbar, das Geschwätz der anderen hinter ihr auszublenden.

Coach schmunzelte. »Als ob ich das nicht selbst herausgefunden hätte.«

»Ja, irgendwie kaum zu übersehen.«

»Denkst du, dass sie es durchziehen wird?«, fragte Coach und wusste, dass Tommy ein gutes Auge dafür hatte, wer einen Rückzieher machen würde, wenn es darauf ankam.

»Oh ja. Das mag zwar alles neu für sie sein, doch die Entschlossenheit dringt ihr aus allen Poren.«

Coach verengte die Augen, musterte die Frau und fragte sich, was Tommy in ihr sah. Sie hatte nichts Besonderes an sich. Sie schien groß zu sein, aber schlank. Es war schwer zu sagen, da sie ein weites T-Shirt trug, doch ihre Beine sahen in den Jeans ellenlang aus und sie hatte keine Kurven. Ihr hellbraunes Haar fiel ihr locker über die Schultern. Im Moment biss sie sich auf die Lippe und wackelte mit einem Fuß, schaute nervös auf den Fernseher und schob die Brille, die ihr immer wieder von der Nase rutschte, nach oben.

»Sie wird mit dir springen«, sagte Tommy zu Coach. »Sie ist groß und kann nicht an einen der anderen geschnallt werden, ohne dass es unbequem wird.«

Coach wusste, dass der Mann recht hatte. Mit einem Meter fünfundneunzig war er ein paar Zentimeter größer als die anderen Ausbilder. Die Frau hätte auch mit jemand anderem springen können, doch es machte Sinn, dass sie mit ihm sprang, da sie die größte Frau in der Gruppe zu sein schien. Sie würde besser an seinen Körper passen, da sie von der Hüfte bis zur Brust aneinander geschnallt sein würden. Wenn er mit kleineren Frauen springen würde, würden ihre Füße nicht einmal den Boden berühren, sobald sie an ihn geschnürt wären.

Coach nickte seinem Freund zu. »Das dachte ich mir. Was weißt du über sie?«

Tommy zuckte mit den Schultern. »Eigentlich nichts. Sie hat in der Vorstellungsrunde nicht viel gesagt. Nur, dass sie noch nie gesprungen ist.«

Coach war immer fasziniert davon zu hören, was die Leute dazu brachte, einen Tandemsprung zu machen. Einige taten es, weil sie den Krebs besiegt hatten, andere, weil sie einen Adrenalinrausch wollten. Einige hatten zugestimmt, ihre Partner zu begleiten, und taten es, weil es ihnen so viel bedeutete. Aus irgendeinem Grund dachte Coach jedoch, dass keiner dieser Gründe zu der Frau passte, die voll und ganz in die Sicherheitsvorkehrungen vertieft war.

Er wandte sich an Tommy. »Ich hoffe, sie macht keinen Rückzieher. Es ist ein schöner Tag. Ich freue mich heute sogar darauf zu springen.«

Tommys Lachen erfüllte das kleine Büro. »Gut. Ich wusste, dass es dir gefallen würde, sobald du hier bist und ein paarmal gesprungen bist.«

Coach lächelte reuevoll. »Wir sehen nicht viel Angenehmes, wenn wir während unserer Arbeit springen.«

»Ich weiß, genau deshalb brauchst du das hier«, erwiderte Tommy sofort und ahnte offensichtlich, wie Coach seinen Lebensunterhalt verdiente, obwohl sie nie darüber gesprochen hatten.

Coach rollte mit den Augen. »Okay, ich gebe es zu. Es gefällt mir. Zufrieden?«

»Und wie.« Der ältere Mann schaute wieder durch die Glasscheibe. »Sieht so aus, als wären die Videos fast vorbei. Ich werde ihnen die Verzichtserklärung zur Unterschrift geben und mich um die Bezahlung kümmern, danach könnt ihr euch alle treffen. Bist du bereit?«

Coach nickte. »Bis gleich.«

Er beobachtete, wie Tommy mit großen Schritten aus dem Büro ging und sich neben den Fernseher stellte. Er machte sich bereit, das Video zu stoppen, sobald es zu Ende war. Coach wandte den Blick auf die Frau in der ersten Reihe. Er hatte im Laufe der Jahre viele Frauen gehabt. Jetzt, da er fünfunddreißig war, etwas weniger oft. Damals, als er der Armee beigetreten war, hatte er sich wie die meisten jungen Soldaten verhalten und jede Frau, die auch nur ansatzweise Interesse zeigte, mit nach Hause genommen.

Doch als er dann dem Team beigetreten war, war es ihm wichtiger gewesen, hart zu arbeiten, zu überleben und dafür zu sorgen, dass auch seine Teamkollegen unversehrt zurückkehrten. Wenn er von den Einsätzen nach Hause kam, wollte er sich entspannen und machte sich nicht mehr die Mühe, in einer Bar eine Frau aufzureißen, ganz zu schweigen davon, eine langfristige Beziehung aufzubauen. Die Zeiten, in denen er sich mit Frauen in Nachtlokalen verabredet hatte, waren schon lange vorbei. Es war Jahre her, seit er eine Beziehung gehabt hatte, und er konnte die Anzahl der sexuellen Begegnungen, die er seitdem gehabt hatte, an einer Hand abzählen.

Doch die Frau, die jede kleinste Information, die über den Bildschirm flackerte, aufzusaugen schien, hatte etwas an sich. Sie war nicht sein Typ. Er mochte kleinere Frauen, die er leicht beherrschen konnte. Er mochte das Gefühl, größer und stärker zu sein als die Frau, die er mit in sein Bett nahm. Er hatte gern das Sagen. Coach vermutete, dass das eine Nebenerscheinung davon war, dass er ein Delta Force-Soldat war. Er war kein Arschloch, weder im Bett noch sonst wo, doch er verbrachte so viel Zeit damit,

Befehle zu geben, und war so daran gewöhnt, dass diese befolgt wurden, dass das tief in seiner Psyche verwurzelt war.

Und er mochte Kurven. Viele davon. Er war ein Busenliebhaber und dafür bekannt, stundenlang die Brüste einer Frau anzubeten. Er hatte lieber natürliche Frauen; irgendwie stimmte etwas einfach nicht, wenn bei einer nackten Frau die Brüste nicht hingen. Er mochte es, wenn Frauen langes Haar hatten, welche Farbe spielte keine Rolle, und es gefiel ihm definitiv, wenn Frauen intelligent waren. Dummchen, die einfach nur mit einem Soldaten schlafen wollten, waren nichts für ihn.

Nachdem er beobachtet hatte, wie die Frau aufgestanden und Tommy durch den Raum gefolgt war, um die Verzichtserklärung zu unterschreiben, beschloss Coach, dass sie wirklich nicht sein Typ war.

Doch das hielt ihn nicht davon ab, einen Blick auf ihren Hintern zu werfen. Sie war groß, schlank und hatte perfekte Proportionen. Sie hatte lange Beine und breite Hüften, die aufreizend hin- und herschwangen, wenn sie ging, selbst wenn sie sich unbeobachtet fühlte. Coachs Augen weiteten sich, als sie beide Hände ins Kreuz legte und den Rücken durchstreckte, um nach dem langen Sitzen auf dem Metallstuhl ihre Muskeln zu dehnen.

Sie stand im Profil hinter den anderen Gruppenmitgliedern. Coach atmete tief durch. Während sie sich streckte, spannte sich ihr T-Shirt über ihre Brüste und er konnte erkennen, dass tatsächlich tolle Kurven unter dem übergroßen T-Shirt verborgen waren. Ihre Brüste waren eher klein, doch da sie so schlank war, hoben sie sich wie kleine Äpfel von ihrem Oberkörper ab.

Sie rieb mit den Händen ihre Oberarme, während sie ihren Blick auf Tommy gerichtet hielt, der erklärte, wie die

Ausrüstung funktionierte, die sie benutzen würden. Coach erinnerte sich, dass die Temperatur im äußeren Raum absichtlich heruntergekühlt wurde, um den Anstieg der Körpertemperatur auszugleichen, den die Kunden normalerweise spürten, wenn sie nervös wurden.

Coach konnte deutlich die Brustwarzen der Frau unter ihrem T-Shirt erkennen, sogar vom anderen Ende des Raumes aus. Gott. Verdammt. Ja, er war ein Busenliebhaber, doch Brustwarzen waren seine eigentliche Schwäche und es sah so aus, als hätte diese Frau welche, mit denen er nur zu gern gespielt hätte.

Dann drehte sie sich um und griff nach dem Stift, den Tommy ihr entgegenhielt. Coach schüttelte den Kopf. Herrgott. Er beäugte die Frau, als wäre sie eine Stripperin, die sich an einer Stange räkelte. Das war unhöflich, unprofessionell und ...

Coachs Gedanken wurden unterbrochen.

Sie hatte sich über einen Tisch im hinteren Bereich des Raumes gebeugt, um die Verzichtserklärung zu unterschreiben, und ihr Hintern war einfach perfekt.

Coach wirbelte herum und fuhr mit der Hand über sein kurzes Haar. Himmel, er musste sich beherrschen. Er wollte auf keinen Fall mit einem Ständer in der Hose zu ihr hinausgehen. Das würde für beide peinlich sein und da sie an ihm festgeschnallt werden musste, würde es äußerst offensichtlich und unangenehm für ihn sein.

Coach atmete tief durch und versuchte, an etwas zu denken, das das Blut in seinem Schwanz dazu bringen würde, sich wieder gleichmäßig in seinem Körper zu verteilen. Er dachte an die neue Tochter seines Teamkollegen, Annie. Blade, ein anderes Mitglied seines Teams, hatte ihm von der ersten Abseilstunde erzählt, die sie mit ihr verbracht hatten.

Fletch hatte sich geweigert, sie zu unterrichten. Sein Beschützerinstinkt der Erstklässlerin gegenüber war viel zu groß, deshalb hatte Blade sich freiwillig gemeldet. Er hatte berichtet, dass das kleine Mädchen absolut furchtlos gewesen war und vor Freude gequietscht hatte, als sie sich von der Trainingswand im Fitnessstudio des Stützpunkts weggestoßen hatte. Coach lächelte. Annie war eine wahre Freude und er hätte sich nicht mehr für Fletsch freuen können. Er und Emily waren ein perfektes Paar und ihre Tochter war einfach die Krönung des Ganzen.

Coach entspannte sich und spürte, wie seine Erektion abflaute; jetzt, wo er nicht mehr daran dachte, dass die geheimnisvolle Frau auf der anderen Seite des Raumes genau die richtige Größe hatte, damit er sich über sie beugen und sie von hinten –

Nein. Daran durfte er nicht denken. Einer der Nachteile bei kleineren Frauen war, dass es nicht viele bequeme Stellungen gab, in denen er sie nehmen konnte, jedenfalls nicht ohne viel Aufwand seinerseits. Coach hatte das vorher nichts ausgemacht, doch jetzt stellte er sich vor, wie viel einfacher es sein würde, sie von hinten zu nehmen oder sogar aufrecht in der Dusche zu stehen ... und das gefiel ihm. Vielleicht musste er einfach nur »seinen Typ« Frau überdenken.

Coach stöhnte und richtete seinen Schwanz in der Hose aus. Er wollte, dass er sich wieder beruhigte. Verdammt. Er hatte einen Auftrag zu erledigen und musste sich beherrschen.

Schließlich, als Coach spürte, dass er die Kontrolle wiedergewonnen hatte, ging er in Richtung Bürotür. Er musste einen klaren Kopf behalten. Er durfte sich nicht ablenken lassen, weil er vorhatte, aus einem Flugzeug zu springen und in Richtung Boden zu stürzen. *Vor allem* nicht, weil eine Frau an seiner Brust festgeschnallt sein würde. Es war eine Sache, wenn er dabei verletzt wurde, doch wenn jemand anderes dabei zu Schaden kam, eine Frau, die wahrscheinlich jemandes Schwester war – hoffentlich nicht auch jemandes Freundin oder Frau –, war das etwas ganz anderes.

Er öffnete die Tür und ging lächelnd auf die Gruppe zu. Showtime.

KAPITEL DREI

Harley hatte Zweifel an der ganzen Sache. Das Sicherheitsvideo hatte ihr Angst eingeflößt. Es gab so viele Dinge, die schiefgehen konnten, dass es nicht mehr lustig war. Das Flugzeug könnte abstürzen, der Fallschirm könnte sich nicht öffnen, der Reserveschirm könnte versagen ... schon nur zu denken, dass sie das überstehen würde, war verrückt. Das war nicht sie. Sie war Harley, das Mädchen, das den ganzen Tag auf ihrem Hintern saß.

Gerade als sie innerlich ausrasten wollte, tauchte ein Mann vor ihr auf. Sie kippte den Kopf nach hinten und schaute ihn an. Er war groß. Verdammt groß. Und er war heiß. Er trug ein blaues Hemd, was eigentlich seltsam war, wenn man bedachte, wo sie sich befanden, doch es stand ihm gut. Sie konnte nicht sehen, was für eine Hose er anhatte, denn er trug eine Art Overall, offensichtlich sein Anzug. Ein Sicherheitsgurt saß tief auf seinen Hüften und die Schnallen baumelten zwischen seinen Beinen umher.

»Hey, mein Name ist Beckett Ralston, aber meine Freunde nennen mich Coach. Ich werde heute dein Ausbilder sein. Hast du irgendwelche Fragen?«

Ob sie irgendwelche Fragen hatte? Äh, ja, nur ungefähr hundert.

»Hallo. Ich bin Harley.«

»Harley. Gefällt mir.«

»Ja, meine Eltern mochten Motorräder«, erklärte sie kurz und knapp, da ihre Gedanken in alle Richtungen schossen.

Er streckte ihr die Hand entgegen. »Schön, dich kennenzulernen.«

Harley schüttelte ihm die Hand.

»Ich finde es toll, dass du dich bereit erklärt hast, meine allererste Kundin zu sein.«

Harley schaute ihn fragend an. »Wie bitte?«

Er lachte und grinste, und seine Augen funkelten. »Entschuldige, das war ein Ausbilderwitz. Nur damit du beruhigt bist, ich kann mich nicht erinnern, wie oft ich schon gesprungen bin, aber es müssen Hunderte von Sprüngen gewesen sein. Entspann dich, Harley. Du bist in guten Händen. Ich werde nicht zulassen, dass dir etwas zustößt.«

»Na, dann ist ja alles in Ordnung.« Sie biss sich auf die Lippe.

Coach strich ihr kaum spürbar mit dem Daumen über den Handrücken, bevor er ihre Hand losließ. »Schieß los.«

»Was, schieß los?«, fragte Harley und versuchte, dem Drang zu widerstehen, ihre Hand an ihrer Jeans abzuwischen. Ihre Haut kribbelte überall dort, wo sie sich berührt hatten, doch das war unmöglich ... oder?

»Stell mir all die Fragen, die da hinter deinen schönen braunen Augen brennen.«

Harley schob sich zum tausendsten Mal die Brille auf die Nase und musterte einen Moment lang den Mann, der vor ihr stand. Coach war viel größer als sie, doch er versuchte nicht, sie mit seiner Größe einzuschüchtern. Er hatte kurzes dunkles Haar, das jedoch nicht geschoren war wie bei vielen Soldaten in der Gegend. Und er roch köstlich. Viele Männer begossen sich regelrecht mit Kölnisch Wasser, doch Coach benutzte genau die richtige Menge oder verwendete eine duftende Seife. Was auch immer es war, sie hätte am liebsten die Nase an seinen Hals gedrückt und seinen Duft eingeatmet.

Sie fragte sich, ob er griechisches Blut hatte, denn seine dunkle Haut und seine Gesichtszüge erinnerten sie an Männer aus dieser Gegend. Seine Nase war etwas zu groß, um als schön zu gelten, doch sein eckiger Kiefer und die hohen Wangenknochen, die vollen Lippen und der leichte Dreitagebart ließen ihn ... männlicher aussehen als die meisten Männer, denen sie täglich begegnete.

Er hielt respektvollen Abstand und verschränkte die Arme vor der Brust. Er hatte breite Schultern und sein Oberkörper wurde auf natürliche Weise zu den Hüften hin schmaler. Sie konnte unter dem blauen Hemd seine starken Muskeln erkennen, die mit jeder Bewegung den Stoff spannten. Harley begann sofort, in ihrem Kopf eine Figur zu entwerfen, die genauso aussah wie der Mann, der vor ihr stand. Er wäre ein ausgezeichneter Soldat für eines ihrer Spiele. Sie konnte sich vorstellen, dass er den Feind überwältigen und gleichzeitig das Mädchen vor den bösen Jungs retten würde.

Man konnte nicht übersehen, dass dieser Mann ... gefährlich war, doch er schien sich zu beherrschen. Als ob er sich in höflicher Gesellschaft absolut zu benehmen wusste, jedoch explodierte, sobald man ihn provozierte.

Harley lenkte sich von Coachs Aussehen ab und versuchte, sich wieder auf seine Bitte zu konzentrieren. Sie hatte Fragen, viele sogar. Coach wartete geduldig, bis sie alle Gedanken zu Ende gedacht hatte, und sie schätzte es, dass er sie nicht drängte. Den meisten Leuten war Stille unangenehm und sie stellten eine Frage nach der anderen oder versuchten zu erklären, warum sie gefragt hatten, doch offensichtlich war das bei diesem Kerl nicht der Fall. Er sah so aus, als würde er eine Ewigkeit warten, bis sie ihre Gedanken in Ordnung gebracht hatte.

Sie erinnerte sich an etwas und lächelte.

»Woran hast du gerade gedacht?«

Harley zuckte zusammen und hatte vergessen, dass er sie so aufmerksam beobachtete. »Oh, ähm, du erinnerst mich an einen Hund, den wir hatten, als ich ein Kind war.«

»Wirklich? Du musst mir von ihm erzählen. Ich glaube nicht, dass ich jemals mit einem Hund verglichen wurde, zumindest nicht in den ersten fünf Minuten, nachdem ich jemanden kennengelernt habe.«

Harley errötete, wandte den Blick von ihm ab und verfluchte innerlich ihre Gewohnheit, ohne nachzudenken unangemessene Dinge zu sagen. Sie erzählte ihm eine Kurzversion der Geschichte und versuchte, sie schnell hinter sich zu bringen. »Es ist nichts Schlimmes, es ist nur so, dass wir eine Hündin hatten, die so gutmütig war, dass sie nie jemandem hätte gefährlich werden können. Ich fühlte mich immer hundertprozentig wohl, wenn ich mit ihr in der Nähe von Kindern oder sogar Kleinkindern war. Sie ließ sich alles von ihnen gefallen, sie konnten sie sogar an den Ohren ziehen. Doch sobald ein anderer Hund sie anknurrte, war sie plötzlich wie ein umgedrehter Handschuh und hat die Zähne gefletscht und gekämpft, als wäre sie dafür geboren. Ich habe sie immer mit einem Kind verglichen, das seine Tasche fallen lässt und dann in der Rauferei auf dem Spielplatz aufs Ganze geht.« Harley zuckte verlegen mit den Schultern. »Das ist alles.«

Coach schmunzelte und schien zum Glück nicht im

Geringsten beleidigt zu sein. »Das ist eine ziemlich gute Beobachtung. Ich bin harmlos, Harley. Ich lege mich nicht mutwillig mit anderen Leuten an. Aber ich stehe auch nicht einfach da und lasse mir alles gefallen. Das gilt auch, wenn es um meine Freunde geht. Ich schätze, ich bin *tatsächlich* wie dein Hund. Wenn man mich provoziert, gebe ich alles und verteidige mich oder meine Frau gegen jeden, der es wagt, mich anzugreifen.«

Verdammter. Mist.

Harley nickte und wollte das Thema wechseln. Es war in ihrem Leben schon oft vorgekommen, dass sie sich göttliche Intervention gewünscht hatte, um sie aus einer unangenehmen Situation zu retten, und jetzt war es wieder so weit.

Sie schaute sich um und sah, wie die anderen Paare ihre Ausbilder begrüßten. Der Lärmpegel im Raum war mit jeder weiteren Person, die dazukam, angestiegen. Einige gingen in den hinteren Teil des Raumes, wo die Gurte auf dem Boden verteilt lagen. »Nun ... ich habe ein paar Fragen.«

»Schieß los, ich werde sie gern beantworten. Ich verspreche, ehrlich zu sein, und wenn ich die Antwort auf eine Frage nicht weiß, dann werde ich es dir sagen, anstatt etwas zu erfinden.«

Seine Antwort überraschte Harley, doch sie atmete erleichtert auf. Sie hasste es, wenn Leute vorgaben, alles zu wissen, wenn sie in Wirklichkeit keine Ahnung hatten.

»Komm, lass uns da rübergehen und einen passenden Gurt für dich aussuchen. Unterdessen kannst du mich alles fragen, was in deinem hübschen Köpfchen herumwirbelt.«

Sie ignorierte den Kommentar über ihr »hübsches Köpfchen« – es war offensichtlich, dass der Mann keine Probleme damit hatte, Frauen aufzureißen – und fing an, ihn mit Fragen zu bombardieren, während sie zu dem

Bereich mit den Gurten gingen. »Was passiert, wenn der Hauptschirm sich nicht öffnet? Öffnet sich der Reserveschirm automatisch? Verheddern sich die Leinen nicht? Was passiert, wenn es so stark weht, dass man den Schirm nicht mehr lenken kann? Wie *lenkt* man ihn überhaupt? Ist es wie beim Auto? Wenn man nach rechts lenkt, fliegt man nach rechts? Oder ist es genau umgekehrt? Aus welchem Material ist der Fallschirm gefertigt? Ist er stark genug, um unser beider Gewicht zu tragen? Wie viel Gewicht kann er tragen? Wir sind beide ziemlich groß, spielt das eine Rolle? Was ist, wenn ich kurz vor dem Start beschließe, dass ich doch nicht springen will? Wirst du mich dazu zwingen? Wie fühlt es sich an, wenn man fliegt? Ist es ruhig? Ist es laut? Ist es schwierig zu atmen? Was ist die maximale Höhe, aus der man aus einem Flugzeug springen kann? Wird das Lenken schwieriger, wenn man aus größerer Höhe springt?«

Harley holte Luft, um weitere Fragen zu stellen, doch Coach stoppte sie, indem er die Hände hochhielt, als würde er sich vor Schlägen schützen.

»Halt mal die Luft an, Frau! Du musst mir die Gelegenheit geben zu antworten, bevor du weitere Fragen stellst. Ich bin zwar gut, aber *so* gut bin ich nun auch wieder nicht.«

Harley errötete und schaute nach unten. Verdammt. Sie war so gespannt darauf gewesen, so viel wie möglich über den Prozess zu erfahren, dass sie einfach laut vor sich hingedacht hatte, ohne nachzudenken ... schon wieder.

Sie spürte, wie Coach ihr einen Finger unters Kinn schob und ihren Kopf anhob. »Das braucht dir nicht peinlich zu sein. Mir gefällt es, dass du dich so sehr dafür interessierst. Ich werde alle deine Fragen beantworten, aber stell mir einfach nur ein paar auf einmal, okay?«

Harley nickte. »Tut mir leid. Ich neige dazu, etwas

anstrengend zu sein, wenn ich an etwas interessiert bin. Sag mir einfach, wenn du genug von mir hast.«

»Ich glaube nicht, dass ich jemals genug von dir haben könnte, Harley.«

Coachs Worte klangen leise und gleichmäßig und Harley konnte nur verwirrt in seine haselnussbraunen Augen schauen. Flirtete er etwa mit ihr? *Mit ihr?* Mit Harley Kelso, dem Technik-Computerfreak? Das konnte nicht sein.

Sie wollte gerade etwas sagen, obwohl sie nicht wusste was, als eine Stimme von der anderen Seite der Reihe von Gurten, die ordentlich auf dem Boden lagen, erklang.

»Hey! Toll, dass die Bohnenstange einen Riesen hat, mit dem sie heute springen kann.«

Harley drehte sich um und sah Sarah, eine der Frauen, die sie zuvor kennengelernt hatte, die bei ihren Freunden stand und über ihren alles andere als witzigen Kommentar lachte.

Sie hatte es zwar scherzend gesagt, doch ihre Worte trafen sie trotzdem. Harley hatte sich ähnliche Dinge schon ihr ganzes Leben lang anhören müssen. Sie wusste, dass sie dünn war, und bemühte sich zuzunehmen. Doch an manchen Tagen vergaß sie ganz einfach zu essen, sobald sie sich in ihre Arbeit vertiefte. Außerdem hatte sie einen schnellen Stoffwechsel und es spielte keine Rolle, wie viel sie aß, sie nahm kein einziges Gramm zu.

Sie hatte jedoch schon vor langer Zeit gelernt, die gemeinen Bemerkungen einfach zu ignorieren. Die meiste Zeit störten sie sie nicht mehr und manchmal überlegte sie sogar, wie sie kontern könnte. Bevor sie jedoch überhaupt etwas sagen konnte, stellte Coach sich vor sie hin und stemmte die Fäuste in die Seiten, während er die andere Frau anstarrte.

»Das war extrem unhöflich von dir«, rief er und biss die

Zähne zusammen. »Es ist mir egal, wenn du mich beleidigst, aber ich werde nicht zulassen, dass du jemand anderen abschätzig behandelst. Harley könnte problemlos mit jedem der anderen Ausbilder springen, aber es ist am besten, Leute zu kombinieren, die eine ähnliche Körpergröße haben. Du hast also recht, es ist *tatsächlich* gut, dass ich heute hier bin, um mit ihr zu springen. Entschuldige dich bei ihr.«

Harley erstarrte an Ort und Stelle. Coachs Rücken war schnurgerade und er stand breitbeinig vor ihr, als wäre er bereit, einen Schlag abzuwehren. Sie konnte sehen, wie sich seine Schultern hoben und senkten, während er schnell und gleichmäßig atmete. Er schien wirklich an ihrer Stelle beleidigt zu sein. Sie konnte es fast nicht glauben. Genauso wenig wie sie glauben konnte, dass er mit ihr flirtete.

Harley legte vorsichtig eine Hand auf Coachs Schulter. Sie war ihm einerseits dankbar, andererseits wollte sie ihn beruhigen und sagte mit weicher Stimme: »Es ist okay, Coach. Es ist keine große Sache. Sie hatte nicht unrecht.«

Er ignorierte sie, verschränkte die Arme vor der Brust und wartete darauf, dass Sarah sich entschuldigte.

»E-e-es tut mir leid, es war keine böse Absicht dahinter. Ich wollte nur einen Witz machen.«

Coach sagte nichts dazu, nickte nur und drehte sich wieder zu ihr um, ohne sich weiter um Sarah zu kümmern. Harley beobachtete, wie er tief durchatmete und sich dazu zwang, seine Schultern zu entspannen.

»Wenn der Hauptschirm sich nicht öffnet, öffnet sich der Reserveschirm. Und bevor du fragst, der Reserveschirm wird genauso wie der Hauptschirm inspiziert, das ist gesetzlich vorgeschrieben. Außerdem hat der Waco Skydiving Club AAGs – automatische Aktivierungsgeräte – an allen Fallschirmen angebracht. Wenn sich der Hauptschirm aus irgendeinem Grund nicht öffnet und der Reserveschirm nicht vor einer voreingestellten Höhe gezogen wird, normalerweise etwa sechshundert Meter, dann öffnet das AAG den Reserveschirm automatisch auf mechanische Weise, ohne dass du oder ich etwas tun müssen.«

Harley nickte und war heilfroh, dass sie die peinliche Situation mit Sarah hinter sich gebracht hatten. Sie erlaubte Coach, ihr seine Hand ins Kreuz zu legen und sie zur letzten Reihe der Gurte zu führen.

»Was das Lenken betrifft, es ist ziemlich einfach. Die Leinen sind an der rechten und linken Hinterseite des Fallschirms befestigt. Um nach links zu fliegen, zieht man die linke Leine nach unten. Um nach rechts zu fliegen, tut man dasselbe auf der rechten Seite. Sobald wir im freien Fall sind, zeige ich dir, wo die Leinen sind, und wenn du willst, kannst du sogar eine Weile den Schirm lenken, damit du ein Gefühl dafür bekommst.« Coach kniete sich auf den Boden und fummelte an einem der Gurte herum, hörte jedoch nicht auf, die Fragen zu beantworten, die sie ihm vorher gestellt hatte.

»Der Fallschirm selbst ist aus einem Nylongewebe gefertigt und sehr stark. Er könnte viel mehr tragen als nur unser beider Gewicht. Im freien Fall zu sein ist aufregend. Ehrlich gesagt ist es am Anfang vermutlich etwas schwierig zu atmen, bis du dich daran gewöhnt hast – und es wird laut sein. Wir werden uns nicht unterhalten können, bis sich der Fallschirm geöffnet hat. Wir werden etwa zweihundertzehn Kilometer pro Stunde schnell fallen, wenn wir aus dem Flugzeug springen, doch sobald ich den Bremsfallschirm ziehe, der unsere Geschwindigkeit verlangsamt, fallen wir etwa hundertachtzig Kilometer pro Stunde. Wenn wir auf etwa sechzehnhundert Metern Höhe sind, löse ich den Fallschirm aus. Sobald ich meine Gurte und den Fallschirm ganz festgeschnallt habe, zeige ich dir, wo der Griff der Reiß-leine ist. Wenn wir nicht mehr im freien Fall sind, wirst du mich hören können und es fühlt sich an wie Schweben.«

Ihre Blicke trafen sich, als er mit einem Gurt in den Händen aufstand. »Habe ich etwas vergessen?«

Harley war beeindruckt. Nach der peinlichen Konfrontation mit Sarah wollte er, ohne einen Patzer zu machen, ihre Fragen beantworten. »Aus welcher Höhe werden wir springen und was ist die maximale Höhe, aus der man aus einem Flugzeug springen kann?«

Coach hielt ihr die Gurte hin, damit sie hineinsteigen konnte. Sie tat, was er angedeutet hatte, und er beantwortete ihre letzte Frage, während er den Sitz der Gurte überprüfte und sie auf die richtige Länge einstellte.

»Da heute schönes Wetter ist und wir sieben Springer haben, wird uns der Pilot wahrscheinlich bis auf viertau-send Meter hinaufbringen. HALO Sprünge können aus bis zu neuntausend Metern Höhe gemacht werden.«

»HALO?«, fragte Harley und nahm an, dass er damit nicht das Videospiel gemeint hatte. Das Wort kam ihr bekannt vor, doch sie wusste nicht, was es in seiner Welt bedeutete.

»Tut mir leid, ich vergesse immer, dass Zivilisten nicht alle Abkürzungen kennen. HALO steht für ›High Altitude, Low Opening‹. Es bedeutet, aus großer Höhe aus einem Flugzeug zu springen, den Fallschirm aber erst in geringer Höhe zu ziehen. Soldaten wenden diese Technik an, wenn sie unentdeckt in ein Gebiet vordringen wollen. Wenn das Flugzeug hoch genug fliegt, kann der Bodenradar es nicht erfassen, und wenn die Soldaten bis zum letzten Moment damit warten, den Fallschirm zu ziehen, ist die Chance, dass sie bei der Landung vom Feind überrascht werden, viel geringer.«

Harley hielt sich an den Gurten fest, die Coach an ihr befestigte. Sie schaute ihn an. »Du bist ein Soldat.« Das war keine Frage.

Coach nickte gleichgültig. »Ja.«

»Aber du bist hier.«

Er grinste. Er kniete auf dem Boden, da es aus dieser Position einfacher war, ihr die Gurte auf die Hüften zu schieben und die Riemen festzuziehen. »Ja, ich habe gerade frei und Tommy ist ein guter Freund. Ich helfe ihm aus.«

Harleys Augen fingen vor Aufregung an zu leuchten. »Alles klar.«

Coach packte ihre Hüften und drehte sie um, sodass sie ihn nicht mehr anschauen konnte. »Du magst also Soldaten?«

»Das ist es nicht«, erklärte Harley eilig. Sie wollte nicht, dass er auch nur eine Sekunde lang dachte, dass sie wie die Frauen war, die mit Soldaten ausgingen, nur weil sie Soldaten waren. »Ich bin kein Kasernenhase. Ich bin heute hier, weil ich versuche, die Codierung für ein Kriegsvideospiel, das ich entworfen habe, zu verbessern. Ich bekomme die Fallschirmszene einfach nicht richtig hin. Ich dachte, dass es mir vielleicht besser gelingen wird, wenn ich es selbst erfahre.«

»Und was ist nun mit den Soldaten?«

Harley errötete und war froh, dass Coach ihr Gesicht nicht sehen konnte. »Nun, ich dachte mir ...« Sie hielt inne. Was hatte sie sich gedacht? Dass er die tausend Fragen, die sie hatte, beantworten und ihre Bekloptheit lange genug aushalten würde, um ihr dabei zu helfen, ihre Codierung realistischer zu machen?

»Du bist süß. Ich werde alle deine Fragen beantworten, Harley. Kein Problem. Also, war da noch etwas, das ich nicht beantwortet habe?«

Harley lächelte. Coach war sehr höflich. Und er dachte, dass sie süß war. Sie bezweifelte, dass irgendjemand sie als süß bezeichnet hatte, seit sie zwei Jahre alt gewesen war. Sie war praktisch veranlagt, groß und gertenschlank ... aber nicht süß. Sie hätte wahrscheinlich beleidigt sein sollen, doch sie konnte einfach nicht genügend Energie aufbringen, um sich darüber Gedanken zu machen.

Außerdem würde Coach wahrscheinlich schreiend davonlaufen, wenn sie wirklich alle Fragen stellen würde, die ihr im Kopf herumgingen. Am besten wäre natürlich, wenn er neben ihr sitzen würde, während sie an der Codierung arbeitete, doch das würde wohl ein Wunschtraum bleiben. Sie musste jetzt alle Antworten aufsaugen, die sie bekam. »Was ist, wenn ich ausraste und in der letzten Sekunde beschließe, dass ich nicht springen will?«

Coach stand hinter ihr und sie spürte, wie er die Gurte festzog, die um ihre Hüften herum angebracht waren. Die Gurte zogen an ihrer Jeans und sie taumelte gegen ihn und schnappte erschreckt nach Luft. Er neigte sich über sie, was einfach für ihn war, da er so viel größer war, und fummelte an ihren Schulterriemen herum. »Du wirst nicht ausrasten. Ich werde bei dir sein. Ich habe das schon hundertmal gemacht, Harley. Ich werde dafür sorgen, dass dir nichts passiert. Ich verspreche es.«

»Aber wenn ich nicht springen will? Wirst du mich dazu zwingen?«

Coach drehte sie wieder zu sich um, legte ihr die Hände auf die Schultern und neigte sich zu ihr. Harley vergaß alle anderen Leute im Raum. Sie starrte Coach an, während er mit ernster Miene sprach.

»Ich würde dich *nie* dazu zwingen, etwas zu tun, das du nicht tun willst. Ich werde zwar versuchen, dich zu überreden und dich davon zu überzeugen, zu springen, aber wenn du wirklich nicht springen willst, dann lassen wir es. Sobald wir ins Flugzeug steigen, gibt es keine Rückerstattung mehr. Aber natürlich musst du nicht springen. Verstanden?«

Harley nickte erleichtert. Sie hatte nicht vor, sich zu drücken, doch die Möglichkeit bestand. Coachs Worte halfen ihr, sich besser zu fühlen.

»Dann ist ja alles klar. Wie fühlt sich das an?« Coach zog noch einmal an den Gurten und tastete die Schulterriemen mit seinen Händen ab.

Bis jetzt hatte Harley sich davon ablenken können, dass Coach heiß war, köstlich roch und seit Jahren der einzige Mann war, der ihr so nahe gekommen war. Doch als seine Knöchel ihr Brüste streiften, während er die Riemen überprüfte, wurde ihr wieder bewusst, dass sie sich von ihm angezogen fühlte. Sie spürte, wie sich ihre Brustwarzen verhärteten, und versuchte, sie zu verbergen, indem sie einen leichten Buckel machte.

Er griff mit der rechten Hand nach dem Gurt, der die beiden Schulterriemen über ihrer Brust verband. Er streifte sie wieder leicht mit den Knöcheln, dieses Mal zwischen ihren Brüsten. Ihr stockte fast der Atem. Es war ihr peinlich, da sie wusste, dass ihre ziemlich großen Brustwarzen wahrscheinlich durch den bequemen Baumwoll-BH zu sehen waren, während sie sich vorstellte, wie sich seine Hände auf ihrer nackten Haut anfühlen würden.

»E-e-es fühlt sich etwas eng an. Eingeschränkt«, stotterte sie.

Er nickte, als wäre er zufrieden, und schien das Zittern in ihrer Stimme Gott sei Dank nicht zu bemerken. »Gut. Die Gurte *sind* unbequem, das kann ich nicht abstreiten. Es ist wie beim Klettern oder als würde man die Ausrüstung zum Abseilen tragen. Die Gurte wurden dafür entwickelt, dich eng an mir zu halten. Wir werden uns an vier Punkten aneinander schnallen, zwei sind an den Hüften und zwei an den Schultern. Doch das werden wir erst kurz vor dem Sprung tun. Wenn sich der Fallschirm öffnet, musst du dich auf einen Ruck gefasst machen, wenn du weißt, was ich meine.« Coach grinste, fuhr jedoch fort: »Wenn ich es dir sage, kannst du dich auf meine Füße stellen, während wir unter dem Schirm hängen, und die Gurte ein bisschen zurechtziehen, wenn es zu unbequem ist.«

Harley schluckte und nickte. Sie wollte nicht daran denken, dass sie die Gurte, die ihr in den Hintern schnitten, zurechtziehen musste, während sie an ihm festgeschnallt war. Sie wollte, dass er sie endlich losließ, und gleichzeitig wünschte sie sich, dass er nie damit aufhörte.

»Die Gurte sollen eng anliegen. Sie werden sich auf keinen Fall lösen, während wir in der Luft sind, aber du wirst dich besser fühlen, wenn sie eng anliegen. Ich glaube, jetzt passt alles.« Coach trat einen Schritt zurück und ließ fast wiederwillig die Hände sinken. »Es dauert noch ungefähr fünfzehn Minuten, bis es losgeht. Hast du noch weitere Fragen?«

Harley atmete tief durch und war froh, dass Coach auf Abstand gegangen war. Plötzlich schien es ihr viel zu intim zu sein, dass sie so eng an jemanden, den sie gerade erst kennengelernt hatte, festgeschnallt sein würde. Vielleicht würde seine Anziehungskraft auf sie etwas abnehmen, wenn sie mit ihm redete und ihm all die Fragen stellte, die ihr auf der Zunge brannten. Es war einen Versuch wert.

»Ja, ich habe noch mehr Fragen.«

»Komm, wir können uns dort hinsetzen«, sagte Coach und zeigte auf eine Bank, die an der Wand stand.

Harley nickte und folgte ihm. Sie würde das schaffen. Sie musste an ihre Arbeit denken. Sie ordnete ihre

Gedanken und fing an, über das Codieren nachzudenken und wie sie die Anfangsszene im neuen *This is War* Spiel zur besten Szene machen würde, die es je gegeben hatte.

Sie schob wieder die Brille nach oben und fragte: »Was ist mit der Landung? Ich habe sie zwar im Video gesehen, aber mit zwei Leuten sieht sie kompliziert aus.«

»Die Zeiten, in denen man wie ein Mehlsack zu Boden fiel und zur Seite rollte, sind vorbei. Der Fallschirm dient auch als Gleitschirm und dessen Form erleichtert die Landung. Es ist etwas komplizierter mit zwei Personen, aber ich werde die meiste Arbeit tun. Wenn ich es dir sage, musst du nur deine Knie hochziehen, damit meine Füße zuerst den Boden berühren. Dann stellst du einfach deine Füße hin, damit wir aufrecht stehen bleiben. Es ist hilfreich, dass wir fast gleich groß sind.«

»Was ist, wenn ich es vermassle?«

Coach schmunzelte, legte einen Arm auf die Rückenlehne der Bank und sah völlig entspannt aus. Es schien ihm nichts auszumachen, dass er es mit einem Tollpatsch zu tun hatte. »Du kannst die Landung nicht vermasseln, Harley.« Als sie ihn schief anschaute, hielt er abwehrend die Hände hoch. »Hey! Ehrlich. Schau, wenn du wieder auf dem Boden bist, spielt es keine Rolle, wie du dort angekommen bist, sondern nur, dass du unverletzt bist, nicht wahr? Es macht keinen Unterschied, ob ich überkompensiere oder ob es weht, wenn wir nahe am Boden sind, oder ob du einen Niesanfall hast. Wir werden einfach umfallen und den Aufprall seitlich auffangen. Ich werde uns lenken, aber grundsätzlich sollte man zuerst auf die hinteren Oberschenkel, dann auf die Hüften und schließlich zur Seite fallen. Wenn du einfach mitrollst, ist es keine große Sache.«

»Werden wir nicht in den Fallschirm eingewickelt und dabei ersticken?«

Anstatt zu lachen, schüttelte Coach nur den Kopf. »Nein. Er könnte zwar auf uns landen, aber er ist leicht und geschmeidig, sodass er mühelos entfernt werden kann.«

Harley biss sich auf die Lippe und beobachtete, wie die anderen ihre Vorbereitungen beendeten. Sie lachten alle, sahen glücklich aus und schienen sich überhaupt keine Sorgen zu machen. Sie konnte ihre Nervosität nicht abschütteln. Sie hatte nicht nur Angst, sondern wollte sich alles einprägen, damit sie es in das Videospiel einbauen konnte.

»Wirst du mir das Ding zeigen, mit dem man den Fallschirm öffnet?«, fragte sie einen Moment später.

Coach legte seine Hand auf ihre und seine Stimme wurde ernst. »Ja. Das habe ich doch schon gesagt. Aber du musst mir vertrauen, wenn wir da oben sind. Ich kann nicht riskieren, dass du ausrastest und an der Reißleine ziehst, bevor wir die richtige Höhe erreicht haben. Du musst mich meine Arbeit machen lassen. Bei mir bist du sicher.«

Coachs Hand war warm und viel größer als ihre. Seine Berührung machte sie weniger nervös. *Ein bisschen* weniger nervös. Sie benahm sich wie ein großes Baby.

»Das werde ich nicht. Ich vertraue dir, es ist nur ... ich bin nervös. Und um gegen meine Nervosität anzukämpfen muss ich alles über die Situation wissen, in die ich mich begebe.« Harley zuckte mit den Schultern. »Du hättest mich letztes Jahr sehen sollen, als ich mit meinem Bruder und meiner Schwester in Colorado zum Rafting war. Man hätte denken können, dass ich mich auf das Staatsexamen als Rafting-Lehrer vorbereiten würde. Ich kann dir versichern, der arme College-Junge war froh, als der Tag endlich vorüber war. Ich habe ihm ein gutes Trinkgeld gegeben, aber ich weiß, dass ich ihn in den Wahnsinn getrieben habe.«

Coach lächelte, ließ jedoch seine Hand auf ihrer liegen. »Es macht mir nichts aus. Es ist erfrischend. Ich glaube, es wird dir mehr Spaß machen, jetzt, wo du weißt, wie alles vor sich gehen wird. Welche anderen Fragen hast du noch?«

Harley entspannte sich weiter und dachte darüber nach, was sie sonst noch für ihr Spiel wissen musste. Coach war sehr nett gewesen und hatte geduldig alle ihre Fragen beantwortet. Sie konnte sich glücklich schätzen, dass er ihr Ausbilder war.

Sie ignorierte die Tatsache, dass er immer noch ihre Hand hielt, und versuchte, ihre Verlegenheit darüber, dass es so viele Dinge gab, die sie wissen wollte, zu unterdrücken. Doch dann warf sie alle Vorsichtsmaßnahmen über Bord, nahm ihn beim Wort ... und stellte noch eine Frage.

KAPITEL VIER

Coach atmete tief durch und versuchte, sich zu beruhigen. Zuerst war es die abschätzige Bemerkung gewesen, die die andere Kundin über Harleys Größe gemacht hatte. Die Geschichte mit dem Hund, den Harley als Kind hatte, hatte etwas an sich. Er war ziemlich umgänglich, bis jemand eine Person angriff, die unter seiner Obhut stand. Und Harley stand unter seiner Obhut, ob einer von ihnen es zugeben wollte oder nicht. Und nicht nur, weil er ihr Ausbilder war.

Irgendwas an ihr erinnerte ihn an seine kleine Schwester. Jenny war drei Jahre jünger als er und schüchtern gewesen. Sehr sogar. Er hatte während seiner ganzen Kindheit zusehen müssen, wie sie gehänselt und ausgelacht wurde. Er hatte alles in seiner Macht Stehende getan, um auf sie aufzupassen. Im Alter von zwölf Jahren war sie in eine tiefe Depression verfallen.

Coach hatte getan, was er konnte, um sie vor dem bösartigen Gespött in der Schule zu beschützen, doch weder seine Liebe noch sein Beschützerinstinkt konnte etwas gegen die Schikane ausrichten. Eine Gruppe von gemeinen

Mädchen hatte es sich zur Aufgabe gemacht, sie fertigzumachen, mit großem Erfolg.

Er fand Leute, die andere schikanierten, zum Kotzen. Das war keine bewusste Entscheidung, doch nachdem er miterlebt hatte, was seine Schwester hatte durchmachen müssen, reagierte er immer empfindlicher auf das Thema und hatte beschlossen, dass er nicht zulassen würde, dass jemandem, der ihm nahestand, dasselbe passierte.

Es war kein Wunder, dass er so reagiert hatte, als Sarah Harley verspottet hatte. Es war ihm egal, dass die Frau sich auch über ihn lustig gemacht hatte, denn er hatte sich schon längst mit seiner Größe und seiner Stärke angefreundet. Aber niemand machte sich in seiner Gegenwart über eine Frau lustig. Niemand. Niemals.

Harley hatte sich nicht ein Mal zu seiner extremen Reaktion geäußert, sondern hatte ihm einfach die Gesprächsführung überlassen, während er ihre Fragen beantwortete. Dafür war er dankbar. Coach dachte nicht gern über Jennys Kindheit nach oder darüber, wie das, was sie durchgemacht hatte, ihn zu dem Mann gemacht hatte, der er heute war.

Obwohl Harley ihn an seine Schwester erinnerte, war sie trotzdem ganz anders. Ja, sie war schüchtern und etwas ungeschickt im Umgang mit Menschen, doch sie hatte eine innere Stärke, die Jenny nie gehabt hatte. Harley hatte sich nichts aus Sarahs gemeiner Bemerkung gemacht, doch Coach wusste, dass sie vermutlich die andere Frau einfach ignoriert und versucht hätte, die Worte nicht an sich heranzulassen, wenn er nicht da gewesen wäre.

Aber er *war* da gewesen. Und Harley hatte ihn mit der Hand berührt und ihm so gesagt, dass alles in Ordnung war. Die leichte Berührung ihrer Finger hatte ihn etwas beruhigt.

Sie war nicht ausgerastet, hatte sich nicht zurückgezogen und auch nicht mit einer Beleidigung gekontert.

Während er ihre scheinbar endlosen Fragen beantwortete, erklärte Coach ihr, wie die Fallschirme eingepackt wurden und wie genau das AAG funktionierte. Er hatte während seiner Ausbildung als Delta Force-Soldat alle Details auswendig gelernt, damit er sie im Schlaf wiederholen konnte. Er war mit einem fotografischen Gedächtnis gesegnet und konnte sich an alles, was er je gelesen, und die meisten Dinge, die er je gesehen hatte, erinnern. Deshalb fiel es ihm leicht, sich an Fakten zu erinnern, und er konnte Harley alles erklären, was sie wissen wollte.

Nachdem er ein paar weitere Fragen beantwortet hatte, zog er sich an und erklärte, dass sein Anzug dazu diente, dass die Gurte und der Fallschirm besser passten. Sie beobachtete genau, wie er jeden einzelnen Riemen festzog, und er zeigte ihr den Höhenmesser, den er an seinem Handgelenk tragen würde, sodass er genau wusste, wann er die Reißleine ziehen musste, damit der Fallschirm sich öffnete. Er brauchte ihn nicht wirklich, da er oft genug gesprungen war, um instinktiv zu wissen, wann er auf der richtigen Höhe war, doch das erwähnte er Harley gegenüber nicht, da sie ohnehin schon nervös war.

Tommy brachte ihnen die Schutzbrillen und Coach half Harley dabei, ihre über ihrer eigenen Brille anzubringen. Der Aufwand schien ihr peinlich zu sein, doch Coach ignorierte ihre Proteste und sorgte dafür, dass ihre Brille unter der Schutzbrille nicht platt gedrückt wurde.

Es war schön zu sehen, wie Harley die Informationen, die er ihr gab, regelrecht aufsog. Sie tat es nicht, um ihm zu gefallen, es war, als würde sie alles katalogisieren und in ihrem Gedächtnis aufbewahren. Es war lange her, dass er eine Frau kennengelernt hatte, die wirklich an dem interessiert war, was er zu sagen hatte. Er wollte herausfinden, wer sie war, wenn er nach Hause kam, und sich einige der Spiele ansehen, die sie entworfen hatte. Wenn sie ihren Spielen auch so viel Liebe zum Detail schenkte, waren sie vermutlich abgefahren.

Coach hatte es geschafft, sich trotz der Anziehungskraft, die Harley auf ihn ausübte, unter Kontrolle zu behalten, während er ihre Fragen beantwortete und ihre Gurte anpasste. Er hatte sich professionell verhalten, bis er sie umgedreht und gesehen hatte, dass ihre Brustwarzen sich verhärteten, während er an ihren Schulterriemen zog. Er hätte sie am liebsten an Ort und Stelle geküsst.

Doch dann hatte er gesehen, wie peinlich ihr diese Reaktion auf ihn gewesen war. Sie hatte die Schultern nach vorne gezogen, um sie zu verbergen. Coach war es gewohnt, dass Frauen in seiner Gegenwart ihre Brüste zur Schau stellten und sich nicht vor ihm schämten. Deshalb mochte er sie umso mehr.

Während er ihre intellektuellen Fragen beantwortete, konnte Coach sich ein besseres Bild davon machen, wer Harley war. Sie war klug; das musste sie auch sein, wenn sie Videospiele codierte. Sie war nicht auffällig, schien sich jedoch nicht ganz wohl in ihrer Haut zu fühlen. Sie trug kein Make-up und sah frisch und sauber aus, anstatt übertrieben. Sie war bereit, unangenehme Dinge zu tun, um etwas Neues zu lernen.

Und sie wusste nicht, dass sie hübsch war. Überhaupt nicht. Sie war nicht im eigentlichen Sinne schön, doch je mehr Zeit Coach mit ihr verbrachte, desto attraktiver fand er sie.

Alles in allem gefiel ihm, was er bisher gesehen hatte. Coach hielt den Blick auf ihre braunen Augen gerichtet und trotzte der Versuchung, ihn zu ihren Brüsten wandern zu lassen.

»Aus was für einem Flugzeug springen wir denn heute?«

Coach räusperte sich und versuchte, seine Gedanken von ihren Brüsten auf ihre Frage zu lenken. »Du hast Glück, Tommy hat alles getan, um an eines der neuesten und komfortabelsten G.C. Caravan Supervan 900-Flugzeuge zu kommen. Es gibt weltweit nur rund fünfzig davon.«

»Was macht es so besonders?«, fragte Harley, beugte sich nach vorne, stützte einen Ellbogen auf ihr Knie und hielt mit der Hand ihr Kinn.

»Es wurde speziell fürs Fallschirmspringen modifiziert. Das Wichtigste ist, dass der Auspuff sich auf der gegenüberliegenden Seite der Tür, aus der wir springen werden, befindet.« Als Harley den Mund öffnete, um die offensichtliche Frage zu stellen, sprach er eilig weiter. »Das ist wichtig, weil er das Kohlendioxid aus der Kabine abführt, sodass sich alle wohler fühlen, wenn die Tür offen ist. Es sind zwei Bänke auf den Längsseiten des Flugzeugs angebracht, was für diese Art von Flugzeug ziemlich bequem ist. Wir sitzen in der Reihenfolge, in der wir springen.«

»Reihenfolge?«

»Ja, wir werden die Letzten sein. Ich hoffe, das macht dir nichts aus.«

Harley schüttelte den Kopf. »Nein. Eigentlich ist mir das sogar lieber. Dann kann ich die anderen beobachten und von ihnen lernen.«

»Sollen wir die Positionen noch einmal durchgehen?«, fragte Coach.

»Nein, es scheint ziemlich einfach zu sein. Du befestigst mich an dir, wir rutschen in Richtung des großen Lochs im Flugzeug und dann springen wir. Ich drücke den Rücken durch, halte die Knie gebeugt und meine Füße zwischen deinen Beinen. Ich strecke die Arme aus. Wenn du mir auf die Schulter klopfst, halte ich mich an meinen Brustgurten fest, um mich abzustützen, und dann öffnet sich der Fallschirm. Ich werde hochgerissen und meine Füße werden nach oben geschleudert. Ich muss aufpassen, dass ich mir nicht selbst ins Gesicht trete.« Sie lächelte während des letzten Satzes.

Coach lachte. »Genau, du klingst wie ein Profi.«

»Was ist, wenn ich es vermassle?«, fragte Harley leise und schaute sich um, weil sie nicht wollte, dass jemand sie hörte.

Coach schob ihr einen Finger unters Kinn und zwang sie, ihn anzusehen. »Du wirst es nicht vermasseln.«

»Aber wenn meine Arme die falsche Position haben oder –«

»Du wirst es nicht vermasseln«, wiederholte Coach mit Nachdruck. »Solange du kein Messer hervorholst und mich mitten im Sprung erstichst oder meine Gurte durchtrennst, kann mich nichts davon abhalten, den Fallschirm zu öffnen. Okay? Mach dir keine Sorgen. Es soll Spaß machen, verstehst du?« Er ließ nur widerwillig ihr Gesicht los.

»Spaß. Ja. Ich hätte auf meine Schwester hören sollen.«

Coach lachte über ihr Gemurmel. Er wollte sie nach ihrer Schwester fragen, nach ihrer Familie. Sie hatte sie bereits erwähnt und er stellte fest, dass er mehr über sie erfahren wollte ... und Harley.

Bevor er überhaupt nachdenken konnte, sprudelten die Worte aus ihm heraus. »Möchtest du nach dem Sprung etwas essen gehen?«

»Wie bitte?« Sie drehte abrupt den Kopf und sah ihn schockiert an.

»Essen. Du wirst wahrscheinlich nachher hungrig sein.«

Ihr Blick wurde leer. Coach hatte keine Ahnung, was in ihr vorging.

Schließlich fragte sie vorsichtig: »Du willst nach dem Sprung mit mir ausgehen?«

»Ja, Harley. Sehr gern sogar.«

»Warum?«

Coach lächelte. Er hatte sich schon lange nicht mehr so anstrengen müssen, eine Frau dazu zu bringen, mit ihm auszugehen. Es gefiel ihm. »Weil ich dich mag. Weil du interessant bist. Weil ich weiß, dass du tausend Fragen haben wirst, wenn alles vorbei ist.«

Sie schaute ihn eine Sekunde lang an, bevor sie nickte. »Ja, wahrscheinlich schon. Okay, wenn du mir bei meiner Arbeit hilfst, dann nehme ich die Einladung an.«

Er wollte, dass sie wusste, dass er ihr nicht nur bei der Arbeit helfen wollte, und erklärte: »Ich helfe dir gern. Aber ich möchte dich auch besser kennenlernen.«

Harley saugte an ihren Lippen und leckte darüber, bevor sie leise sagte: »Okay. Dann ja, das würde mir gefallen.«

»Gut. Mir auch. Bist du bereit, aus einem Flugzeug zu springen?« Coach stand auf und streckte die Hand aus.

Harley schluckte, nickte dann jedoch und legte ihre Hand in seine. »Nicht wirklich, aber bereit oder nicht, es ist Zeit. Los geht's.«

Coach ließ ihre Hand nicht los, selbst nachdem sie aufrecht dastand. Er drehte sich einfach um und folgte den anderen, die sich auf den Weg zum Flugzeug gemacht hatten. Zum ersten Mal seit langer Zeit freute sich Coach auf den Sprung. Er konnte es kaum erwarten, ihn durch Harleys Augen zu erleben.

KAPITEL FÜNF

Harley atmete tief durch und versuchte, nicht zu hyperventilieren. Der Flug bis in die Höhe, aus der sie springen würden, dauerte nicht sehr lange, vielleicht fünfzehn Minuten. Die anderen unterhielten sich, während sie auf die richtige Höhe aufstiegen, doch Harley konnte kein Wort davon verstehen, da sie ihren Herzschlag in den Ohren pochen hörte und der Motor des Flugzeugs so laut war.

Sie wusste nur, dass sie die richtige Höhe erreicht hatten, als einer der anderen Ausbilder im hinteren Teil des Flugzeugs aufstand, den Daumen hochhielt und sich dann zu seiner Kundin umdrehte. Harley konnte sich nicht an ihren Namen erinnern, so sehr sie sich auch anstrengte, doch sie drehte sich lächelnd mit dem Rücken zu dem Mann, damit er ihre Gurte an seinen eigenen festschnallen konnte.

Zwei weitere Angestellte öffneten die Tür auf der rechten Seite des Flugzeugs und Harley atmete die kalte Luft ein, die durch die Kabine rauschte. Coach hatte recht gehabt, anders als erwartet konnte sie immer noch atmen und es schien, dass die kostspielige Maschine ihren Job machte.

Harley beobachtete mit großen Augen, wie sich die ersten Fallschirmspringer zur Tür hinausstürzten. Sie hielt den Atem an und konnte den Blick nicht vom blauen Himmel abwenden, den sie vorbeiziehen sah.

Würde sie das wirklich tun? Sie war verrückt. Ernsthaft. Warum hatte sie nicht auf Montesa gehört? Sie hätte sich das zu Hause an ihrem Computer anschauen können, in Sicherheit, was hatte sie sich bloß dabei gedacht?

»Atme, Harley.«

Die Worte erklangen direkt neben ihrem Ohr und Harley atmete mit einem lauten Seufzer aus. Sie drehte sich um und sah, wie Coach sich zu ihr neigte.

Coach machte sich nicht die Mühe zu beobachten, wie sich die anderen auf den Sprung vorbereiteten. Seine ganze Aufmerksamkeit galt Harley. Sie hatte offensichtlich Todesangst, versuchte jedoch verzweifelt, sie zu verbergen. Ihre Augen waren weit aufgerissen und ihre Pupillen erweitert, als hätte sie gerade den Augenarzt besucht.

Er legte seine Hand auf ihr Bein und spürte, dass sie vor lauter Nervosität zappelte, wie vorher, als sie sich das Sicherheitsvideo angeschaut hatte. »Genau so, atme. Du schaffst das. Denk dran, ich mache die ganze Arbeit. Du musst mir nur vertrauen. Ich würde das nicht tun, wenn es nicht sicher wäre. Ich würde dir nie wehtun.«

Sie nickte ruckartig, wandte ihren Blick jedoch nicht von der Tür ab.

Coach schob einen Finger unter ihr Kinn und drehte ihren Kopf, bis sie nicht anders konnte, als ihm in die Augen zu schauen. Es war laut in der Kabine, er hoffte jedoch, dass sie ihn trotzdem hören konnte. »Du schaffst das. In fünfzehn Minuten ist alles vorbei. Dann sind wir wieder auf dem Boden und gehen etwas essen. Und du kannst mir alle Fragen stellen, die sich bis dahin angesammelt haben. Okay?« Coach wusste, dass er ihr nichts sagte, was sie nicht schon wusste, aber er hoffte, dass seine Worte sie aus dem Zustand des Schreckens herausholen würden.

Er sah, wie Harley einmal schluckte, dann erneut, und schließlich nickte. Sie leckte sich die Lippen und sagte mit zittriger Stimme, die keineswegs überzeugend klang: »Ja, ich schaffe das. Kein Problem.«

Coach lächelte. Er konnte nicht anders. Sie war lustig und liebenswert zugleich. Er nahm ihre Hand und legte sie auf seine Brust, neben den Griff der Reißleine für den Fallschirm, und ließ seine Hand auf ihrer ruhen. »Rechts von deiner Hand ist die Reißleine. Sie ist unter deiner linken Achselhöhle. Sobald wir auf etwa fünfzehnhundert Metern sind, ziehe ich mit meiner linken Hand daran.«

»Kann der Fallschirm ausgelöst werden, wenn ich mich komisch bewege?«

Coach schüttelte den Kopf und war froh, dass sie wieder über logistische Dinge nachdachte, anstatt vor Angst wie gelähmt zu sein. »Nein. Sie muss mit einem festen Ruck nach unten gezogen werden. Man kann den Fallschirm nicht zu früh auslösen, indem man sie anstößt oder berührt.«

Er spürte, dass das Paar neben ihnen nach vorne drängte. Bald waren sie an der Reihe. »Ich bin froh, dass ich derjenige bin, mit dem du das zum ersten Mal erlebst, Harley.«

»Irgendwie wie eine Entjungferung, was?«

Es war offensichtlich, dass ihr diese Worte, ohne vorher darüber nachzudenken, rausgerutscht waren, denn ihr Gesicht lief rot an und sie schloss verlegen die Augen.

Coach unterdrückte einen Lacher, denn er wollte nicht,

dass sie sich noch mehr schämte. »Ja, so ungefähr. Bist du bereit?«

Harley nickte begeistert. Coach nahm an, dass sie versuchte, ihre Gedanken von dem abzulenken, was sie gerade gesagt hatte, und dass es nichts damit zu tun hatte, dass sie wirklich bereit war.

Coach zog die Schutzbrille, die auf ihrem Kopf ruhte, nach unten, bedeckte ihre Brille damit und stellte sicher, dass sie so bequem saß wie bei der Anprobe. Dann stand er von der Bank auf, ohne Harleys Hand loszulassen. Er benutzte seine freie Hand, um sich am Flugzeug abzu- stützen und so das Gleichgewicht zu behalten. »Los geht's, Harl.«

Der Spitzname kam ihm spontan in den Sinn, doch er fühlte sich richtig an. Er half ihr aufzustehen. Sie hatte weiche Knie, was sie nicht überraschte. Er führte sie in den hinteren Teil des Flugzeugs. Er drehte sie mit dem Rücken zu sich, damit er ihre Gurte an seinen festschnallen konnte. Coach zog an jedem einzelnen Riemen und zeigte ihr, dass sie wirklich sicher waren, schmunzelte jedoch, als sie den Kopf drehte und sie sich die Gurte trotzdem ansehen wollte.

Coach legte einen Arm um sie und hielt sie fest. Er spürte, wie sie nach Luft schnappte, als er sie berührte, doch dann beruhigte sie sich. Er bewegte sie, bis sie in Rich- tung Tür schaute ... und den Himmel sah.

Er schob sie im Tandem vorsichtig vorwärts, bis sie vor der Tür standen. Er neigte sich vor und sprach direkt in Harleys Ohr, obwohl der Wind es fast unmöglich machte, sich so nahe an der Tür zu unterhalten. »Halte dich jetzt an deinen Gurten fest, Harl. Ich zähle bis drei, so wie wir es geübt haben. Bei drei springen wir. Schließ nicht die Augen, denn dann verpasst du das Beste.«

Coach sah, wie Harley nickte und nach den Gurten griff.

Er konnte sehen, wie sie die schwarzen Riemen fest umklammerte. Er versuchte noch einmal, sie zu beruhigen, indem er seine Hand einen Moment lang an ihren Bauch drückte, bevor er nach oben griff und sich am Türrahmen festhielt. Er konnte es nicht ertragen, sie so verängstigt zu sehen.

»Eins. Zwei. *Drei*!«

Bei drei tat Coach genau das, was er gesagt hatte. Er stieß sich ab und schon waren sie in der Luft.

Harley wollte die Augen schließen. So sehr. Doch sie tat es nicht. Wenn Coach sagte, dass das der beste Teil des Sprungs war, wollte sie ihn miterleben, auch wenn sie Angst hatte. Das war genau das, was sie wissen musste, um die Fallschirmsequenz im Videospiel realistischer aussehen zu lassen.

Sie sah den Boden, dann drehten sich ihre Körper in der Luft und für einen Moment konnte sie das Flugzeug über ihnen sehen. Es kam ihr so vor, als würde sie tatsächlich fallen, doch im nächsten Moment drehte Coach sie wieder um und dann sah sie erneut den Boden unter sich.

Harley erinnerte sich an das Training, streckte die Arme aus und zog die Knie an. Sie versuchte zu atmen, doch es fiel ihr schwer. Eine Fallgeschwindigkeit von mehr als einhundertfünfzig Stundenkilometern war für die Atmung nicht gerade förderlich, so viel stand fest.

Etwa zwanzig Sekunden lang – Harley wusste nicht, wie viel Zeit vergangen war – war der Sprung berauschend und aufregend, genau so, wie sie es gelesen hatte. Der Wind war extrem stark, doch dank der Schutzbrille konnte sie ihre Augen offenhalten und verpasste nichts. Sie konnte Coachs

Körper an ihrem Rücken spüren und die Stärke und Sicherheit, die er ausstrahlte. Sie konnte aus dem Augenwinkel sehen, wie er den Höhenmesser an seinem Handgelenk überprüfte. Der Boden schien weit weg zu sein und es fühlte sich so an, als würden sie sich überhaupt nicht bewegen.

Es war laut, der Wind sauste in ihren Ohren und machte es unmöglich, sich zu unterhalten, wie Coach es vorausgesagt hatte. Sie konnte spüren, wie ihr Herzschlag schneller wurde, und sie fühlte sich hibbelig, als hätte sie zu viel starken Kaffee getrunken. Es war aufregend und beängstigend zugleich.

Gerade als Harley anfing, die Erfahrung zu genießen und sie in ihrem Gedächtnis zu katalogisieren, damit sie den Sprung im Videospiel richtig programmieren konnte, sah sie etwas. Es bewegte sich schnell auf sie zu und sie duckte sich instinktiv, obwohl sie nicht einmal wusste, warum oder wovor.

Es passierte alles so schnell, dass Harley keine Ahnung hatte, was *tatsächlich* vor sich ging.

Sie spürte, wie etwas Feuchtes ihren Nacken entlang unter ihr Hemd sickerte, und Coach fühlte sich plötzlich anders an ihrem Rücken an. Schwerer.

Harley versuchte, den Kopf zu drehen und ihn anzuschauen, da sie jedoch an den Schultern und Hüften an ihm festgeschnallt war, war das nicht möglich. Irgendetwas stimmte nicht. Das wusste sie.

Anstatt im Augenwinkel seine Hände zu sehen, konnte sie ihn überhaupt nicht sehen.

Sie geriet erst in Panik, als sie mit einer Hand ihren Hinterkopf ertastete, weil sie herausfinden wollte, was sich so seltsam anfühlte. Ihre Hand war mit Blut und Federn bedeckt.

»Oh mein Gott, oh mein Gott!«, murmelte sie und versuchte verzweifelt, sich umzudrehen, um zu sehen, ob mit Coach alles in Ordnung war. *Sie* war nicht verletzt, doch wenn da Blut an ihrem Körper war, musste es von Coach kommen.

»Coach? Coach!« Ihre Worte wurden vom Geräusch der Luft verschluckt, während sie in Richtung Boden stürzten.

Sie versuchte so sehr, sich umzudrehen und ihn anzuschauen, dass sie überkompensierte. Plötzlich sah sie nicht mehr den Boden unter sich, sondern sie hatten sich umgedreht und taumelten mit dem Hintern voran in Richtung Boden.

Harley hatte Todesangst und wimmerte. Sie versuchte, sich daran zu erinnern, was sie tun musste. Sie wollte um jeden Preis verhindern, dass sie anfingen, sich im Kreis zu drehen. Sie hatte ein Online-Video darüber gesehen. Es war fast unmöglich, diese Bewegung zu stoppen und den Fallschirm sicher auszulösen.

Coach war offensichtlich ohnmächtig. Das war auf keinen Fall normal. Sie kannte den Mann zwar nicht gut, doch sie war sich ziemlich sicher, dass er das bestimmt nicht absichtlich tun würde, nachdem er unzählige Male beteuert hatte, dass sie bei ihm sicher war und sich auf ihn verlassen konnte. Das war kein Witz. Er spielte ihr keinen Streich, um ihr Angst zu machen. Das würde er nicht tun. Sie *wusste*, dass er das nicht tun würde.

Harley hyperventilierte und fing an, scherenartig die Beine zu bewegen, als würde sie schwimmen. Sie verschränkte die Arme vor der Brust und warf sich so fest sie konnte nach rechts.

Sie spürte, wie der Wind um sie herum sauste, während ihre Körper sich drehten und sie wieder in Richtung Boden schaute. Und der sah so aus, als würde er jede Sekunde näher kommen. Sie streckte sofort wieder die Arme aus, um ihre Körper zu stabilisieren, während sie fielen. Harley versuchte, darüber nachzudenken, was sie als Nächstes tun sollte.

Sie wollte sauer auf Coach sein. Er hatte gesagt, dass er die ganze Arbeit machen würde. Er hatte versprochen, dass ihr nichts passieren würde. Nun, er hatte in beiden Punkten versagt. Aber ehrlich gesagt, hätte er wohl kaum voraussagen können, dass ihn ein Vogel am Kopf treffen würde. Er hatte ihr erzählt, dass er schon Hunderte Male gesprungen sei. Das war einfach ein unglücklicher Zufall. Verdammt.

Harley rang mindestens fünfzehn Sekunden lang panisch nach Luft, die sie einfach nicht in ihre Lunge bekommen konnte. Sie konnte an nichts anderes denken als daran, dass sie bald mit dem Kopf voran auf dem Boden aufschlagen würde. Sie fragte sich, ob es wehtun würde, überlegte dann aber, dass es so schnell vorbei sein würde, dass sie nicht einmal etwas spüren würde.

Schließlich brachte der Gedanke daran, dass *Coach* sterben könnte, sie dazu, wieder klarer zu denken.

Coach war ein Soldat. Ein Held. Er hatte es auf keinen Fall verdient zu sterben, weil ihn ein Vogel am Kopf getroffen hatte, nachdem er aus einem Flugzeug gesprungen war. Es war nicht fair. Ganz und gar nicht. Sie war niemand Besonderes, Coach jedoch schon. Der Gedanke daran, dass er von ihr enttäuscht sein könnte, brachte sie dazu, sich zusammenzureißen und darüber nachzudenken, was sie tun musste.

Harley fing an, mit sich selbst zu reden. »Der Griff! Wie weit sind wir vom Boden entfernt? Ist es zu früh, um die Reißleine zu ziehen? Zu spät?«

Harley streckte den linken Arm aus, um die Balance zu halten, während sie weiter fielen, und tastete mit der rechten Hand nach dem Griff unter ihrem Arm, den Coach erwähnt hatte. Schließlich fand sie ihn und zog triumphierend daran.

Doch es passierte nichts.

Sie zog noch ein paar weitere Male daran, doch es war offensichtlich, dass sie nicht den richtigen Winkel hatte oder nicht stark genug war, um fest genug daran ziehen zu können, sodass der Fallschirm ausgelöst wurde.

»Scheiße! Verdammt, Coach, du hast gesagt, es wäre einfach, daran zu ziehen!«, meckerte sie. Einfach für *ihn* wahrscheinlich. Seine Arme waren riesig und es war vermutlich überhaupt keine große Sache für ihn.

Dann versuchte sie, nach seinem rechten Arm zu greifen. Sie wollte den Höhenmesser überprüfen. Doch Coachs Arm schwang über seinem Kopf hin und her und sie konnte nicht nach ihm greifen und gleichzeitig ihre Position in der Luft kontrollieren. Jedes Mal wenn sie versuchte, ihn zu packen, spürte sie, dass sie etwas zu weit nach rechts kippten.

Sie schluchzte jetzt unkontrolliert und obwohl Harley alles in ihrer Macht Stehende versuchte, hatte sie den Verdacht, dass sie beide einen schrecklichen Tod sterben würden.

Plötzlich und ohne Vorwarnung kamen Harley und Coach in der Luft zum Stillstand.

Sie schrie vor Angst auf und konnte ihre Beine, die nach vorne geschleudert wurden, nicht kontrollieren. Coachs Beine waren direkt hinter ihr und sein zusätzliches Gewicht sorgte dafür, dass sie ein zweites Mal nach vorne geschleudert wurden. Natürlich trafen Harleys Knie sie im Gesicht. Coach hatte ja vorausgesagt, dass das passieren konnte, wenn sie nicht darauf vorbereitet war. Die Schutzbrille wurde ihr fast vom Gesicht geschlagen und sie riss sie ungeduldig ab, warf jedoch versehentlich auch ihre eigene Brille weg.

Der automatische Fallschirm hatte sich offenbar wie geplant geöffnet und Harley konnte endlich wieder durchatmen. In ihrer Panik hatte sie ihn ganz vergessen. Coach hatte ihr erklärt, dass er in einer bestimmten Höhe automatisch ausgelöst werden würde, wenn sich bis dahin der Hauptschirm nicht geöffnet hatte.

Sie schluchzte. Einerseits weil sie erleichtert war, aber auch, weil ihr Gesicht an der Stelle wehtat, an der ihre Knie aufgeprallt waren. Die Gurte gruben sich in ihren Hintern und es fühlte sich an, als hätte ihr jemand die Hose straff gezogen. Aber immerhin waren sie noch nicht am Boden aufgeschlagen und sie würde es irgendwie aushalten.

Natürlich war ihre Tortur noch nicht vorbei, doch jetzt, wo sie nicht mehr mit einer Geschwindigkeit von einhundertfünfzig Stundenkilometern in Richtung Boden stürzten, hatten sie vielleicht noch eine Chance.

Der Boden war ganz unscharf, da Harley ohne Brille nicht viel sehen konnte, doch sie beschloss, dieses kleine Detail vorerst zu ignorieren. Sie hatte keine Ahnung, wo sie landen sollte oder wie ein guter Landeplatz aussah, doch sie würde ihr Bestes geben und irgendwie versuchen, sie beide heil nach unten zu bringen. Sie und Coach hatten nicht viel darüber gesprochen, wo sie landen würden, nur darüber, was zu tun war, sobald sie landeten.

Harley schaute sich um, konnte jedoch keinen der anderen Fallschirmspringer entdecken. Sie versuchte sogar, nach oben zu schauen, weil sie dachte, dass sie wahrscheinlich schon tiefer waren als alle anderen, obwohl sie das Flugzeug zuletzt verlassen hatten. Doch alles, was sie sehen konnte, war ihr Fallschirm, der über ihrem Kopf schwebte.

Ihr Körper war mit Adrenalin überflutet und Harley

konnte spüren, wie sie zitterte. Plötzlich war sie jedoch völlig konzentriert. Sie würde das schaffen. Sie würde Coach retten. Sie konnte sich gerade weit genug umdrehen, um ihn zu sehen.

Er war offensichtlich bewusstlos. Seine Arme schwebten nun seitlich an seinem Körper und sein Kopf hing nach hinten. Sein Mund stand offen und das Blut auf seinem Gesicht erinnerte sie daran, dass er verletzt war. Sie hatte keine Ahnung, ob Coach überhaupt atmete, doch in dieser Position konnte vermutlich nicht viel Sauerstoff in seine Lunge gelangen. Harley griff mit einer Hand nach oben, packte ihn an den Haaren und schaffte es, seinen Kopf so weit nach vorne zu ziehen, bis er auf ihrer Schulter lag. Diese Position schien für die Landung sicherer zu sein, als wenn er nach hinten baumelte.

Sein Gesicht war blutverschmiert und Harley betete darum, dass er noch atmete. Sie wusste, dass sie in dieser Position noch mehr von seinem Blut abbekam, doch das war im Moment ihre geringste Sorge. Der verdammte Vogel hätte ihn durch den Aufprall getötet haben können!

»Nein, Harl«, schimpfte sie mit sich selbst. »So darfst du nicht denken. Es geht ihm gut. Er ist nur bewusstlos. Konzentrier dich auf die Landung, um alles andere kannst du dich nachher kümmern.«

Sie erinnerte sich daran, dass Coach ihr die Lenkleinen gezeigt hatte, und schaute nach oben. Sie konnte sie sehen, wusste aber, dass es unmöglich war, sie zu erreichen. Sie war zwar groß, doch die Leinen waren außer Reichweite und flatterten unkontrolliert in der Luft umher.

Es beunruhigte Harley, zu sehen, wie schnell der Boden auf sie zukam, als sie nach unten schaute. Sie musste sich zusammenreißen; sie hatte nicht viel Zeit, um sich etwas einfallen zu lassen.

Coach hatte ihr erklärt, dass das automatische Öffnen des Fallschirms in relativ geringer Höhe stattfand, und sie wusste, dass sie herausfinden musste, wie sie ihn lenken konnte. Das war jetzt am wichtigsten. Wichtiger als das Blut, das von Coachs Gesicht auf ihre Brust sickerte. Wichtiger als die Gurte, die sich schmerzhaft in ihren Hintern gruben.

Harley langte mit der Hand nach oben und hinter sich und es gelang ihr schließlich, ohne etwas zu sehen, die Leinen zu ergreifen, die zum Fallschirm führten. Es waren nicht die schicken Schleifen, die Coach zum Lenken verwendet hätte, aber sie hoffte, dass es funktionieren würde. Wenigstens ein bisschen. Sie war Coach dankbar dafür, dass er darauf bestanden hatte, dass sie Handschuhe trug. Die Leinen hätten ihr sonst die Hände eingerissen.

Harley kniff die Augen zusammen und konnte einen großen grünen Fleck unter sich erkennen. Doch zuerst mussten sie an einem riesigen Gebäude vorbeikommen. Sie waren zwar außerhalb der Stadtgrenze von Waco, doch es sah so aus, als würde es hier viele Straßen und Gebäude geben. Sie wollte auf keinen Fall, dass sie auf einem Dach oder mitten auf einer Straße landen mussten und überfahren wurden, nachdem sie alles andere überlebt hatten.

»Hier geht es nicht.« Harley zog fest an der rechten Leine und freute sich, als sie sich etwas nach rechts drehten. Sie zog noch einmal daran, benutzte diesmal ihr Körpergewicht und sie bewegten sich nach rechts. Als Harley die Leine losließ, stellte sie fest, dass sie sich jetzt nicht mehr drehten, sondern sich in einer geraden Linie vorwärtsbewegten.

Sie fühlte sich jetzt sicherer und zog an der linken Leine, die zum Fallschirm führte. Sie lächelte, als sie nach links abbogen.

»Großartig! Es funktioniert«, rief Harley, während sie

erneut an der linken und rechten Leine zog. Sie musste es an diesem Gebäude vorbei auf den grünen Fleck schaffen. Sie hoffte, dass sie nicht auf eine Herde zorniger Stiere treffen würde, doch im Moment waren ihr verärgerte Kühe lieber, als auf dem Boden aufzuschlagen und zu sterben.

Der Fallschirm bewegte sich ruckartig über ihren Köpfen, während Harley versuchte, sie in die richtige Richtung zu lenken. Das war viel schwieriger, als sie gedacht hatte. Sie wusste nicht, ob es an Coachs zusätzlichem Körpergewicht lag oder ob es immer so war, doch als sie sich dem Boden näherten, zitterten ihre Arme so stark, dass sie kaum mehr in der Lage war, an den Leinen zu ziehen.

Harley dachte an die Landeanweisungen, die sie im Video gesehen hatte, und daran, dass Coach ihr erklärt hatte, was sie tun musste, wenn bei der Landung etwas schieflief. *Lass dich auf den hinteren Oberschenkel fallen, dann auf die Hüfte, dann zur Seite. Roll einfach mit.* Doch da er wie ein nasser Sack an ihrem Rücken hing, wusste sie, dass sie improvisieren musste.

Sie hatte das Gebäude hinter sich gelassen und sah jetzt nur noch das große Feld unter ihren Füßen, doch das kam schneller auf sie zu, als sie erwartet hatte. Sie glaubte gesehen zu haben, dass manche Leute bei der Landung an beiden Leinen zogen, doch vielleicht hatte sie das auch nur geträumt. Außerdem waren ihre Arme so weich wie Nudeln und sie hatte keine Kraft mehr, um noch einmal an den Leinen zu ziehen.

Sie wünschte sich, einfach die Augen schließen zu können und dass dann alles vorbei wäre. Stattdessen sah sie, wie der Boden immer schneller auf sie zukam. Da sie wusste, dass sie die volle Wucht des Aufpralls auffangen musste, damit Coach sich nicht die Beine brach, versuchte sie abzuschätzen, wann sie auf dem stachelig aussehenden texanischen Gras landen würden.

Sobald ihre Füße den Boden berührten, ließ Harley sich nach rechts fallen. Da Coachs Beine länger waren als ihre, schlugen sie kurz vorher auf dem Boden auf. Sie wollte nicht, dass er sich die Knöchel brach, und versuchte, sie so schnell wie möglich zu entlasten. Sie prallte seitlich auf dem Boden auf und versuchte zu vermeiden, dass sie sich überschlugen. Sie schaffte es nicht ganz. Sie überschlugen sich mindestens dreimal, bevor Harley endlich die Arme unter ihren Körper schieben konnte und sie zum Stillstand kamen.

Eine Sekunde lang blieb sie regungslos liegen und konnte kaum glauben, dass sie noch am Leben war. Sie hatte noch nie verstanden, warum Menschen den Boden küssten, wenn sie aus einem Flugzeug stiegen. Bis jetzt.

Coach lag mit seinem ganzen Gewicht auf ihr und sie konnte kaum atmen. Sie riss sich die Handschuhe von den Händen, damit sie mehr Bewegungsfreiheit hatte. Harley tastete blind nach der Schnalle auf ihrer rechten Schulter, um sich von Coach zu lösen.

Sie musste es mehrere Male versuchen, da ihre Hände so stark zitterten, doch dann schaffte sie es endlich, die Schnalle zu öffnen. Die andere ließ sich einfacher öffnen und nun hatte sie genügend Platz, um sich etwas vom Boden abzustützen und Coachs Oberkörper neben sich zu Boden rollen zu lassen. Dann öffnete sie die beiden Schnallen an ihren Hüften und konnte seit einer gefühlten Ewigkeit endlich wieder tief durchatmen.

Sie kroch unter Coachs Körper hervor, drehte sich um und konnte ihn zum ersten Mal, seit er sie im Flugzeug an sich geschnallt hatte, wieder ganz sehen.

Der Fallschirm hatte sich um seine Beine gewickelt,

doch sie konnte deutlich sein blutüberströmtes Gesicht sehen.

»Oh mein Gott, Coach«, seufzte Harley, während sie die Hand ausstreckte. Sie wischte so viel Blut weg, wie sie konnte, eigentlich verschmierte sie es eher, doch sie wollte sehen, woher es kam. Harley seufzte erleichtert auf, als sie sah, dass das Blut aus der Nase zu kommen schien – aus einer gebrochenen Nase, wie sie vermutete – und nicht aus einem großen Loch im Kopf.

Harley ignorierte, dass sie voller Blut war, und wollte sehen, ob sie ihn aufwecken konnte. Er hatte einen Puls und atmete, war also Gott sei Dank nicht tot. Abgesehen von einer gebrochenen Nase hatte er wahrscheinlich eine Gehirnerschütterung. Egal was für ein Vogel es gewesen war, er musste groß gewesen sein, um so viel Schaden anzurichten.

»Coach? Bitte wach auf.«

Harley schaute sich um. Sie hatte keine Ahnung, wo sie waren. Es war niemand da, der sie wie durch ein Wunder hätte retten können. Ihr Telefon war in einem Schließfach am Flughafen und Coach brauchte definitiv einen Arzt. Sie wollte ihn nicht alleine lassen, doch sie hatte keine Wahl.

»C-C-Coach?« Schließlich konnte sie die Tränen nicht mehr zurückhalten, während sie den Mann, der neben ihr lag, aufzuwecken versuchte. »Bitte w-wach auf.«

Nichts. Er bewegte sich nicht. Mist.

Sie wusste, dass Coach nicht viel Zeit hatte, zwang sich auf die Füße und machte einen schleppenden Schritt. Sie hatte weiche Knie und schwankte. Sie wandte sich von dem blutüberströmten Mann ab, der zu ihren Füßen lag, und stolperte in Richtung des Gebäudes, das sie in der Ferne erkennen konnte. Sie hoffte, dort jemanden zu finden, der ihnen helfen konnte – und ein Telefon.

Es dauerte eine Weile, bis sie ihre Kräfte gesammelt hatte, doch dann fiel sie in einen leichten Laufschritt. Sie war keine erfahrene Läuferin und geriet ziemlich außer Atem, während sie auf das Gebäude zu rannte. Sie hätte sich gern vorgenommen, öfter Sport zu treiben, wenn es Coach wieder besser ging, doch sie wusste, dass sie es nicht tun würde. Die meiste Zeit verbrachte sie damit, auf einem Stuhl am Computer zu sitzen und zu arbeiten. Aus ihr würde nie eine Sportkanone werden. Sie war schon dünn genug.

Harley kam zu einem Stacheldrahtzaun, ließ sich auf alle viere fallen und kroch darunter hindurch. Sie ignorierte den Widerhaken, der sich an ihrem Rücken verfing. Ein kleiner Kratzer war nichts nach all dem, was sie gerade durchgemacht hatte.

Sie lief quer über einen Parkplatz und war froh, als sie sah, dass es sich bei dem Gebäude um eine Art Einkaufszentrum handelte. Es waren ein Schönheitssalon, ein Pfandhaus, ein heruntergekommenes Café und ein Kleinkreditinstitut darin untergebracht. Zumindest nahm sie das an, da sie ohne Brille nicht wirklich klar sehen konnte.

Sie schluchzte immer noch, lief zur nächsten Tür und stieß sie mit voller Wucht auf. Sie platzte in den Schönheitssalon und blieb abrupt stehen. Sie musste sich am Türrahmen festhalten, um nicht das Gleichgewicht zu verlieren.

Ihr Herz wollte ihr fast aus der Brust springen und es sprudelte aus ihr heraus: »Bitte rufen Sie einen Krankenwagen! Wir hatten gerade einen Unfall beim Fallschirmspringen und mein Freund braucht Hilfe.«

»Gütiger Himmel!«, hörte sie eine Stimme sagen. »Geht

es Ihnen gut? Hier, setzen Sie sich hin. Sie sind ja blutüberströmt, Liebes!«

»Es ist nicht m-m-meins«, schluchzte Harley. »Bitte. Können Sie Hilfe holen?«

»Ja, ich rufe den Notarzt. Wo ist Ihr Freund?«

Die Frau klang aufgeregt und besorgt, so als wäre sie kurz davor auszurasten ... das konnte Harley im Moment überhaupt nicht gebrauchen. Sie brauchte Entschlossenheit, jemanden, der das Kommando übernahm. »Er ist immer noch da hinten auf der Wiese.« Harley deutete hinter sich. »Ich muss zu ihm zurück. Bitte, sch-schicken Sie den Arzt da raus, wenn er kommt. Okay? Ich h-habe ihn alleine gelassen, aber ich muss zurück zu ihm.«

»Gehen Sie zurück zu Ihrem Mann, Liebes. Ich hole die Polizei.«

»D-d-danke«, stotterte Harley, bevor sie herumwirbelte und im Laufschritt in Richtung Wiese ging.

Der Stacheldrahtzaun zerkratzte ihr wieder den Rücken, als sie darunter hindurchkroch, doch das bemerkte Harley kaum. Sie sah nur den Klumpen, der mitten im Gras lag. Völlig außer Atem ließ sie sich neben Coach zu Boden fallen.

Er hatte sich nicht bewegt, doch sie konnte sehen, dass seine Brust sich hob und senkte und er atmete. Er war also noch am Leben.

Es floss immer noch Blut aus seiner Nase und Harley wischte es wieder weg. Sie hasste diesen Anblick.

Sie öffnete den Reißverschluss an seinem Overall, um ihm das Atmen zu erleichtern. Das Blau seines T-Shirts bildete einen auffälligen Kontrast zu dem weißen Overall.

In der Ferne hörte Harley Sirenen – Gott sei Dank hatte die Frau ihr Versprechen gehalten – und beugte sich wieder über Coach.

»Sie kommen, Coach. Es ist alles in Ordnung. Wir haben es geschafft. Du wirst dich bald besser fühlen. Warum wachst du nicht auf? Bitte! Du machst mir wirklich A-angst.«

Die Sirenen wurden immer lauter und der Wagen schien offensichtlich den Parkplatz hinter ihr erreicht zu haben. Harley legte den Kopf auf Coachs Brust und weinte.

Sie weinte, weil sie so erleichtert war, dass jemand anderes jetzt die Verantwortung übernehmen konnte.

Sie weinte, weil sie solche Angst gehabt hatte.

Sie weinte, weil sie etwas durchgemacht hatte, was sie wahrscheinlich nicht hätte erleben sollen.

Vor allem aber weinte sie, weil der stärkste, fürsorglichste und netteste Mann, den sie je getroffen hatte, blutend vor ihr lag.

Und es fühlte sich irgendwie an, als wäre es ihre Schuld.

KAPITEL SECHS

Harley wollte nach Hause.

Sie war fertig.

Alle.

Doch sie konnte erst gehen, wenn sie wusste, dass mit Coach alles in Ordnung war.

Als die Sanitäter auf der Wiese angekommen waren, hatten sie sich gleich an die Arbeit gemacht. Nachdem sie festgestellt hatten, dass das Blut auf ihrem Körper von Coach stammte, hatten sie ihm eine Halsstütze angelegt und ihn zum Krankenwagen getragen. Harley war ihnen auf wackligen Beinen gefolgt.

Sie hatte keine Ahnung, was sie mit dem Fallschirm machen sollte, wollte ihn aber nicht auf dem Feld liegen lassen. Er war wahrscheinlich teuer und wenn sie Pech hatte, würde er ihr in Rechnung gestellt werden. Sie rollte ihn auf und trug ihn eng an die Brust gedrückt zu den Fahrzeugen auf dem Parkplatz.

Nun saß sie im Wartezimmer des örtlichen Krankenhauses und wartete. Der Fallschirm lag aufgerollt unter ihrem Stuhl.

Sie wartete darauf zu hören, wie es Coach ging. Sie konnte jederzeit gehen, sie musste nur Montesa anrufen, um sich von ihr abholen zu lassen. Doch sie wollte *diesen* Anruf so lange wie möglich hinauszögern, zumal ihre Schwester überhaupt nicht begeistert von der Idee des Fallschirmspringens gewesen war.

Harley hatte sich die Hände gewaschen, trug aber immer noch die Gurte und die blutverschmierte Kleidung. Eine der Krankenschwestern hatte ihr einen Kittel angeboten, doch Harley wollte einfach nur nach Hause.

Sie saß mit angezogenen Knien auf einem Stuhl und hatte die Arme um ihre Beine gelegt. Harley war erschöpft und auch ziemlich verstört nach allem, was passiert war. Der Adrenalinschub bewirkte, dass sie zitterte und ihr schwindlig war.

Die Türen schwangen auf und als Harley aufschaute, sah sie, wie drei Männer, zwei Frauen und ein kleines Mädchen an ihr vorbeirauschten. Sie schienen außer Atem zu sein und panische Angst zu haben. Zumindest die Frauen. Die Männer schienen eher besorgt als fassungslos zu sein.

Harley saß bewegungslos da und beobachtete, wie sie alle zusammen zum Empfangsschalter gingen. Als die Krankenschwester die Fragen der Gruppe nicht beantworten wollte, spielte sich ein kleines Drama ab. Sie deutete nur auf die Stühle und bat sie zu warten.

Die Gruppe begab sich nur widerwillig in den Wartebereich. Die Frauen und das Mädchen setzten sich hin, ebenso wie zwei der Männer. Der dritte Mann stapfte aufgeregt im Raum umher und fuhr sich mit der Hand über sein perfekt aussehendes Haar.

Harley hörte ihre Unterhaltung mit. Das war besser, als darüber nachzudenken, was sie gerade durchgemacht hatte.

»Weißt du, was passiert ist, Fletch?«, fragte die große, schlanke Frau, offensichtlich die Mutter des kleinen Mädchens, den Mann, der rechts neben ihr saß.

Er schüttelte den Kopf. »Nicht wirklich. Der Oberst hat mich angerufen und mir mitgeteilt, dass sich ein Unfall zugetragen habe. Mehr hat er nicht gesagt. Dann habe ich Ghost and Hollywood angerufen.«

»Kannst du nicht jemand anderen anrufen? Jemand muss doch wissen, was passiert ist!«, sagte die andere Frau genervt. Sie hatte dunkles Haar und der Mann, der neben ihr saß, war ebenfalls sehr gut aussehend.

»Ich weiß nicht, ob überhaupt jemand alle Details hat, Prinzessin«, sagte der Mann, der seinen Arm um ihre Schultern gelegt hatte.

»Aber das ist doch totaler Bockmist«, rief sie empört. »Kann uns diese Frau wirklich *nichts* sagen? Das ist schwachsinnig, ihr könntet genauso gut Brüder sein.«

Der Mann neben ihr lachte, obwohl Harley sehen konnte, dass er angespannt war.

»Ich werde versuchen, Tommy zu erreichen«, kündigte der Mann an, der im Raum umher gestapft war, und zog sein Handy heraus. »Coach hilft ihm während seines Urlaubs im Fallschirmspringclub aus.«

Harley erschrak so sehr, als sie Coachs Namen hörte, dass einer ihrer Füße vom Sitz rutschte und sie die Arme ausstrecken musste, damit sie nicht das Gleichgewicht verlor und zu Boden fiel. Der Fallschirm, der unter ihrem Stuhl lag, wurde durch die Bewegung aufgerüttelt und füllte sich mit Luft.

Harley ließ den anderen Fuß zu Boden sinken und schaute die Gruppe von Freunden an, die sie nun alle anstarrten.

Sie waren offensichtlich Coachs Freunde. Sie sollte mit

ihnen reden. Ihnen erzählen, was passiert war. Wie Coach verletzt wurde – doch die Worte blieben ihr im Hals stecken. Sie war nicht gut darin, mit Leuten zu reden. Sie sagte immer das Falsche. Und das hier war wichtig.

Während der unangenehmen Stille war das kleine Mädchen zu ihr hinübergekommen und hatte sich vor sie hingestellt.

»Weißt du, dass du voller Blut bist?«

Harley lächelte reuevoll. Sie hatte sich die Hände gewaschen, doch ihr T-Shirt und ihre Arme waren immer noch mit Coachs Blut beschmiert. Als sie den Mund öffnete, um etwas zu sagen, fuhr das kleine Mädchen fort: »Und was hast du da an? Warst du klettern? Blade hat mich neulich mitgenommen. Ich bin wirklich weit nach oben geklettert und er hat Angst gehabt. Fletch, mein Daddy, wollte mich nicht mitnehmen, aber das macht nichts. Was ist das?« Sie zeigte auf den Fallschirm. »Das sieht aus wie das, was wir in der Schule im Turnunterricht benutzen. Meine Turnlehrerin ist toll. Sie hat die ganze Schule gerettet, als Bösewichte uns alle erschießen wollten. Ich war aber nicht in Gefahr, wir sind aus dem Fenster gestiegen und weggerannt. Kannst du reden? Es macht nichts, wenn du es nicht kannst. Mommy sagt, dass Leute manchmal Bekindelungen haben und nicht hören, sehen oder reden können. Aber das macht sie nicht zu schlechten Menschen.«

»Annie Grant Fletcher.« Die Frau klang todernst. »Komm hier rüber und hör auf, die arme Frau zu belästigen. Um Himmels willen.«

Harley schaute wieder die Gruppe von Leuten an. Sie saßen und standen alle bewegungslos da und beobachteten sie und das kleine Mädchen. In diesem Moment war es einfacher, mit dem Kind zu reden. Kinder waren unvoreingenommen. Und außerdem gefiel ihr ihre Unverblümtheit.

»Annie? Ist das dein Name?«

»Oh, du *kannst* also reden. Toll. Ja. Annie Fletcher. Mein neuer Daddy ist Fletch. Wir haben den gleichen Namen, aber du kannst mich nicht Fletch nennen, denn das ist *sein* Name.«

Harley lächelte zum ersten Mal seit einer gefühlten Ewigkeit. »Mein Name ist Harley Kelso. Ich bin voller Blut, weil ich versucht habe, einem Freund zu helfen, als er verletzt wurde.«

Annie nickte, als ob sie das völlig verstand. »Ja, mein Daddy ist in der Armee und manchmal ist er auch voller Blut, aber meine Mommy wischt es dann immer weg. Hast du jemanden, der dir das Blut wegwischt?«

Harley räusperte sich, als sie die unschuldigen Worte des Kindes hörte. Nein, sie hatte niemanden, der ihr das Blut wegwischte, aber das war in Ordnung. Bis jetzt war sie immer ganz gut alleine zurechtgekommen. »Darum werde ich mich später kümmern. Im Moment ist mein Freund am wichtigsten.«

»Was ist passiert?«, fragte eine tiefe, männliche Stimme über ihrem Kopf.

Harley richtete den Blick nach oben und schaute in die blauen Augen des Mannes, von dem Annie behauptet hatte, er sei ihr Vater. Die farbigen Tattoos an seinen Armen bildeten einen starken Kontrast zu dem weißen Hemd, das er trug. Die Frau, die mit Annie geschimpft hatte, stand neben ihm und sah besorgt aus.

Harley wollte wegschauen, doch die Intensität und Besorgnis in der Stimme des Mannes hielten sie davon ab. »Coach wurde während des Fallschirmspringens von einem Vogel im Gesicht getroffen.« Sie machte sich nicht die Mühe, ihnen alle Details zu berichten, wie etwa die Tatsache, dass sie beide fast ums Leben gekommen wären. Wenn dieses automatische Ding den Fallschirm nicht geöffnet hätte, wären sie beide wie Käfer auf einer Windschutzscheibe am Boden zerplatzt.

»Um Himmels willen«, sagte der Mann, der hinter dem Paar stand. Es war der gut aussehende Typ, der Harley an den jungen Tom Cruise erinnerte. Wenn er einen Fliegeranzug angehabt hätte wie der Schauspieler in *Top Gun*, hätte man sie leicht verwechseln können. »Und was sonst noch?«, fragte er fordernd.

Harley zitterte und legte beide Arme um ihre Taille. Sie wollte aufstehen, damit sie mit Coachs Freunden auf Augenhöhe war, doch im Moment konnte sie schlichtweg die Energie dafür nicht aufbringen. »Wie, was sonst noch?«

»Er wurde im Gesicht getroffen und was sonst noch? Wie geht die Geschichte weiter? Es ist offensichtlich, dass du uns nicht alles erzählst.«

Harley wurde blass. Woher wusste er das? Der Mann mochte zwar wie Tom Cruise aussehen, offensichtlich war er aber ein knallharter Typ.

»Lass sie in Ruhe«, sagte die andere Frau und stieß den Mann leicht an. Sie kam zu Harley hinüber und kniete sich vor sie hin. »Tut mir leid. Hollywood ist etwas angespannt. Geht es dir gut? Du siehst blass aus.«

»Mir geht es gut«, bestätigte Harley und sagte das, was die Frau hören wollte. Sie kannte sie nicht, deshalb war es vermutlich sowieso egal, wie sie sich tatsächlich fühlte.

»Ich bin Rayne und das ist Emily. Das sind unsere Freunde, Ghost und Fletch. Annie hast du ja schon kennengelernt. Und der hübsche Kerl da ist Hollywood. Sie sind Coachs Teamkollegen in der Armee und machen sich Sorgen um ihn. Sie haben viel zusammen durchgemacht und die Tatsache, dass Coach während seines Urlaubs verletzt wurde, ist beunruhigend. Coach hat keine

Geschwister und seine Eltern sind nicht von hier. Das Krankenhaus will uns nichts sagen, weil wir nicht mit ihm verwandt sind. Sie müssen warten, bis er aufwacht und die Erlaubnis erteilt. Verdammte Datenschutzgesetze. Wie auch immer, wir wollen nur wissen, wie es um ihn steht. So wie du aussiehst, muss es ihn ziemlich schlimm erwischt haben.«

Harley schüttelte den Kopf und versuchte, die Frau zu beruhigen. »Ich glaube nicht, dass es so schlimm ist. Ich glaube, er hat eine gebrochene Nase. Sie sah etwas komisch aus, deshalb auch das viele Blut. Ich habe keine anderen Wunden gesehen. Er war jedoch bewusstlos, deshalb dauert es wahrscheinlich so lange.«

»Bewusstlos?«, fragte der Mann namens Ghost ungeduldig. »Ich verstehe nicht. Wie kann es denn sein, dass ein Vogel so viel Schaden anrichten konnte, während ihr an einem Fallschirm hingt?«

Das war es. Harley musste nichts von dem peinlich sein, was passiert war. Sie sollte stolz darauf sein, dass es ihr gelungen war, sie beide sicher zurück auf den Boden zu bringen, ob mit oder ohne automatischem Fallschirmöffner. Doch aus irgendeinem Grund fühlte sie sich immer noch verantwortlich dafür, dass er überhaupt verletzt wurde. »Er wurde von dem Vogel getroffen, bevor sich der Fallschirm öffnete. Wir befanden uns noch im freien Fall.«

»Oh mein Gott«, hauchte Emily.

»Heilige Scheiße«, fluchte Rayne und hielt sich die Hand vor den Mund.

»Mist«, bellte Ghost.

»Verdammte Kacke«, murmelte Fletch.

Hollywood starrte sie nur ungläubig an.

»Wie bitte? Ich verstehe nicht«, sagte die kleine Annie und zog ihre Mutter am Ärmel.

»Gibt es hier eine Harley?« Diese Frage wurde von einer Krankenschwester gestellt, die am anderen Ende des Raumes in der Tür stand.

In letzter Sekunde gerettet, dachte Harley, während sie aufstand. »Ich. Ich bin Harley.«

»Ihr Freund verlangt nach Ihnen«, sagte die Frau sachlich.

»Nach mir?«, fragte Harley verwirrt. »Weiß er, dass seine Freunde hier sind?«

»Oh ja. Das weiß er. Ist ihm egal. Er will mit Ihnen sprechen.«

Harley schluckte. Gott. Er wollte mit ihr reden? War er verstört oder verärgert?

»Geh schon, Harley«, drängte Annie. »Ich habe Hunger und werde nichts zu essen bekommen, solange Mommy und Fletch nicht wissen, dass mit Coach alles in Ordnung ist.«

Harley nickte abwesend, machte einen Schritt auf die Krankenschwester zu und drehte sich dann zu Annie um. »Kannst du auf meine ... Sachen aufpassen?« Sie zeigte auf den Fallschirm und den jetzt leeren Rucksack, den Coach getragen hatte. »Ich will nicht, dass jemand sie klaut.«

Annie nickte begeistert. »Ja, ich werde darauf aufpassen. Kein Problem. Soldat Annie schiebt Wache!«

Harley lächelte, als das Mädchen eine Grimasse zog und sich umschaute, als würden sich hinter den Stühlen im Wartezimmer Bösewichte verstecken, die nur darauf warteten, die komisch aussehenden Dinge zu stehlen, die da auf dem Boden lagen.

»Danke. Das ist nett von dir.« Harley schaute die anderen an. Die Männer musterten sie, als könnten sie ihre Gedanken lesen, und die Frauen lächelten sie an. »Ich werde mich beeilen, damit ihr euren Freund besuchen könnt«, sagte sie schnell.

»Lass dir Zeit, Harley«, besänftigte Ghost sie. »Es ist offensichtlich, dass wir hintenanstehen müssen. Ich nehme ihm nicht übel, dass er einer hübschen Frau den Vorrang gibt.«

»Äh, das ist nicht –«

»Geh schon, Harley. Wir warten hier auf dich. Mach dir keine Sorgen. Wenn Coach mit dir reden will, bedeutet das, dass es ihm gut geht.« Diesmal war es Hollywood, der das sagte.

Sie nickte und sträubte sich plötzlich dagegen, Coach zu sehen. Sie war gefühlsmäßig erledigt, sie wollte sich einfach nur hinlegen und stundenlang schlafen. Sie hatte innerhalb kürzester Zeit so viele Emotionen durchlebt und es war noch nicht einmal Mittag. Sie konnte es fast nicht glauben.

Nervosität, Sorge, Coachs Anziehungskraft, Verlegenheit, wieder Nervosität, Todesangst, Erleichterung, wieder Todesangst, Sorge, weil er nicht aufwachen wollte, und jetzt war sie einfach nur müde. Harley ging schleppend auf die Krankenschwester zu und folgte ihr durch die Tür in Richtung Notaufnahme. Sie konnte die Blicke der anderen auf ihrem Rücken spüren.

Sie atmete tief ein, als sie die Krankenschwester eingeholt hatte, und versuchte, sich selbst gut zuzureden. Sie würde das schaffen. Sie würde Coach erzählen, was passiert war, und er würde auflisten, was sie alles falsch gemacht hatte. Dann würde sie ein Taxi rufen, das sie zurück zum Flughafen brachte, damit sie ihre Sachen holen und nach Hause fahren konnte. Sie würde um dreizehn Uhr zu Hause sein. Spätestens.

KAPITEL SIEBEN

»Machen Sie sich keine Sorgen, Ihrem Freund wird es bald wieder besser gehen. Wir mussten seine Nase operieren und er hat eine Gehirnerschütterung, aber sonst hat er Glück gehabt.«

Harley wollte der Krankenschwester widersprechen und ihr sagen, dass sie Coach erst heute kennengelernt hatte, entschied sich aber dagegen. Es war im Moment einfach zu viel. Stattdessen nickte sie nur und schob die Tür auf, die in den kleinen Raum führte.

Coach lag auf einem Bett und seine Beine waren von einem Laken bedeckt. Harley sah die Gurte, die er getragen hatte; sie lagen zusammen mit dem weißen Overall, seiner Jeans und dem blauen T-Shirt auf einem Stuhl neben dem Bett. Sein Oberkörper war nackt und seine Augen geschlossen. Für den Bruchteil einer Sekunde flitzte ihr der Gedanke durch den Kopf, dass er wahrscheinlich nur seine Unterhose trug, da alle seine Kleider auf dem Stuhl lagen, doch sie verdrängte ihn fast so schnell, wie er gekommen war. Es ging sie nichts an, was Coach anhatte.

Er hatte einen Verband auf der Nase und sie konnte

sehen, dass seine Augen von Blutergüssen umgeben waren. Er würde eine Weile lang so aussehen, als wäre er verprügelt worden.

Als Harley zurück zur Tür schaute, sah sie, dass die Krankenschwester sie leise hinter sich schloss und sie alleine ließ. Harley stand verlegen da.

Ohne die Augen zu öffnen, sagte Coach: »Ich weiß, dass du da bist, Harley. Komm her. Bitte.« Er streckte eine Hand nach ihr aus, öffnete schließlich die Augen und fixierte sie mit seinem dunklen Blick.

Harley ging erleichtert auf ihn zu, ohne den Blick von ihm abzuwenden. Sie war froh, seine Stimme zu hören, da er das letzte Mal, als sie ihn gesehen hatte, leblos und blutüberströmt gewesen war. »Geht es dir gut?«, fragte sie leise.

»Ja, dank dir.« Coach griff nach ihrer Hand, als sie sich dem Bett näherte, und zog sie zu sich heran.

»Ich habe nichts getan.«

»Blödsinn.«

»Coach, wirklich«, beteuerte Harley.

»Setz dich hin und erzähl mir, was passiert ist. Ich kann mich an fast nichts erinnern. Nur daran, wie wir zusammen im Flugzeug standen, bevor wir gesprungen sind.«

Harley runzelte die Stirn. »Du erinnerst dich nicht daran, dass wir aus dem Flugzeug gesprungen sind?«

Coach knurrte. »Nein. Der Arzt sagt, es sei wegen der Gehirnerschütterung. Vielleicht kommt die Erinnerung zurück, vielleicht auch nicht. Ich weiß nur, was du ihnen erzählt hast ... dass mir ein Vogel ins Gesicht geknallt ist.«

Harley saugte an ihren Lippen und versuchte, nicht zu weinen. Coach ging es gut. Es war alles in Ordnung. Er konnte reden und obwohl er sich an nichts erinnern konnte, war er am Leben.

»Oh, Harl. Weine nicht. Gott. Bitte.«

»Normalerweise bin ich nicht so eine Memme.« Die Tränen strömten über ihr Gesicht, ohne dass sie es überhaupt merkte. Harley versuchte, ihre Hand aus seiner zu ziehen, doch er ließ sie nicht los.

»Du bist keine Memme. Du hattest einen verdammt harten Tag. Komm schon, komm zu mir. Genau so, setz dich hin. Es ist alles in Ordnung. Lass es raus.« Coach zog so lange an ihrer Hand, bis sie sich auf den leeren Stuhl neben dem Bett setzte.

Sie beugte sich nach vorn, legte den Kopf auf ihren Arm, der auf der Matratze neben seiner Hüfte lag, und fing an zu schluchzen. Sie wusste nicht genau, warum sie weinte. Sie hätte sich schon längst ausgeweint haben sollen. Doch neben Coach zu sitzen und zu sehen, dass er am Leben und in Sicherheit war, war zu viel. Sie hatte solche Angst gehabt und konnte ihre Emotionen nicht mehr zurückhalten.

Während sie weinte, strich er mit der Hand über ihr Haar und flüsterte ihr leise tröstende Worte zu. Sie schien sich dessen mehr bewusst zu sein als er.

Coach streichelte Harleys Haar, während sie sich neben ihm ausweinte. Er fühlte sich hilflos, und das war er nicht gewohnt. Wenn er auf einem Einsatz war, übernahm er die Führung und hatte die Kontrolle darüber, was um ihn herum geschah, aber nicht jetzt. Er wollte Harley in die Arme nehmen und sie trösten, doch im Moment war es weder die richtige Zeit noch der richtige Ort, und er kannte sie eigentlich überhaupt nicht.

Doch *das* würde sich bald ändern.

Er hatte nicht gelogen; er konnte sich nicht daran erinnern, was passiert war, nachdem er im Flugzeug aufgestanden war und sich für den Sprung vorbereitet hatte. Nur daran, wie er Harleys Schutzbrille über ihrer eigenen Brille zurechtgerückt hatte. Er wollte ganz genau wissen, was passiert war, doch eins war ihm klar: Harley hatte verdammt gute Arbeit geleistet.

Sie war völlig mit seinem Blut bedeckt. Das sagte ihm, dass das, was geschehen war, ziemlich traumatisch gewesen sein musste. Er hatte mehrere Szenarien in seinem Kopf durchgespielt, doch er musste warten, bis Harley ihm erzählte, wann genau er während des Sprungs ohnmächtig geworden war. Das Entscheidende war, dass sie es irgendwie geschafft hatte, zu landen und Hilfe zu holen.

Die einzigen Menschen, denen gegenüber er sich jemals verpflichtet gefühlt hatte, waren seine Delta Force-Teamkollegen. Sie hatten ihm schon mehr als einmal das Leben gerettet, genauso wie er ihnen. Doch das war etwas anderes.

Harley war eine Zivilistin. Und eine Frau. Oh, er wusste, dass das nicht bedeutete, dass sie nicht jemandem das Leben retten konnte, nur weil sie eine Frau war. Doch das war *sein* Leben. Das machte einen großen Unterschied. Er hatte sein ganzes Leben damit verbracht, andere zu beschützen. Dass eine Frau *ihn* beschützte, war ein ganz neues Gefühl. Eines, das sich großartig anfühlte.

Harley schnüffelte ein paar Mal und wischte sich ununterbrochen die Nase mit ihrem Ärmel. Coach lächelte und griff nach der Schachtel mit den Taschentüchern, die hinter ihr stand. Wortlos hielt er eins vor sie hin und wartete geduldig, bis sie sich die Nase und das Gesicht damit abgewischt hatte.

»Fühlst du dich besser?«, fragte er und nahm ihre Hand wieder in seine.

Sie schüttelte den Kopf. »Nicht wirklich. Ich glaube, ich

brauche erst mal ein heißes Bad, ein paar Stunden Schlaf und ein paar starke Getränke.«

»Ich weiß, wie du dich fühlst. Mein Kopf bringt mich um. Mein Gesicht tut weh. Meine Nase wird nie wieder aussehen wie vorher, aber ich habe den Verdacht, dass ich vermutlich auch ein heißes Bad, ein paar Stunden Schlaf und ein paar starke Getränke brauchen werde, nachdem du mir erzählt hast, was passiert ist.«

Harley schaute besorgt auf, als sie das hörte. »Du hast Kopfschmerzen? Hast du keine Schmerzmittel bekommen? Soll ich dir welche besorgen?«

»Nein, Harl. Mir geht's gut. Trotzdem danke. Kannst du mir erzählen, was passiert ist? Und lass nichts aus. Bitte.«

Harley nickte und nahm einen tiefen Atemzug. »Wir sprangen raus und es war alles okay. Gut. Du hattest recht, es war wundervoll und aufregend zugleich. Ich hatte Angst, aber ich hätte das nie verstehen können, wenn ich es nicht selbst getan hätte.«

Coach nickte und streichelte mit dem Daumen ihren Handrücken. Er wusste genau, was sie meinte. Er konnte nicht behaupten, dass er die Einsätze, bei denen sie mit dem Fallschirm abspringen mussten, besonders mochte, doch er bekam jedes Mal einen Adrenalinschub. Das fühlte sich unbeschreiblich gut an. »Dann wurde ich von einem Vogel abgeschossen.«

Harley nickte und saugte wieder an ihren Lippen, bevor sie fortfuhr. »Ja. Das war eigentlich meine Schuld.«

»*Deine* Schuld? Harley, du hast diesen Vogel nicht zur richtigen Zeit am richtigen Ort platziert. Oder am falschen Ort zur falschen Zeit.«

»Ich habe mich geduckt.«

»Wie bitte?« Ihre Stimme klang so traurig und leise, dass Coach nicht sicher war, ob er sie richtig verstanden hatte.

»Ich habe mich geduckt. Ich sah aus dem Augenwinkel etwas auf uns zukommen und habe mich geduckt. Wenn ich das nicht getan hätte, hätte der Vogel mich getroffen und nicht dich, und du hättest uns sicher runter bringen können.«

Um Himmels willen!

»Harley, schau mich an!«, befahl Coach streng. Es dauerte einen Moment, doch schließlich hob sie den Kopf und schaute ihn an. »Es war *nicht* deine Schuld. Wenn er dich getroffen hätte, wärst du jetzt vielleicht tot. Ich bin größer als du und so wie es aussieht, hat er mich nur gestreift. Wenn du dich nicht geduckt hättest, hätte er dich frontal erwischt und viel mehr Schaden angerichtet als nur eine gebrochene Nase und ein paar Kopfschmerzen. Verstehst du?«

Sie konnte weder zustimmen noch widersprechen, also schwieg sie. Coach nahm an, dass er sie überzeugt hatte. »Was ist passiert, nachdem ich getroffen wurde? Ich nehme an, dass ich bewusstlos war. Warte, ich wurde getroffen, bevor ich den Fallschirm gezogen hatte?«

»Ja.«

»Oh mein Gott, Harley. Das tut mir so leid.«

»Warum denn?«

»Ich hatte dir versichert, dass dir nichts passieren würde. Ich hatte dir gesagt, dass du dich auf mich verlassen könntest und ich dich sicher wieder auf den Boden bringen würde, doch das war nicht so.«

»Das war nicht deine Schuld.«

Coach lächelte schwach. »Jetzt redest du wie ich. Los, erzähl weiter.« Coach biss die Zähne zusammen, als er die Todesangst sah, die immer noch in Harleys Augen schimmerte. Er hätte schon lange darauf kommen sollen. Die Tatsache, dass er getroffen worden war, bevor er den Fallschirm auslösen konnte, machte einen riesigen Unterschied. Als er sich den Moment vorstellte, in dem Harley erkannte, was passiert war, während sie in Richtung Boden rasten, drehte sich ihm der Magen um.

Sie zuckte mit den Schultern und erzählte mit knappen Worten, was passiert war, nachdem er getroffen worden war. »Du warst ohnmächtig. Ich konnte nicht stark genug an der Reißleine ziehen, um den Fallschirm zu öffnen. Ich bin in Panik geraten, doch dann ging dieses automatische Ding los und hat uns gerettet. Wir sind gelandet und ich habe Hilfe geholt.«

Coach schaute Harley an und wusste, dass sie viel ausließ, doch sie sah so aus, als wäre sie am Ende ihrer Kräfte, und er wollte sie nicht drängen. Einen Fallschirm zu lenken war nicht allzu schwierig, doch der Umstand, dass er bewusstlos an ihrem Rücken gehangen hatte, dies ihr erster Sprung gewesen war und sie nicht gewusst hatte, ob sie überleben oder sterben würden, erhöhte den Schwierigkeitsgrad erheblich.

Er ließ ihre Hand los und strich ihr mit den Fingern übers Gesicht. »Und was ist mit dem blauen Fleck auf deiner Wange?«

Harley zuckte verlegen mit den Schultern. »Ich wusste gar nicht, dass da einer ist. Den muss ich mir zugezogen haben, als mich meine Knie im Gesicht trafen, während der Fallschirm sich öffnete.«

»Davor habe ich dich gewarnt«, sagte Coach und lächelte leicht.

»Ich weiß«, flüsterte sie.

»Danke, Harley.« Diese Worte waren völlig unzureichend für das, was sie getan hatte. Für das, was sie durchgemacht hatte. Doch sie kamen aus tiefstem Herzen.

»Ich habe überhaupt nichts getan. Das AAG hat uns gerettet.«

»Du hast uns heil zurück auf den Boden gebracht. Das kann nicht einfach gewesen sein mit meinem zusätzlichen Gewicht. Du hast Hilfe geholt. Und irgendwie hast du verhindert, dass wir kopfüber herumgewirbelt wurden, als sich der Fallschirm öffnete. Es gibt tausend andere Dinge, an die ich im Moment nicht denken kann, weil mein Kopf so schmerzt, aber *eins* weiß ich.«

»Was denn?« Harleys Stimme war leise und ihre Augen füllten sich wieder mit Tränen.

»Dass ich froh bin, dass du diejenige warst, die da oben an meiner Brust festgeschnallt war.«

»Warum?«

»Ich glaube kaum, dass Sarah oder einer ihrer Freunde so reagiert hätten wie du. Du bist nicht ausgerastet und hast getan, was getan werden musste.«

»Das habe ich nicht, nicht wirklich«, beteuerte Harley, ohne ihn anzuschauen. »Ehrlich gesagt bin ich ausgerastet. Außerdem sind alle anderen vorher schon einmal gesprungen und hätten wahrscheinlich eher gewusst, was zu tun war.«

»Harley«, sagte Coach streng und legte die freie Hand auf ihre andere Wange. »Es hätte mich verwundert, wenn du *nicht* ausgerastet wärst. Aber darum geht es nicht. Wie Menschen in Notfällen reagieren ist reine Glückssache. Ich habe erfahrene Soldaten gesehen, die auf den Feind *zulaufen* sind, anstatt zu fliehen, als sie in Panik gerieten. Es spielt keine Rolle, wie oft jemand schon im Gefecht gewesen oder aus einem Flugzeug gesprungen ist. Es ist der Charakter einer Person, der bestimmt, wie sie sich verhält, wenn etwas schiefläuft. Du bist also ausgerastet. Das spielt keine Rolle. Wichtig ist, dass wir beide jetzt hier sind. Zwar etwas ramponiert, aber wir sind am Leben. Deswegen weiß ich, dass du alles richtig gemacht hast. Ich *weiß* es. Ich liege heute hier, weil du alles richtig gemacht hast.«

»I-i-ich hatte Angst.«

»Oh, Liebes. Komm her.«

Coach hätte nicht widerstehen können, sie in seine Arme zu ziehen, selbst wenn sein Leben in Gefahr gewesen wäre. Er hatte sich noch nie zuvor so stark mit einer Frau verbunden gefühlt. Sie bemühte sich so sehr, stark zu sein, doch es war offensichtlich, dass sie Todesangst ausgestanden hatte.

Sie saß neben seinem Bett und ließ zu, dass er sie zu sich zog und umarmte. Er hielt Harley einfach fest, während sie weinte. Sie schluchzte zwar nicht mehr, war jedoch immer noch aufgewühlt.

Als ihr Atem sich wieder beruhigt hatte, fragte er leise: »Wie viele meiner Teamkollegen sind im Wartezimmer?«

Ohne den Kopf zu heben, sagte Harley: »Als ich da draußen saß, waren es drei. Und zwei Frauen und ein kleines Mädchen.«

»Hm. Es überrascht mich nicht, dass Fletch als Erster aufgetaucht ist. Ich wette, Ghost ist auch da draußen. Und ihre Frauen. Ich bin sicher, dass die anderen inzwischen ebenfalls hier sind.«

»Ich sollte gehen«, sagte Harley und versuchte, sich aus Coachs Umarmung zu lösen.

Er drückte sie einen Moment lang an sich, bevor er sie losließ. Mit dem Finger schob er ihr eine Haarsträhne hinters Ohr, während sie sich mit den Händen über das Gesicht fuhr. Plötzlich kam ihm ein Gedanke. »Wo ist denn deine Brille?«

»Oh, ähm. Das weiß ich nicht. Ich habe irgendwann während des Sprungs die Schutzbrille verloren und meine

Brille ist vermutlich mit ihr zusammen runtergefallen. Vermutlich trägt irgendeine Kuh sie mittlerweile.«

Coach lächelte. Harley war lustig. Die Situation überhaupt nicht, sie jedoch schon. Dann wurde er ernst. »Bist du damit einverstanden, dass einer meiner Teamkollegen dich nach Hause bringt?« Er hob eine Hand, als es so aussah, als wollte sie widersprechen. »Du kannst nichts sehen und ich nehme an, dass dein Auto immer noch am Flughafen steht, oder?« Als sie nickte, fuhr er fort: »Bitte sag Ja, damit ich mir keine Sorgen machen muss. Lass dich von Hollywood, Truck oder jemand anderem nach Hause bringen. Sie bringen dir dein Auto dann später.«

Harley musterte ihn. »Du hast eine Gehirnerschütterung.« Das war keine Frage.

Coach zog eine Grimasse. »Ja.«

»Hast du jemanden, der sich zu Hause um dich kümmert?«

Er glaubte nicht, dass sie an dieser Information interessiert war, gab sie ihr jedoch trotzdem. »Weder Frau noch Freundin, Harley. Ich hätte dich nicht gefragt, ob du mit mir ausgehen willst, wenn das der Fall wäre. Einer der Jungs wird bei mir bleiben und mich alle paar Stunden wecken. Das ist nicht die erste Gehirnerschütterung, die ich mir zugezogen habe. Leider bekommen wir bei unserer Arbeit ziemlich oft eins übergebraten. Die Jungs werden sich um mich kümmern.«

»Okay.«

Sie saß auf dem Bettrand und schaute ihn lange an. Dann sagte sie: »Ich bin froh, dass es dir gut geht, Coach.«

»Ich auch. Danke, Harley.«

Sie stand auf und streckte die Hand aus. »Es war schön, dich kennenzulernen, Beckett Ralston.«

Coach starrte auf ihre dünne Hand. Es überraschte ihn

nicht, dass sie sich an seinen Namen erinnerte, auch wenn er ihn nur einmal erwähnt hatte. Er ergriff ihre Hand und drückte sanft. »Wenn du denkst, dass wir uns nicht mehr wiedersehen, irrst du dich, Harley. Ich erinnere mich daran, dass ich dich gefragt habe, ob du mit mir ausgehen willst, bevor wir ins Flugzeug gestiegen sind. Und das möchte ich immer noch.«

Coach spürte, wie ihre Hand zuckte, und er grinste. Es gefiel ihm, dass er sie damit überrascht hatte. »Oh, aber ich dachte –«

»Dann hast du falsch gedacht. Ich werde mit meinen Teamkollegen sprechen. Einer von ihnen wird dich nach Hause bringen. Wenn du einverstanden bist, würde ich dich gern in ein paar Tagen wiedersehen. Damit ich weiß, dass es dir gut geht. Bis dahin lassen diese monströsen Kopfschmerzen hoffentlich nach, damit ich dir die Aufmerksamkeit schenken kann, die du verdienst.«

»Ähm, okay, aber wenn du es dir anders überlegst –«

Coach unterbrach sie erneut. »Ich werde es mir nicht anders überlegen. Es ist nur die Frage, *wann* wir uns wiedersehen.«

Es gefiel ihm zu sehen, dass sie leicht errötete.

Coach zog an ihrer Hand, die er immer noch festhielt. »Ich glaube, wir können uns das Händeschütteln sparen. Ich hätte lieber eine Umarmung.« Er ließ ihre Hand los und streckte ihr die Arme entgegen.

Harley beugte sich wieder über ihn und legte ungeschickt ihre Arme auf seine Schultern. Er legte eine Hand oben auf ihren Rücken und eine ins Kreuz, knapp über ihren Hintern, und drückte sie an sich. Sie umarmte ihn fest und seufzte. Er bekam Gänsehaut auf den Armen, als er ihren Atem an seinem Ohr spürte. »Danke, dass du so einen harten Kopf hast und nicht gestorben bist, Coach.«

Er drückte einen Moment lang die Nase an ihren Hals. »Danke *dir*, dass du uns sicher vom Himmel heruntergebracht hast, Harley.«

Sie nickte und löste sich aus der Umarmung. Coach ließ sie nur widerwillig los. »Fahr nach Hause, Harley. Zieh die blutbefleckten Kleider aus und wirf sie weg. Nimm ein heißes Bad und geh schlafen. Danach wirst du dich besser fühlen. Ich melde mich bei dir. Okay?«

»Ja, ich glaube, das werde ich machen.« Sie schaute einen Moment lang auf ihre schmutzige Kleidung hinunter, bevor sie ihren Blick wieder auf ihn richtete. »Brauchst du meine Nummer?«

»Ob ich sie brauche? Nein. Aber es würde die Sache einfacher machen.«

Harley war zu müde, um darüber nachzudenken, wie er an ihre Telefonnummer kommen könnte, ohne dass sie sie ihm gab. »Okay, vielleicht kann ich ein Stück Papier finden und sie dir aufschreiben.«

»Sag sie mir einfach. Ich werde sie mir merken.«

»Oh, aber –«

»Harley, ich habe ein fotografisches Gedächtnis. Wenn du sie mir einmal sagst, werde ich mich an sie erinnern. Glaub mir.«

Sie nickte und gab ihm ihre Nummer. Coach wiederholte sie in seinem Kopf und visualisierte die Zahlen. »Alles klar, danke. Ich wünsche dir einen schönen Nachmittag. Ich melde mich bald bei dir.«

»Das würde mich freuen. Und gern geschehen.«

Coach beobachtete, wie Harleys Hüften hin- und herwiegten, als sie den Raum verließ. Sie war eine faszinierende Frau und er konnte es kaum erwarten, sie besser kennenzulernen.

KAPITEL ACHT

Am nächsten Abend lag Harley auf ihrer Couch und dachte darüber nach, was für eine Memme sie gewesen war. Herrgott, sie hatte wegen des Mannes sogar geheult und das war sehr untypisch für sie. Sie hasste Frauen, die die ganze Zeit weinten. Es nervte und war schwach, und trotzdem hatte sie in seiner Anwesenheit Rotz und Wasser geheult.

Sie hatte es hinausgezögert, doch nach dreizehn Stunden Schlaf, einem langen Bad und nachdem sie sich selbst gut zugeredet hatte, war es Zeit, Montesa anzurufen.

Harley wählte ihre Nummer und drehte sich auf der Couch um, sodass ihre Füße auf der Rückenlehne ruhten und ihr Kopf fast den Boden berührte. Es war eine seltsame Position, doch das kümmerte Harley nicht. Sie war bequem.

»Hey, Harl. Wie war das Fallschirmspringen? Ich habe danach nichts von dir gehört. Du wolltest doch anrufen, damit ich nicht denke, dass du auf dem Kopf gelandet bist oder so.«

Harley schluckte. Es war am besten, es hinter sich zu bringen, wie ein Pflaster, das man wegreißen musste. »Du hattest recht, Schwester. Ich hätte es einfach online recherchieren sollen. Es ist ein Unfall passiert. Mein Ausbilder wurde von einem Vogel im Gesicht getroffen und war bewusstlos. Aber der Notfallschirm öffnete sich und wir sind ohne große Probleme gelandet. Mein Partner musste ins Krankenhaus gebracht werden, aber es geht ihm gut. Nur eine gebrochene Nase und eine Gehirnerschütterung. Mir geht's gut.« Harley hielt sich kurz und kam schnell auf den Punkt. Es war nie gut, mit ihrer Schwester lange um den heißen Brei herumzureden.

»Soll das ein Witz sein?«

Harley zuckte zusammen und hielt das Telefon von ihrem Ohr weg, während ihre Schwester weiter tobte. Schließlich schien sie sich zu beruhigen und sie hielt sich das Telefon rechtzeitig wieder ans Ohr, um ihre Schwester sagen zu hören: »... mir das nächste Mal zuhören!«

»Du hast recht. Ich hätte auf dich hören sollen«, beruhigte Harley sie. »Du hattest recht und ich lag falsch. Aber bevor du die große Schwester raushängen lässt, die alles besser weiß, muss ich dir etwas sagen.«

»Wie bitte?«

»So schlimm das Ganze auch war, ich habe genau das herausgefunden, was ich für mein Programm brauche.«

»Um Himmels willen«, rief Montesa entrüstet. »Das hätte ich mir denken können. Davidson kommt morgen nach Hause. Ich werde unser Abendessen vorverlegen. Samstagabend. Bei mir. Ich erwarte dich.«

»Ja, Ma'am«, sagte Harley kleinlaut, obwohl sie innerlich lächelte. Montesa klang streng, doch Harley wusste, dass das nur der Fall war, weil sie sich Sorgen um sie machte.

Sie tauschten noch ein paar Höflichkeiten aus und beendeten dann das Gespräch. Harley streckte die Arme über dem Kopf aus, berührte mit den Händen den Boden und dehnte ihren Rücken. Sie hatte Prellungen an den Hüften, dort wo die Gurte ihr in die Haut geschnitten hatten, und ihr tat jeder einzelne Muskel weh. Die Kratzer, die der Stacheldraht an ihrem Rücken hinterlassen hatte, juckten und waren leicht entzündet. Sie war während des ganzen Sprungs angespannt gewesen, was nicht überraschend war. Es würde ein paar Tage dauern, bis sie sich wieder besser fühlte.

Der blaue Fleck in ihrem Gesicht, den ihre Knie verursacht hatten, war immer noch da, doch wenigstens hatte er sich nicht hässlich verfärbt, sodass sie damit leben konnte. Außerdem verließ sie ohnehin nicht oft das Haus.

Harley atmete tief durch, machte eine Rumpfbeuge, setzte sich aufrecht hin und drehte sich auf der Couch um, sodass ihre Füße wieder den Boden berührten. Sie musste ihr Spiel fertig programmieren und es war Zeit, dass sie sich an die Arbeit machte.

Coach wandte sich an Hollywood und sagte: »Danke, dass du letzte Nacht hiergeblieben bist. Ich weiß das zu schätzen.«

»Kein Problem. Du hast das für mich auch schon getan.«

»Und werde es wahrscheinlich wieder tun.«

Die beiden Männer lächelten einen Moment, dann fragte Hollywood: »Was ist mit Harley?«

Coach versuchte nicht einmal, so zu tun, als wüsste er nicht, was er damit meinte. »Ich rufe sie später an.«

»Gut.« Hollywood nickte zustimmend. »Die ganze Sache scheint sie ziemlich mitgenommen zu haben, das darf man ihr auch nicht verübeln. Du musst es vorsichtig angehen. Sie schien sich nicht besonders wohlzufühlen mit uns allen im Wartezimmer. Sie ist nur etwas aufgetaut, als sie sich mit

Annie unterhalten hat, was uns nicht überrascht hat. Die Kleine könnte sogar einen Serienmörder zum Schmelzen bringen. Aber im Ernst, sie ist nicht wie Rayne oder Emily.«

»Das würde ich auch nicht wollen«, antwortete Coach sofort. »Schau. Ich weiß nicht, was in Ghost oder Fletch vorging, als sie ihre Frauen getroffen haben, aber irgendwie sind Harley und ich im Einklang. Sie ist sehr intelligent, aber schüchtern. Sie verdient ihren Lebensunterhalt damit, Videospiele zu codieren. Das ist der Grund, warum sie überhaupt gesprungen ist ... sie wollte in eines ihrer Spiele einen Fallschirmsprung einbauen. Das Wenige, das ich über sie erfahren habe, bevor wir ins Flugzeug gestiegen sind, war einfach ...« Coach brach den Satz ab, er wusste nicht, wie er es seinem Teamkollegen erklären sollte.

»Richtig?«, fragte Hollywood.

»Ja. Richtig. Mir fällt kein besseres Wort ein. Ich bin kein Idiot, ich sehe, wie Frauen mich manchmal anschauen. Ich weiß, dass ich attraktiv bin, aber es war, als hätte Harley *mich* gesehen, nicht meinen Körper.«

Hollywood nickte. »Das versteht niemand besser als ich. Du hast es verdient, Mann. Wenn ich irgendwie helfen kann, dann sag einfach Bescheid.«

»Danke, das ist nett von dir. Haben die Jungs ihr Auto zurückgebracht?«

»Ja. Das Ding ist ein Schrotthaufen«, sagte Hollywood lächelnd.

Coach sah besorgt aus. »Wirklich? Verdammt, ich habe sie nicht einmal gefragt, was für ein Auto sie fährt.«

»Es ist ein Ford Focus. Ein Modell aus den Zweitausendern. Die Reifen haben definitiv schon besser ausgesehen. Sie sind völlig abgefahren.«

»Verdammt. Das Ding ist eine Todesfalle«, murrte Coach.

»So schlimm ist es nicht. Sie hat es offensichtlich gut gepflegt, aber es macht immer noch komische Klappergeräusche und die Reifen müssen gewechselt werden. Fletch sagte, er würde es sich ansehen.«

»Das ist nett von ihm. Er kennt sich mit Autos aus.«

»Ja. Hast du schon mit deinem Freund vom Fallschirmspringclub gesprochen?«

»Tommy? Ja, er hat heute Morgen angerufen.«

»Er muss sich Sorgen gemacht haben.«

Coach nickte. »Oh ja. Aber das AAG hat seine Aufgabe erfüllt. Es hat sich wie vorgesehen eingeschaltet. Er ist nur etwas sauer, weil er jetzt kein makelloses Sicherheitsprotokoll mehr hat.«

Hollywood rollte mit den Augen. »Es hätte unmöglich jemand voraussagen können, dass diese verdammte Gans in deine Flugbahn gerät.«

»Stimmt. Er ist auch nicht sauer auf mich, sondern auf die Situation. Als wir nicht wie geplant in der Landezone aufgetaucht sind und uns niemand finden konnte, geriet er in Panik. Er hat erst eine Stunde, nachdem wir hätten landen sollen, herausgefunden, dass wir ins Krankenhaus gebracht worden waren.« Coach zuckte mit den Schultern. »Immerhin habe ich noch fünf Tage frei, bis ich mich wieder auf dem Stützpunkt melden muss.«

Hollywood stand auf und streckte Coach die Hand entgegen. »Ich bin froh, dass es dir gut geht, Mann. Ernsthaft. Tragischer Unfall hin oder her, wir könnten nicht ohne dich im Team auskommen.«

Coach schüttelte seinem Freund die Hand. »Danke, Hollywood. Das bedeutet mir sehr viel.«

»Ruf sie an«, sagte Hollywood wohlmeinend. »Ich weiß nicht, wann du dich bei ihr melden wolltest, aber wenn ich du wäre, würde ich nicht zu lange warten. Du hast einiges durchgemacht, aber du erinnerst dich nicht daran. Sie spielt den Film vermutlich immer wieder vor ihrem geistigen Auge ab.«

»Werde ich machen.«

»Gut. Bis später. Ruf mich an, wenn du etwas brauchst. Oh, und ich soll dir eine Nachricht von Rayne überbringen.«

»Schieß los.«

Hollywood sprach mit hoher Stimme, als ob er Rayne imitieren wollte: »Richte Coach aus, dass Emily und ich gern mit Harley zu Mittag essen möchten, damit wir uns dafür bedanken können, dass sie Coach das Leben gerettet hat.«

Sie schmunzelten beide.

»Ich glaube, es ist noch etwas zu früh, um die beiden auf Harley loszulassen.«

»Gute Entscheidung. Vor allem, wenn Mary mitkommt.«

»Ich werde jedoch Fletch anrufen, wegen ihres Autos«, meinte Coach.

»Tu das. Bis später«, entgegnete Hollywood und ging in Richtung Tür.

»Bis später. Nochmals vielen Dank für alles.«

Hollywood antwortete nicht, sondern hob nur die Hand, winkte und verließ dann die Wohnung.

Harley merkte fast nicht, dass später am Tag ihr Handy klingelte. Sie war tief im Code für das neue *This is War* Spiel versunken und versuchte, die Szene, in der sich die Fallschirme öffnen, richtig hinzubekommen. Sie hatte den eigentlichen Sprung, wie sie fand, etwas realer gestaltet und arbeitete an den Szenen, in denen die Soldaten in der Luft schwebten. So unerfreulich ihre Erfahrung auch gewesen war, sie hatte *trotzdem* genau das gelernt, was sie für das Programmieren des Spiels wissen musste.

Harley schaute auf ihr Telefon in der Erwartung, Davidsons Namen zu sehen. Stattdessen sah sie überraschenderweise das Wort »unbekannt«.

Harley biss sich auf die Lippe und zögerte. Es konnte ein Telefonverkäufer sein. Aber was, wenn nicht? Sie hatte Coach ihre Nummer gegeben, hatte aber nicht nach seiner gefragt.

Sie beschloss, einfach aufzulegen, wenn am anderen Ende jemand war, mit dem sie nicht sprechen wollte. Sie nahm den Anruf entgegen und sagte: »Hallo?«

»Hallo, ist Harley da?«

»Das bin ich.«

»Hey. Hier ist Coach.«

Harleys Herz setzte einen Schlag aus und schlug dann doppelt so schnell weiter. Er rief tatsächlich an.

»Hallo Coach. Wie geht's dir?«

»Mir geht's gut. Die Nase tut noch ein wenig weh, aber die Kopfschmerzen sind fast verschwunden.«

»Freut mich, das zu hören.«

Einen Moment lang herrschte Stille. Harley wusste nicht, was sie sagen sollte. Sie war noch nie gut im Telefonieren gewesen. Der Umgang mit Menschen fiel ihr sowieso schon schwer und zu Highschool-Zeiten war sie oft in Schwierigkeiten geraten, wenn sie die non-verbalen Signale der Person, mit der sie sich unterhielt, nicht sehen konnte. Ihren Geschwistern machte ihre harsche Art am Telefon nichts aus, sie waren damit vertraut.

»Was machst du gerade?«, fragte Coach.

»Ich arbeite.«

Ein leises Lachen erklang am anderen Ende. »Brauchst du eine Pause?«

»Brauchen? Nein.«

»Dann lass es mich umformulieren. Willst du eine Pause einlegen?«

»Mit dir?« Harley schlug sich geistig die Hand an die Stirn. Gott, sie hätte genauso gut »Ich mag dich!« rufen können, dann wäre die Sache erledigt gewesen.

Aber Coach lachte sie nicht aus. Er sagte nur: »Ja. Mit mir.«

»Klar.«

»Macht es dir was aus, wenn ich zu dir komme? Ich weiß nicht, ob mein Kopf schon für ein lautes Restaurant oder etwas Ähnliches bereit ist.«

Er wollte zu ihr kommen? Harley konnte sich nicht daran erinnern, wann sie das letzte Mal Besuch gehabt hatte. Zumindest von jemandem, der nicht mit ihr verwandt war. »Oh, ähm, okay. Aber ...«, sie schaute sich um und verzog das Gesicht, »bei mir sieht es total chaotisch aus. Wenn ich in meiner Arbeit versunken bin, vergesse ich irgendwie immer zu putzen.«

»Ich komme nicht vorbei, um aufzuräumen, Harl.«

»Warum denn *sonst*?« Die Worte brachen so schnell aus ihr heraus, dass sie sie nicht aufhalten konnte. Sie schloss die Augen und seufzte, bevor sie schnell sagte: »Tut mir leid. Du musst darauf nicht antworten. Ich bin nicht gut im Telefonieren.«

Als ob er ihre letzten Worte ignorierte, antwortete Coach: »Ich komme vorbei, weil ich dich mag, Harley. Mir ist langweilig und ich würde gern etwas Zeit mit dir verbringen. Ich möchte dich besser kennenlernen und mich vergewissern, dass es dir nach allem, was passiert ist, wirklich gut geht.«

Harley wusste nicht, was sie darauf antworten sollte. Sie konnte immer noch nicht glauben, dass ein Mann wie Coach mit *ihr* ausgehen wollte, doch sie würde ihn mit Sicherheit nicht davon abbringen.

»Bist du noch da?«

»Ja, tut mir leid. Also, um welche Zeit?«

»In ungefähr einer Stunde. Soll ich etwas zu essen mitbringen?«

»Nur wenn es von dem neuen Chinesen an der Hauptstraße kommt. Nicht von dem Fast Food-Laden, das Zeug ist schrecklich. Und ich mag Hühnchen in allen Variationen. Oh und scharf. Aber nicht das Cashew-Hühnchen, die sind immer knausrig mit den Nüssen und das ärgert mich.«

Coach lachte am anderen Ende. »Verstanden. Scharfes Hühnchen, keine Cashewnüsse.«

»Weißt du, wo ich wohne?«

»Ja. Ich habe mit den Jungs gesprochen. Oh, und falls du es nicht bemerkt hast, dein Auto steht vor der Tür. Sie haben es gestern Abend vorbeigebracht.«

»Das habe ich gesehen. Danke.«

»Der Schlüssel liegt unter der Fußmatte auf der hinteren Beifahrerseite.«

»Wunderbar. Ich werde ihn später holen.«

»Danke, dass ich vorbeikommen darf, Harl. Bis später.«

»In Ordnung, Coach. Bis dann.«

»Bis dann.«

Harley legte auf, lehnte sich zurück und starrte auf den Computerbildschirm vor ihr. Es waren zwei seltsame Tage gewesen. Sie schaute auf die Uhr. Elf Uhr dreißig. Sie war früh aufgewacht, nachdem sie einen Albtraum gehabt hatte. Natürlich war sie im Traum in den Abgrund gestürzt. Wie hätte es auch anders sein können. Immerhin war sie aufgewacht, bevor sie auf dem Boden aufgeschlagen war.

Es war schon ein paar Stunden her, seit sie mit ihrer Schwester gesprochen hatte, und sie hatte vergessen zu essen, sobald sie angefangen hatte zu arbeiten.

Während sie sich auf die Codierzeilen vor ihr konzentrierte, hatte Harley plötzlich eine Idee und neigte sich interessiert zum Bildschirm hin. Sie würde nur noch diese eine kleine Änderung vornehmen und dann aufstehen und etwas aufräumen, bevor Coach eintraf.

KAPITEL NEUN

Coach wischte sich die Hände an der Hose ab, bevor er an Harleys Tür klopfte. Er war nervös. Es war lächerlich, aber er konnte nichts dagegen tun. Derjenige zu sein, der jagte, fühlte sich anders an, als der Gejagte zu sein. Es gefiel ihm. Sehr sogar.

Harley wohnte in einer guten Gegend in Temple, in einem kleinen Viertel mit Reihenhäusern. Die Häuser sahen alle gleich aus, obwohl die Fassaden verschiedene Farben hatten. Harleys Haus war das mittlere in einer Reihe von sechs Häusern, die in einer Dreiecksformation mit anderen Gebäuden standen. Der Parkplatz befand sich in der Mitte. Es sah gepflegt aus und die ältere Dame, die ihn durch die Vorhänge hindurch beobachtete, während er zu Harleys Tür ging, lächelte ihn freundlich an.

Coach wartete eine gefühlte Ewigkeit und lächelte, als sich die Tür endlich öffnete. Aber anstatt Harleys strahlendes Gesicht zu sehen, öffnete sie die Tür nur einen Spaltbreit und spähte hinaus.

»Hey, Coach. Ich, ähm ... ich habe die Zeit vergessen und bin noch nicht bereit.«

»Noch nicht bereit? Ist alles in Ordnung?«

»Ja. Es ist alles in Ordnung. Es ist nur –«

»Es macht nichts, wenn du es dir anders überlegt hast. Vermutlich gehe ich die Sache etwas zu direkt an, aber alleine zu Hause herumzusitzen macht mich verrückt und ich möchte dich *wirklich* besser kennenlernen«, sagte Coach schnell, um sie zu beruhigen. Er wollte auf keinen Fall, dass sie sich unwohl fühlte.

»Nein! Das ist es nicht. Ich möchte auch gern mehr über dich erfahren. Aber um ehrlich zu sein ... ich sehe scheiße aus. Nachdem ich gestern nach Hause gekommen war, habe ich geduscht, aber heute Morgen habe ich nicht daran gedacht. Ich trage ein verwaschenes altes T-Shirt und meine Gammelhose.« Coach sah, wie sie an sich hinunterschaute. Ich trage heute nicht einmal Unterwäsche.«

Coach verschluckte sich fast, als er das hörte, doch zum Glück bemerkte sie es nicht und fuhr fort: »Ich wollte mich umziehen und gut für dich aussehen. Ich bin auch nicht unbedingt hübsch, wenn ich schön angezogen bin, aber ich wollte mir heute Abend wenigstens Mühe geben. Ich meine, du siehst so gut aus, deshalb schien es angebracht zu sein, aber dann fing ich an, an meinem Spiel zu arbeiten, und habe die –«

»Lass mich rein, Harley!«, forderte Coach streng.

»Ich weiß nicht –«

»Lass mich rein«, wiederholte er.

»Oh. Okay, aber ich habe dich gewarnt.«

Harley öffnete die Tür und verlagerte ihr Gewicht unruhig von einem Bein aufs andere. Ohne den Blick von ihrem Gesicht abzuwenden, trat Coach in den kleinen Eingangsbereich ihres Hauses und schloss die Tür hinter sich, als sie einen Schritt zurücktrat und ihm Platz machte.

Sobald die Tür zu war, musterte Coach Harley von Kopf

bis Fuß. Sie trug ein graues T-Shirt mit einem Aufdruck, der die Entwicklung des Menschen zeigte, angefangen beim gebeugten Affen bis hin zu einem Mann, der an einem Spielautomaten spielte. Es sah riesig an ihrem zierlichen Körper aus, reichte ihr jedoch nur knapp bis über die Hüften. Die schwarze Hose schien aus bequemer Baumwolle gefertigt zu sein. Er wusste nicht, was eine »Gammelhose« war, für ihn sah sie wie eine normale Pyjamahose aus. Sie hatte einen Kordelzug und war weit geschnitten, sodass ihre mit Socken bedeckten Füße kaum zu sehen waren. Harleys braunes Haar war zu einem unordentlichen Knoten auf ihrem Kopf aufgetürmt.

Sie schob sich die Brille auf die Nase, stemmte die Hände in die Hüften und sagte herausfordernd: »Siehst du? Ich hab's dir ja gesagt.«

»Was hättest du denn angezogen, wenn du Zeit gehabt hättest?«

»Wie bitte? Oh, na ja ...« Harley zuckte verlegen mit den Schultern. »Ich weiß nicht. Wahrscheinlich eine Jeans und einen Pullover oder so. Zumindest hätte ich geduscht, damit ich nicht nach ungewaschenem Hintern rieche.«

Coach konnte nicht anders. Er machte zwei Schritte auf sie zu, neigte sich zu ihr hin, vergrub die Nase an ihrem Hals und atmete ein. Er hörte, wie sie nach Luft schnappte, doch sie wich nicht zurück, sondern neigte den Kopf ein paar Zentimeter zur Seite, damit er mehr Platz hatte. Er spürte, wie sie vorsichtig eine Hand auf seine Hüfte legte.

»Du riechst nicht nach ungewaschenem Hintern. Eher nach Waschmittel und Zimt.«

»Oh, ähm. Ja, ich habe heute Morgen Zimttoast zum Frühstück gegessen. Wahrscheinlich ist ein bisschen davon auf meinem T-Shirt gelandet, ohne dass ich es bemerkt habe.«

Coach lächelte sie an und entfernte sich wieder von ihr. Er schaute an ihrem Körper hinunter und sah, dass sich ihre Brustwarzen unter dem dünnen Baumwollstoff ihres T-Shirts wieder verhärtet hatten. Er war zwar kein Fachmann, doch er hielt es für ein gutes Zeichen, dass sie die Reaktion ihres Körpers nicht kontrollieren konnte, wenn sie in seiner Nähe war. Während er auf ihre Brustwarzen starrte, musste er natürlich daran denken, dass sie unter ihren Kleidern keine Unterwäsche trug, und wie gerne er am Kordelzug ihrer Hose gezogen hätte, wenn er sie nur schon besser gekannt hätte.

»Und, hast du was vom Chinesen mitgebracht?«

Ihre Worte holten ihn wieder auf den Boden der Realität zurück. Gott. Er hatte kaum mehr als ein paar Stunden mit ihr verbracht und fantasierte schon darüber, wie er sie auszog. Er war ein Arschloch.

»Ja, ich habe dir scharfes Hunan-Hühnchen mit Jalapeno Poppers mitgebracht.«

Coach zuckte zusammen, als Harley ihn am Kragen packte und ihn in ihre Wohnung schleppte. »Warum hast du das nicht gleich gesagt? Das ist mein Lieblingsgericht! Je schärfer desto besser! Und die Poppers sind das Sahnehäubchen«, rief sie begeistert.

Coach lächelte und ließ sich von ihr in die Küche schieben. Sie streckte die Hand aus und verlangte, dass er ihr die Papiertüte übergab, die er seit seiner Ankunft in der Hand gehalten hatte. »Gib her.«

»Ja, Ma'am. Ich würde mir nie erlauben, eine Frau von ihrem Essen fernzuhalten.«

Harley musterte ihn einen Moment lang. »Machst du dich über mich lustig?«

»Nein«, sagte Coach sofort und lächelte sie an. »Ich meine es wirklich ernst. Du hast keine Ahnung, wie sehr es mich antörnt, mit einer Frau zusammen zu sein, die weiß, was sie will. Ganz zu schweigen von der Geschichte mit dem Essen.«

»Geschichte mit dem Essen?«

Coach nickte und schaute ihr zu, während sie sich darauf konzentrierte, die Tüte mit den Gerichten auszupacken. »Ja, du weißt schon, die meisten Frauen essen nur Salate oder ein paar Streifen magere Hühnerbrust, wenn sie eine Verabredung mit einem Kerl haben.«

Sie hielt zum zweiten Mal inne, als sie das hörte. »Eine Verabredung?«

Er grinste. »Ja. Eine Verabredung. Für mich ist das unsere erste Verabredung. Sie beinhaltet etwas zu essen, eine Unterhaltung und hoffentlich am Ende des Abends einen Kuss. Eine Verabredung.«

Coach wusste, dass er Harley vor den Kopf gestoßen hatte, als sie ihn verwirrt anstarrte. Hatte sie denn nie Verabredungen? Das konnte nicht sein; sie war lustig, hübsch und interessant. Seiner Meinung nach ein Volltreffer. Coach lernte viel zu oft Frauen kennen, die nur mit ihm ins Bett, aber nichts über ihn als Mensch erfahren wollten, sondern nur die Uniform und seinen Körper sahen. Irgendwie wusste er, dass Harley anders war. Sie hatte nicht nur den Mumm gehabt, sie aus der lebensbedrohlichen Situation zu befreien, die sich am Tag zuvor abgespielt hatte, sondern war auch im Krankenhaus geblieben, bis er wieder das Bewusstsein erlangt hatte, und sie war nett zu Emilys Tochter gewesen. Ja, er wollte mit ihr ausgehen.

»Oh, na dann. Ich dachte nur ... du weißt schon.«

»Ich weiß *nicht*, Harley. Was meinst du?« Coach berührte sie am Arm und unterbrach die ruckartigen Bewegungen, mit denen sie die Behälter mit den Gerichten aus der Tüte nahm.

Sie zuckte mit den Schultern. »Dass du mir wegen gestern danken wolltest.«

»Das will ich auch«, stimmte Coach schnell zu. »Aber das ist nicht alles. Erinnerst du dich? Vor dem Unfall wollte ich dich zum Essen einladen. Aber ich kann dir sagen, dass du mich mittlerweile noch mehr faszinierst.«

Harley nahm einen tiefen Atemzug. »Okay, aber das hier«, sagte sie und breitete die Arme aus, »bin ich. Wenn ich mich in die Arbeit vertiefe, dusche und esse ich manchmal tagelang nicht. Ich bin ein Computerfreak. Meine Freunde sind auch Computerfreaks und die meisten von ihnen habe ich online kennengelernt. Ich bleibe lieber zu Hause und spiele Videospiele mit diesen Online-Freunden, als auszugehen. Ich bin introvertiert. Ich mag Leute, aber wenn ich es mir aussuchen kann, bleibe ich lieber zu Hause. Ich lese gern und kann viel essen. Ich bin dünn und nehme nicht zu, egal was ich esse. Ich kann viel Alkohol vertragen und könnte dich wahrscheinlich unter den Tisch trinken.« Sie hielt inne und biss sich auf die Lippe, während sie ihre Arme wieder sinken ließ.

Coach griff mit der einen Hand nach ihrer, legte die andere auf ihr Gesicht und strich mit dem Daumen über ihre Lippen. »Ich bin in der Armee. Es gibt Zeiten, in denen meine Freunde und ich auch tagelang nicht duschen. Wir essen auf unseren Einsätzen Fertigmahlzeiten, wenn wir Zeit haben. Es ist mir egal, dass du ein Computerfreak bist. Es fasziniert mich sogar. Ich habe kein Problem damit, dass du Videospiele spielst, solange du mich mitspielen lässt. Und ob du es glaubst oder nicht, ich bin selbst etwas introvertiert. Ich kann mich zwar verteidigen und werde es zur Not auch tun, habe aber schon vor langer Zeit gelernt, dass Menschen gemein sind. Deshalb vermeide ich normalerweise brenzlige Situationen. Ich scheue mich jedoch nicht davor einzuschreiten, wenn sich jemand wie ein Arschloch benimmt.«

Coach ließ seine Hand von ihrer Wange zu ihrer Hüfte sinken und fuhr fort: »Ich habe nichts an deinem Körper auszusetzen, Harley. Absolut nichts. Nach dem zu urteilen, was ich bisher gesehen habe, ist er perfekt für mich.« Sein Blick wanderte ihren Körper entlang nach unten, während er sprach. »Lange Beine, schlanke Finger, kleine Brüste, die jedoch schnell reagieren.« Seine Augen funkelten, während er beobachtete, wie sie ihr Gewicht verlagerte, als er leicht ihre Hüfte drückte.

Schließlich schaute er ihr wieder in die Augen. »Und was das Essen angeht, iss, was du willst. Ich habe lieber eine Freundin, die richtig reinhaut, als eine, die versucht, die Leute um sie herum zu beeindrucken. Es gibt nichts Unattraktiveres, als den knurrenden Magen einer Frau zu hören, wenn man ausgeht. Ich stimme jedoch nicht zu, dass du mich unter den Tisch trinkst. Erstens würde ich mich niemals auf ein Wetttrinken einlassen und damit deine Gesundheit aufs Spiel setzen. Aber wenn du dich betrinken willst, hau rein. Ich bitte dich nur darum, dass du es an einem sicheren Ort tust. Und dass ich dich abholen darf, damit ich dafür sorgen kannst, dass du sicher nach Hause kommst.«

Harley fiel die Kinnlade herunter und sie brachte kein Wort heraus. Schließlich schlug sie mit der flachen Hand auf seine Brust. Hart.

»Autsch.« Coach packte ihre Finger und hielt sie davon ab, erneut zuzuschlagen. »Was sollte das denn?«

»Ich wollte nur testen, ob du echt bist. Ich denke, du bist vermutlich ein Roboter oder so etwas Ähnliches. Vielleicht ein Cyborg, der programmiert wurde, um Frauen genau das zu erzählen, was sie hören wollen.«

Coach grinste. »Hundert Prozent Fleisch und Blut, Harl. Können wir jetzt was essen?«

»Wenn du meine Hände loslässt, gern.«

Coach hörte nicht auf zu lächeln, ließ sie jedoch los.

Sie wandte ihre Aufmerksamkeit wieder dem Essen zu. »Ist es in Ordnung, wenn wir auf der Couch essen?«

»Klar.«

»Gut. Ich kann mich nämlich gar nicht daran erinnern, wann ich das letzte Mal am Tisch gegessen habe.«

Harley drehte sich zum Schrank um, nahm zwei große Teller heraus und klaubte dann zwei Löffel und zwei Gabeln aus der Schublade. Sie brachte sie zur Theke und reichte ihm einen Löffel. »Für deinen Reis.«

Coach häufte pflichtbewusst ein paar Löffel Reis auf seinen Teller. Dann fügte er Rindfleisch und Brokkoli hinzu und vermischte das Ganze mit der Gabel, die sie ihm ebenfalls gereicht hatte. »Keine Stäbchen?«, erkundigte er sich grinsend.

»Pah«, spottete Harley, ohne aufzuschauen, während sie sich auf ihre Mahlzeit konzentrierte. »Ich weiß, wie man mit Stäbchen isst, aber ich habe Hunger. Mit der Gabel geht es viel schneller.«

»Das stimmt«, sagte Coach und dachte für sich, wie verdammt liebenswert sie war. Er mochte ihre Aufrichtigkeit. Sie war erfrischend. Es war fast so, als wäre er mit seinen Teamkollegen zusammen ... fast.

Als sie ihre Mahlzeiten fertig vorbereitet hatten, fügten sie noch ein paar Jalapeno Poppers hinzu und gingen zur Couch. Harley saß auf einem angewinkelten Bein und fing an, ihr Hühnchen zu bearbeiten, ohne mit Coach zu reden oder ihn anzuschauen.

Doch anstatt sich ignoriert zu fühlen, fühlte Coach sich ... wohl. Obwohl es das erste Mal war, dass er bei ihr zu

Hause war und Zeit mit ihr verbrachte, fühlte es sich nicht komisch an und er befürchtete auch nicht, dass er etwas Falsches sagen könnte. Harley war bodenständig und fühlte sich wohl in ihrer Haut.

Er widmete sich seiner Mahlzeit und machte sich nicht die Mühe, sich mit ihr zu unterhalten, während sie aßen. Harley hatte nicht gelogen. Sie aß tatsächlich viel. Er hätte nicht gedacht, dass sie ihre Mahlzeit so schnell verschlingen würde. Nur Momente später schob er sich den letzten Bissen seines eigenen Gerichts in den Mund.

Harley wischte sich den Mund mit einem Papiertuch ab, das sie aus der Küche geholt hatte, bevor sie sich zurücklehnte und ihn mit gerümpfter Nase anschaute. »Sagst du gar nichts dazu, wie schnell ich esse?«

»Nein. Wir sind gut aufeinander abgestimmt.« Coach hob seinen leeren Teller hoch.

Sie streckte die Hand aus und fragte: »Ich bin fertig, willst du noch mehr?«

Coach schüttelte den Kopf. »Nein, das reicht. Gib mir deinen Teller, ich kümmere mich um den Abwasch.«

Harley widersprach nicht, sondern reichte ihm einfach ihren leeren Teller. Während er zur Spüle in der Küche ging, kommentierte sie: »Ich muss mir normalerweise immer anhören, dass ich zu schnell esse.«

Coach schaute sie an. Harley hatte sich umgedreht, sodass ihr Ellbogen auf der Rückseite der schwarzen Ledercouch ruhte. Sie schaute in seine Richtung.

Er spülte das schmutzige Geschirr und gab zu: »Ja, ich auch. Meine Mutter meckert jedes Mal, wenn ich nach Hause komme.«

»Meine Schwester sagt immer, dass ich wie ein hungerndes Kind aus Afrika esse.« Sie lächelten einander an. »Ich habe einfach Hunger. Ich sehe nicht ein, warum ich zwischen den Bissen pausieren oder meine Gabel hinlegen sollte, während ich kaue. Ich bringe es lieber schnell hinter mich, damit ich mich etwas Interessanterem widmen kann«, erklärte Harley.

Bei jeder anderen Frau hätte Coach vermutlich eine sexuelle Anspielung gemacht, aber es war offensichtlich, dass Harley nicht versuchte, ihn irgendwie anzumachen. »Dann wirst du dich gut mit meinen Freunden vertragen. Emily und Rayne behaupten immer, dass wir uns wie ein Rudel hungriger Wölfe benehmen.« Er zuckte unbefangen mit den Schultern, während er die Schachteln, die die Reste des chinesischen Essens enthielten, verschloss und in den Kühlschrank stellte. »Wenn wir im Feld sind, haben wir manchmal einfach keine Zeit, um uns hinzusetzen und eine Mahlzeit zu genießen. Wir stopfen so viel wie möglich in uns hinein, wenn sich eine Gelegenheit bietet.«

»Kannst du mir mehr über deine Arbeit erzählen?«

Coach kam zur Couch zurück und setzte sich wieder neben Harley. Ihre ganze Aufmerksamkeit war auf ihn gerichtet. Sie fummelte nicht an ihrem Handy herum. Griff nicht nach der Fernbedienung für den Fernseher. Sie konzentrierte sich auf *ihn*. Sie bewies mit jeder Minute, dass sie anders war als all die Frauen, die er bisher getroffen hatte. Auf eine gute Art. Auf eine sehr gute Art.

Er wollte ihre Frage beantworten, wusste jedoch, dass er vorsichtig sein musste. »Du weißt, dass ich in der Armee bin«, begann er vorsichtig.

Sie nickte und ermutigte ihn weiterzureden.

»Ich bin ein Fünfunddreißig Foxtrott.«

Harley schaute ihn fragend an und gab zu: »Ich habe keine Ahnung, was das bedeutet. Ich kenne nur einige der einfachen Codes. Zum Beispiel, dass Elf Bravo die Infanterie ist, ein Zwölf Bravo ist ein Gefechtsingenieur, Einhundertdreiundfünfziger sind Piloten und ein Siebenundzwanzig Bravo ist ein Richter. Die anderen kenne ich nicht.«

»Es ist beeindruckend, dass du so viel weißt.«

Harley zuckte mit den Schultern. »Meine Schwester ist Anwältin und ich habe im Laufe der Jahre auch einiges durch Videospiele gelernt.« Sie grinste verlegen.

»Ein Fünfunddreißig Foxtrott gehört zum militärischen Geheimdienst.« Als Harley etwas erwidern wollte, schnitt er ihr mit einem Lächeln das Wort ab. »Und nein, das ist kein Widerspruch.« Sie lachten beide.

»Woher wusstest du, dass ich das sagen wollte?«, fragte sie schließlich, als sie wieder etwas zu Atem kam. Nachdem sie sich wieder beruhigt hatte, fragte sie: »Was machst du genau?«

»Offiziell bin ich ein Analyst des Geheimdienstes.« Coach verriet ihr nicht, dass er auf Papier – Papier, das streng geheim war – als Achtzehn Foxtrott eingestuft war ... als Mitglied der Spezialeinheit. »Ich benutze Informationen, um zu bestimmen, wozu der Feind fähig ist, welches seine Schwachstellen sind und welches die beste Vorgehensweise ist.«

Harley nickte. »Das macht Sinn. Ich wette, dass dein fotografisches Gedächtnis dabei hilfreich ist.«

»Ja, auf jeden Fall.«

»Du arbeitest also mit einem Team?«

»Was meinst du damit?«

»Die Jungs, die gestern im Krankenhaus waren. Du hast sie Teamkollegen genannt. Sind sie auch alle Fünfund-dreißig Foxtrott?«

Coach unterdrückte einen Lacher. Ghost und die anderen würden sich darüber amüsieren. Harley mochte sich zwar als Computerfreak bezeichnen, aber in seinem Team war *er* der Computerfreak. Er mochte Zahlen und fand gern Dinge heraus. Am liebsten hatte er logische Rätsel.

»Nein, jeder hat sein eigenes Spezialgebiet. Wir arbeiten oft zusammen. Wir sind eigentlich eher Brüder als Kollegen.«

Coach zuckte nicht mit der Wimper, während Harley ihn musterte. Er musste sich immer wieder daran erinnern, dass sie viel klüger war als die meisten Frauen, mit denen er in der Vergangenheit ausgegangen war. Seine Erklärung hatte allen anderen genügt. Er fuhr fort: »Wir werden oft zusammen auf Einsätze geschickt, deshalb *sind* wir wie Teamkollegen.«

»Einsätze. Nicht zusammen stationiert?«

Scheiße, scheiße, scheiße. Coach sagte nichts, wandte jedoch den Blick nicht von ihr ab, bis sie es tat.

»Okay. Verstehe. Ich kann sehen, dass du dich unwohl fühlst, und werde keine Fragen mehr stellen. Aber darf ich etwas sagen?«

»Natürlich.«

»Ich finde das toll. Ich meine, sie tauchten fünfzehn Minuten nach unserer Ankunft im Krankenhaus auf. Außer meiner Familie kenne ich niemanden, der das für mich tun würde. Sie waren sehr besorgt um dich, sogar die beiden Frauen. Das ist schön für dich.«

»Das ist es auch, Harl. Aber weißt du was?«

»Was denn?«

»Wenn ich wüsste, dass du im Krankenhaus bist, wäre ich in weniger als fünfzehn Minuten da.«

»Du kennst mich nicht einmal«, flüsterte Harley verwirrt, während sie den Kopf schüttelte. »Warum sagst du das?«

»Ich weiß vielleicht noch nicht viel über die kleinen Dinge, aber ich weiß genug über die wichtigen Dinge, um zu wissen, dass es mich nicht kaltlassen würde, wenn du verletzt würdest. Dass ich mir Sorgen um dich machen würde. Dass ich würde da sein wollen, wenn du aufwachst.

Als Coach in ihre braunen Augen schaute, konnte er sehen, wie verwirrt sie war, und beschloss, das Thema zu wechseln. »Erzähl mir mehr über deine Arbeit. Du entwirfst Videospiele. Anscheinend solche, die mit Krieg zu tun haben.«

Das war die richtige Frage. Die nächsten fünfzehn Minuten verbrachte Coach damit, zustimmend zu nicken, während Harley aufgeregt von ihrer Arbeit sprach und davon, was sie am Computer tat. Sie arbeitete für eine große, bekannte Grafikfirma und gehörte zu den vielen Menschen, die hinter den Kulissen arbeiteten und die Spiele, die Kinder heutzutage spielten, realistischer und intensiver gestalteten.

»Bekommst du Anerkennung dafür?«

»Anerkennung?«

»Ja, ich meine, wird dein Name im Abspann der Spiele erwähnt? Oder bleibst du völlig hinter den Kulissen?«

Ihre Augen begannen zu leuchten und Coach gefiel ihr Anblick.

»Willst du ihn sehen?«

»Dein Name auf dem Spiel? Klar!«

Harley erhob sich von der Couch und stolperte zur Spielkonsole auf ihrem Fernseher hinüber. Sie schaute schweigend durch die Reihe von Spielen auf ihrem Regal und zog schließlich eins heraus. Sie schob es in das Wiedergabegerät, schnappte sich die Fernbedienung und schaltete den Bildschirm ein, während sie sich wieder hinsetzte.

»Okay, aber freu dich nicht zu früh, mein Name wird mit zwanzig anderen aufgeführt, aber wir werden im Vorspann ganz am Anfang des Spiels erwähnt. Ich weiß, dass die meisten Leute den einfach überspringen, aber es ist trotzdem ziemlich klasse.«

Coach betrachtete Harley und nicht den Bildschirm. Wenn sie sich freute, strahlte sie übers ganze Gesicht. Das war eine Seite an ihr, die er noch nicht gesehen hatte. Und er mochte sie. Sehr sogar.

»Okay, bereit?«, fragte Harley, drehte sich zu ihm um und hatte offensichtlich erwartet, dass er auf den Bildschirm schaute, anstatt sie anzustarren. »Coach?«

»Tut mir leid, ja, ich bin bereit.«

»Okay, ich werde versuchen, das Bild anzuhalten, aber du musst schnell hinsehen.« Sie schob sich die Brille auf die Nase und neigte sich nach vorn, als würde ihr das helfen, sich zu konzentrieren. »Da!«, rief sie und zeigte auf den Bildschirm. »Da ist es!«

Coach schaute auf den großen Bildschirm und mitten in der Liste von Namen sah er »Harley Kelso, Designer«. Er strahlte sie an. »Das ist klasse.«

»Willst du spielen?«

»Ja«, antwortete Coach sofort. »Obwohl ich zugeben muss, dass *Bejeweled* mein Lieblingsspiel ist. Ich habe gesehen, dass du es hast.«

»Vergiss es«, sagte Harley, ohne zu zögern. »Ich habe es nur, weil meine Schwester keine Ahnung hat, wie man First-Person-Spiele spielt. Das ist ein Spiel für Waschlappen.«

»Dann bist du bestimmt nicht gut darin«, scherzte Coach.

Sie drehte sich um und starrte ihn an. »Willst du spielen oder nicht?«

Coach hob kapitulierend die Hände und sagte beschwichtigend: »Ja, tut mir leid. Was immer du willst.«

Zum Glück vergab sie ihm für seine scheinbar unakzeptable Spielwahl. »Wir können entweder gegeneinander spielen oder als Team.«

»Als Team.«

»Kluge Entscheidung. Ich würde dich fertigmachen«, sagte Harley und grinste.

»Das bezweifle ich nicht.« Und das tat er auch nicht. Coach mochte zwar ein großer, böser Delta Force-Soldat sein, doch da Harley eine Spielentwicklerin war, musste sie viel besser sein als er … und er hielt sich für einen ziemlich guten Spieler.

»Hier.« Harley reichte ihm einen Controller. »Hast du diese Version von *This is War* schon mal gespielt?«

»Diese nicht, aber die mit den Soldaten, die Außerirdische waren.«

»Okay, diese hier ist viel besser. Und bevor du fragst, ja, ich habe auch an den anderen mitgearbeitet, aber diese ist neuer und wir haben ein paar tolle Dinge eingebaut. Lass uns auf mittlerem Schwierigkeitsgrad spielen, damit du dich daran gewöhnen kannst.«

»Versuch, mir nicht in den Hintern zu schießen, einverstanden, Kelso?«

Als er hörte, wie sie kicherte, wurde Coach warm ums Herz. Sie klang glücklich und unbeschwert. Er konnte sich fast nicht mehr daran erinnern, wie sie am Vortag an seiner Brust geschluchzt hatte. Fast.

»Okay, Ralston, los geht's.«

KAPITEL ZEHN

»Pass auf! Hinter dir! Mist, er hat eine Granate! Lauf, Coach! Raus da!«

»Verdammt, woher ist der denn gekommen? Schnapp ihn dir, Harl! Schieß ihm in den Hintern!«

»Ich habe keinen guten Winkel! Verdammt!«

»Nein, nein, nein, nein! Verflucht!« Coach ließ sich niedergeschlagen in die Couchkissen sinken, während er zuschauen musste, wie sein Soldat zum zwanzigsten Mal an diesem Abend starb. Er zog eine reuevolle Grimasse und schaute Harley an. »Dieses Spiel wurde von Sadisten entworfen.«

Sie lachte laut heraus, warf den Kopf zurück und hielt sich den Bauch. Als Harley sich wieder etwas beruhigt hatte, sagte sie keuchend: »Das ist gerade mal der mittlere Schwierigkeitsgrad, du Riesenbaby. Du solltest mal sehen, was auf dem Expertenlevel alles abgeht.«

Coach hob die Hände und gab sich geschlagen. »Oh Gott. Ich bin erledigt. Gute Arbeit, Harley. Ernsthaft.« Er schaute auf die Uhr und zog überrascht die Augenbrauen nach oben. »Ist es wirklich schon neun Uhr?«

Harley sah gleichermaßen überrascht aus, drehte abrupt den Kopf und schaute auf die Wanduhr in der Küche. »Heilige Scheiße. Ich glaube schon.« Sie drehte sich wieder zu Coach um und zuckte mit den Schultern. »Es ist erst dann ein gutes Spiel, wenn sich acht Stunden deines Lebens in Luft auflösen, während du spielst.«

»Es ist ein gutes Spiel. Aber ehrlich gesagt ... ist es die gute Gesellschaft, die es wert ist, einen ganzen Tag zu verlieren.«

Harley errötete, lächelte ihn jedoch an. »Ich hatte schon lange nicht mehr so viel Spaß. Danke, Coach.«

»Glaub mir, das Vergnügen ist ganz meinerseits.«

Harley stand auf, legte sich die Hände ins Kreuz und streckte den Rücken durch, so wie sie es vor ihrem Fallschirmsprung getan hatte.

Coach verschluckte sich fast. Sie hatte offensichtlich keine Ahnung, wie sexy sie war. Er wusste, dass sie nicht kokett war oder versuchte, ihn anzumachen. Während sie den Rücken durchstreckte, wurden ihre Brüste nach vorne gedrückt, und obwohl ihre Brustwarzen nicht so hart waren wie zu dem Zeitpunkt, als sie vor dem Sprung am Flughafen neben ihm gestanden hatte, hatte er jetzt einen besseren Blick auf ihre Rundungen.

Sie war schlank, ja, doch ihre Brüste hatten die perfekte Größe für ihren zierlichen Körper. Wenn er raten müsste, würde er sagen, dass sie ein B Cup war, eine hübsche Handvoll. Doch es war der Gedanke daran, wie er mit seinen Lippen ihre Brustwarzen liebkoste, der ihm das Wasser im Mund zusammenlaufen ließ. Er erinnerte sich, wie sie sich mit Harleys wachsendem Interesse an ihm aufgerichtet hatten.

Coach spürte, wie es eng wurde in seiner Jeans. Himmel, er hatte noch keinen einzigen Zentimeter von Harleys nackter Haut gesehen, doch in Gedanken hatte er sie bereits ausgezogen und an ihren Titten gesaugt, bis sie unter ihm zum Höhepunkt kam.

Sie schaute ihn an und erstarrte, offensichtlich konnte sie die Lust in seinem Blick sehen. Coach versuchte, eine möglichst emotionslose Miene aufzusetzen, erkannte jedoch, dass ihm das misslungen war, als er sah, wie sie verlegen die Arme vor der Brust verschränkte.

»Wie geht's deinem Kopf? Brauchst du noch mehr Schmerztabletten?«

Coach schüttelte den Kopf. »Nein, es geht mir gut. Die letzten, die ich genommen habe, als wir eine Pause gemacht und die Reste gegessen haben, wirken immer noch. Aber danke.«

»Okay. Gut.«

Coach stand auf. »Ich sollte gehen. Ich habe heute viel zu viel von deiner Zeit beansprucht.«

»Nein, es ist in Ordnung. Ich konnte eine Pause gebrauchen. Ehrlich gesagt hat es nicht nur Spaß gemacht, eines der älteren Spiele mit dir zu spielen, sondern mich auch auf ein paar neue Ideen für das neue Spiel gebracht.«

Coach trat einen Schritt näher an Harley heran und sagt leise: »Das freut mich. Es hat tatsächlich Spaß gemacht. Danke, dass du mir diesen Teil deines Lebens gezeigt hast. Ich finde ihn – und dich – faszinierend. Und obwohl wir zusammen gegessen haben, möchte ich dich trotzdem irgendwann ausführen.«

»Wirklich?« Harley zuckte zusammen und versuchte, ihn schnell von ihrer skeptischen Antwort abzulenken. »Ich meine, klar. Das würde mich freuen.«

Coach lächelte. »Bringst du mich zur Tür?«

Sie gingen nebeneinander her zum Eingangsbereich.

Harley entriegelte die Tür, öffnete sie und machte einen Schritt zur Seite.

Coach stand einen Moment lang neben ihr und betrachtete sie. Harley hatte nicht gelogen. Er hatte die Zeit mir ihr genossen. Das Videospiel zu spielen und zu sehen, wie verärgert und aufgeregt Harley war, wenn sie spielte, war erfrischend gewesen. Es war fast so gewesen, als würde er mit seinen Teamkollegen wetteifern, nur hatte er keine Sekunde lang vergessen können, dass Harley eine Frau war. Sie mochte vielleicht eine riesige Baumwollhose und ein T-Shirt tragen, das ihren zierlichen Körper verschluckte, aber er war sich noch nie einer Frau so bewusst gewesen wie ihr.

Er neigte sich zu Harley, ohne sie zu berühren, hielt den Augenkontakt und sagte dann: »Ich möchte dich küssen.«

Sein Herz blieb einen Moment lang stehen, als sie nicht gleich antwortete, schlug dann aber weiter, als sie nickte.

»Gern.«

Er nahm sich Zeit und wusste, dass er nur einen ersten Kuss mit ihr erleben würde. Coach legte eine Hand auf ihre Schulter, schob die Knöchel der anderen Hand unter ihr Kinn und drehte ihren Kopf, bis er einen perfekten Winkel hatte. Sie hatte die ideale Größe. Er musste sich zwar immer noch leicht bücken, jedoch ohne sich dabei einen Rückenschaden zuzuziehen.

Harley leckte sich nervös die Lippen und er spürte, wie sie zögernd ihre Hände auf seine Hüften legte, während er näher an sie herantrat. Coach leckte sich die Lippen und sah, dass Harley die Augen schloss.

Er wollte keine Sekunde dieses Augenblicks verpassen und schaute sie an, während sich der Abstand zwischen ihnen verringerte. Er streifte ihre Lippen in einer flüchtigen Liebkosung, dann noch einmal. Beim dritten Mal verweilte er und sie reagierte so, wie sie es immer tat; sie gab sich voll und ganz der Erfahrung hin.

Coach spürte, wie sie die Hände auf seinen Hüften zu Fäusten ballte und gleichzeitig den Mund öffnete. Coach sehnte sich mehr danach, sie zu schmecken, als dass er atmen wollte. Er ließ seine Zunge in ihren Mund gleiten und fing an, sie mit ihrer tanzen zu lassen, als er spürte, dass sie sich auf das Spiel einließ.

Sie schmeckte leicht nach dem scharfen Hühnchen, das sie zum Abendessen zu sich genommen hatte, doch vor allem schmeckte sie wie ... Harley. Coach atmete ein, während er den Kopf zur Seite neigte und mit seiner Hand ihren Hinterkopf festhielt. Er roch ... sie. Nicht etwa Seife oder Shampoo, sondern den leicht moschusartigen, frischen Geruch einer Frau.

Er stöhnte in ihren Mund und küsste sie fordernder. Während er ihren Kopf stillhielt, verschlang er sie, als würden sie sich nie wieder küssen. Er saugte an ihrer Zunge und knabberte dann an ihren Lippen. Coach wollte die ganze Nacht lang von ihren Lippen trinken, doch als er spürte, wie sie unter ihm zitterte, zog er sich zurück. Er wollte ihr auf keinen Fall Angst machen oder sie zu etwas drängen, wozu sie noch nicht bereit war.

Coach fühlte sich wie ein Neandertaler. Er wollte sie zurück ins Haus und in ihr Schlafzimmer tragen, sie aufs Bett werfen und ihr die Kleider vom Leib reißen, sehen, was unter ihnen verborgen war. Doch dafür war noch Zeit. Er wollte nichts überstürzen. Einen ganzen Abend lang ein Videospiel mit ihr zu spielen, hatte Spaß gemacht. So etwas hatte er noch nie zuvor mit einer Frau getan. So etwas hatte er auch noch nie mit einer Frau tun *wollen*.

Er zog sich zurück, ließ jedoch seine Stirn auf ihrer

ruhen und genoss es, ihre kurzen, stoßartigen Atemzüge zu hören. »Danke, Harley. Das war ein Geschenk.«

Sie lehnte sich zurück und schaute ihn verwirrt an.

Er konnte nicht anders. Er war schon neugierig gewesen, seit sich ihre Lippen zum ersten Mal getroffen hatten. Sein Blick wanderte zu ihren Brüsten und er lächelte.

Harleys Brustwarzen hatten sich aufgerichtet und waren deutlich durch das graue T-Shirt zu erkennen. Es war offensichtlich, dass sein Kuss sie angetörnt hatte. Als Coach ihren Kopf losließ und seine Hand seitlich an ihrem Körper entlanggleiten ließ, streifte er mit dem Daumen die Rundung ihrer Brust. Ohne pervers sein zu wollen, berührte er sie wesentlich intimer, als ein guter Freund es getan hätte, und dafür, dass sie einander erst so kurz kannten, war das vermutlich total daneben, doch man hätte ihn auch dann nicht davon abhalten können, wenn man ihm eine Pistole an den Kopf gehalten hätte. Er *musste* sie berühren.

»Danke für den besten ersten Kuss, den ich je hatte. Er hat all meine Erwartungen übertroffen.« Er schaute ihr in die Augen, hörte jedoch nicht auf, sie mit seinem Daumen zu streicheln. »Ich will dich, Harley Kelso. Aber noch mehr, als ich im Moment deinen Körper will, möchte ich, dass du mir vertraust. Ich habe dein Vertrauen während des Sprungs missbraucht, zwar ohne eigenes Verschulden, aber trotzdem. Ich möchte mehr Zeit neben dir auf der Couch verbringen. Ich möchte mehr über deine Arbeit erfahren, was genau du machst und wie es funktioniert. Ich will deine Geschwister kennenlernen. Ich möchte, dass du meine Teamkollegen, Emily und Rayne kennenlernst. Ich will damit sagen, dass ich dich in meinem Leben haben möchte. Ich habe mich noch nie so gut mit einer Frau verstanden und das sage ich nicht nur, um dich ins Bett zu bekommen.

So sehr ich deinen schönen Körper auch sehen und berühren möchte, ich möchte Harley kennenlernen. Deine Ängste, deine Träume und deine Fantasien.«

»Du bist mir einfach dankbar.«

Coach schüttelte verneinend den Kopf, als er hörte, wie ihre Stimme zitterte. »Nein. Das ist es nicht. Ich bin äußerst stolz auf das, was du gestern getan hast, versteh mich nicht falsch. Aber ehrlich gesagt hätte sich das AAG sowieso eingeschaltet, unabhängig davon, wer an meiner Brust festgeschnallt war. Ja, wenn ich mit jemand anderem gesprungen wäre, der nur die Hälfte von dem getan hätte, was du getan hast, dann hätte ich mich bei der Landung vermutlich schwerer verletzt. Aber ich bin dankbar dafür, dass *du* es warst. Ich bin dankbar für alles, was du getan hast. Aber das ist es nicht, Harley. Ich weiß nicht, wie es dir geht, aber ich fühle mich zu dir hingezogen. Ich bin wie besessen von dir.«

»Das muss an meiner Streberbrille und meinen perfekten Laufstegklamotten liegen«, kommentierte Harley sarkastisch.

Anscheinend musste sie erst lernen, wie man ein Kompliment annahm. »Es *liegt* auch an deiner Brille. Und deinen Klamotten. Du bist *du*. Es ist dir scheißegal, was andere über dich sagen oder denken. Du fühlst dich wohl in deiner Haut. Und das macht mich total an. Es gibt heutzutage nicht viele Frauen, die so sind. Das ist äußerst attraktiv, und, Harl, ich muss dich warnen, ich stehe total auf dich. Ich hoffe natürlich, dass es dir genauso geht, aber ich werde mein Bestes geben.«

»Nur zu, junger Mann.«

Die Stimme klang, als käme sie von nebenan. Er und Harley streckten gleichzeitig die Köpfe zur Tür hinaus und er sah dieselbe ältere Frau, die zuvor im Haus nebenan in der Tür gestanden und gelächelt hatte.

»Lauschen ist unhöflich, Gretel«, schimpfte Harley und errötete.

»Ha. Es ist nur dann unhöflich, wenn man mit dem, was man hört, Schaden anrichten will.«

»Eigentlich hat sie recht«, stimmte Coach zu, ohne Harley loszulassen.

»Egal«, murmelte sie. »Gute Nacht, Gretel«, rief sie und trat wieder in ihren Hauseingang zurück.

Als Coach fragend die Augenbrauen hochzog, erklärte Harley schnell: »Das ist Gretel Owens. Sie ist über achtzig und in meinen anderen Nachbarn verknallt. Sie spioniert ihm nach und kommt jedes Mal raus, wenn er kommt oder geht. Sie ist im Grunde die Nachbarschaftspolizei. Aber völlig harmlos.«

»Ist der Nachbar auch in sie verknallt?«

»Henry? Ich habe keine Ahnung. Ich denke schon, aber er führt sie ziemlich an der Nase herum, so viel steht fest.«

»Ich hoffe, du hast nicht vor, mich an der Nase herumzuführen, obwohl ich dir jetzt schon sagen kann, dass ich gern mitspielen werde.« Coach lächelte, als es so aussah, als wäre Harley endlich sprachlos. Er neigte sich noch einmal vor und streifte mit seinen Lippen ihren Mund; eine Art schneller Kuss, bevor er sich zurückzog. »Ich rufe dich morgen an. Ich habe noch ein paar Tage Urlaub. Ich würde dich gern wiedersehen.«

»Ich esse am Samstag mit meinem Bruder und meiner Schwester zu Abend.«

»Okay, kein Problem. Sonntag dann? Ich glaube, Fletch plant eine Grillparty bei sich zu Hause. Würdest du mit mir hingehen?«

Harley schaute auf ihre Füße, bevor sich ihre Blicke

trafen. »Ich fühle mich nicht wohl unter Leuten, Coach. Ernsthaft. Ich sage immer das Falsche und möchte auf keinen Fall, dass du dich vor deinen Freunden für mich schämen musst.«

»Mach dir darüber keine Gedanken.«

»Und was ist, wenn sie mich nicht mögen?«

»Das tun sie bereits. Harley, du hast sie im Krankenhaus kennengelernt. Fletch hat mir erzählt, dass Annie ununterbrochen von dir geredet hat. Wie ruhig und gelassen du gewesen seist, obwohl du völlig blutverschmiert warst. Das sei das tollste gewesen, das ihr in der letzten Woche passiert sei.« Coach lächelte und ließ durchblicken, dass er scherzte.

Sie sah nicht überzeugt aus und er fügte schnell hinzu: »Wir müssen nicht lange bleiben, wenn du dich nicht wohlfühlst. Ich hole dich ab, wir sagen kurz Hallo und können anschließend wieder hierher zurückkehren, wenn du willst. Oder wir können zu mir gehen. Was dir lieber ist.«

»Okay. Gut. Ich möchte deine Freunde besser kennenlernen.«

»Gott sei Dank«, seufzte Coach erleichtert. »Glaub mir, ich musste mich noch nie so sehr für eine Verabredung anstrengen.«

»Tut mir leid. Ich wollte mich nicht zieren«, beteuerte Harley und runzelte besorgt die Stirn.

»Ich weiß«, beruhigte Coach sie. »Deshalb ist es umso befriedigender, dass du Ja gesagt hast. Ich rufe dich morgen an. Dann können wir weiterreden und mehr übereinander erfahren.«

»Okay.«

»Schließ die Tür hinter mir ab«, befahl Coach, während er Harley zögernd losließ und einen Schritt zurücktrat.

»Natürlich«, versicherte Harley. »Das mache ich jeden Abend.«

»Gute Nacht, Harley. Danke für den schönen Tag.«

»Nacht.«

Coach lächelte auf dem gesamten Nachhauseweg. Sein Kopf schmerzte und seine Nase war wund, doch das war ihm im Moment egal. Harley gehörte ihm – sie wusste es einfach noch nicht.

KAPITEL ELF

Harley lächelte ihren Bruder und ihre Schwester an. Sie hatten zu Abend gegessen und saßen auf Montesas Couch. Coach hatte ihr ein paar SMS geschickt und sie am Vorabend angerufen. Sie hatten bis spät in die Nacht über die Vorteile von Puzzle-Spielen wie *Bejeweled* gegenüber First-Person-Shooter-Spielen wie *This is War* diskutiert. Als Harley auflegte, tat ihr der Bauch weh, weil sie so viel gelacht hatte.

»Erzähl mir mehr über diesen Coach«, forderte Davidson mit harter, aber besorgter Stimme, so wie nur ein großer Bruder fragen konnte.

»Er ist in der Armee. Ein Feldwebel. Er arbeitet mit anderen Männern zusammen für den Geheimdienst.«

»Arbeiten nicht alle mit anderen Männern?«, fragte Montesa, während sie an ihrem dritten Glas Wein nippte.

»Er ist Mitglied einer Spezialeinheit?«, fragte Davidson plötzlich.

Harley schaute ihren Bruder an, bevor sie langsam antwortete: »Ich glaube schon, aber er redet nur ungern darüber und ich will ihn nicht drängen.«

»Hm, dann ist er vermutlich kein Ranger. Diese Jungs reden nämlich gern über ihre Arbeit.«

»Das ist nicht nett, Davidson«, schimpfte Harley. »Sei nicht so zynisch.«

»Tut mir leid, ich kann nicht anders. Glaubst du, dass er zur Delta Force gehört? Er ist in der Armee, dann kann er kein SEAL sein.«

»Woher soll ich das wissen?«, fragte Harley gereizt. »Ist die nicht streng geheim? Auch wenn es so wäre, würde er es mir nicht sagen.«

»Das stimmt.«

»Also, magst du ihn?«, fragte Montesa und kam zur Sache.

»Ja, ich mag ihn«, gab Harley ohne Bedenken zu. Die beiden waren ihre Geschwister. Sie standen sich näher als die meisten Brüder und Schwestern. Sie wusste, dass sie ihnen alles erzählen konnte und sie sie nie verurteilen würden. Na ja, vielleicht würde sie mit ihrem Bruder nicht über Sex reden, aber mit Montesa schon. »Er ist anders als die meisten Militärtypen, die ich bisher getroffen habe. Er ist lustig und er isst so schnell wie ich.«

»Ich weiß nicht, ob das ein gutes Argument ist, Harley«, sagte ihr Bruder und verzog das Gesicht.

Harley lachte und widersprach ihm. »Genau genommen schon. Es machte ihm nichts aus, dass ich die Gerichte, die er mitgebracht hatte, alleine gegessen habe. Du weißt ja, wie sehr ich es hasse, wenn Männer sich darüber auslassen, wie schnell ich esse. Da er genauso schnell isst wie ich, brauche ich mir bei ihm keine Gedanken über schnippische Kommentare zu machen.«

»Stimmt«, gab Davidson widerwillig zu. »Aber ich weiß nicht, ob es Sinn macht, eine ganze Beziehung auf der Tatsache aufzubauen, dass er schnell isst. Außerdem werde ich sowieso kein Urteil über ihn abgeben, bevor ich ihn nicht persönlich kennengelernt habe.«

»Das kann ich verstehen«, stimmte Harley zu. Sie schätzte Davidsons Meinung und konnte es kaum erwarten zu hören, was er von Coach hielt.

»Was ist mit seinem Spitznamen?«, wollte Montesa wissen.

Harley zuckte mit den Schultern. »Keine Ahnung. Danach habe ich ihn noch nicht gefragt.«

»Oh, das musst du mir erzählen. Ich finde es faszinierend, wie diese Militärmänner zu ihren Spitznamen kommen. Meistens ist es urkomisch.«

»Ich weiß. Sie machen eine falsche Bewegung und werden für den Rest ihres Lebens mit einem dummen Namen bestraft. Obwohl sie seinen Freund ›Fletch‹ nennen, weil sein Nachname Fletcher ist. Es könnte also auch einen harmlosen Grund haben.«

»Wie kommt es denn, dass du das über seinen Freund weißt, aber keine Ahnung hast, was es mit dem Namen des Typen auf sich hat, in den du verknallt bist?«

»Fletchs Tochter hat es mir erzählt.«

Montesa schüttelte verzweifelt den Kopf und leerte ihr Glas. »Ich will es nicht wissen. Ernsthaft. Dein Leben ist eine Seifenoper.«

»Nein, das ist es nicht«, widersprach Harley. »Normalerweise ist es extrem langweilig. Du sagst doch immer, dass ich mehr unternehmen soll.«

»Stimmt. Aber dann mach wenigstens keine Seifenoper daraus, okay?«

Harley lächelte ihre Schwester an. »Verstanden. Kein *General Hospital* in meinem Leben. Abgemacht.«

»Es wird Zeit, nach Hause zu gehen, Schwesterherz«,

sagte Davidson zu Montesa. »Ich habe morgen früh eine Telefonkonferenz.«

»An einem Sonntag?«

Er zog eine Grimasse. »Ja.«

»Das ist übel.«

»Ja«, wiederholte Davidson. »Schaffst du es bis nach Hause, Harley? Hat sich schon jemand dein Auto angesehen?«

»Nein. Mit meinem Auto ist alles in Ordnung.«

»Die Reifen sind völlig abgefahren«, widersprach Davidson. »Und es macht seltsame Geräusche, das kannst du nicht abstreiten. Ich habe heute Abend hinter dir geparkt. Der Lärm war ohrenbetäubend.«

Harley warf eine Serviette nach ihrem Bruder. »Wenn du meinst.«

Er fing sie auf, bevor sie ihn am Kopf traf, und lächelte Harley an. »Lass es reparieren, Harley.«

»Okay, okay. Werde ich machen.«

»Nächste Woche um die gleiche Zeit?«

»Kann nicht. Tut mir leid«, sagte Montesa zu ihrem Bruder. »John und ich sind bei einer Konferenz in San Francisco. Wir kommen erst am Sonntagabend wieder zurück.«

Harley wusste, dass Davidson am liebsten einen Kommentar über die seltsame Beziehung zwischen ihrer Schwester und ihrem Anwaltspartner hätte machen wollen, doch er tat es nicht. Sie hatten beide gelernt, sich zurückzuhalten. Montesa war in dieser Hinsicht sensibel und sie wollten ihre Gefühle nicht verletzen.

»Okay, dann also übernächste Woche.«

»Klingt gut.«

»Einverstanden.«

Harley winkte Montesa zu, während sie und ihr Bruder zu ihren Autos gingen. Sie umarmte und küsste ihn – und vergaß ihre Geschwister sofort, sobald sie sich in ihren Wagen gesetzt hatte. Sie schaute sich ihre Nachrichten an.

Hoffe, du hattest Spaß mit deinen Geschwistern.

Es war süß, dass Coach sich daran erinnerte, dass sie an diesem Abend bei Montesa zum Abendessen eingeladen gewesen war. Sie hatten gestern Abend am Telefon nicht mehr darüber gesprochen. Sein fotografisches Gedächtnis schien sich auf Gespräche auszudehnen. Harley prägte sich das ein. Sie schaute auf die Uhr, sah, dass es noch früh war, und schickte eine kurze SMS zurück.

Ja, es war schön, danke. Ich verbringe immer gern Zeit mit den beiden.

Er antwortete sofort. *Du Glückliche.*

Harley war sich dessen bewusst. Es gab nicht viele Leute, die ihren Geschwistern so nahestanden. Doch irgendwie hatte sie das Gefühl, dass mehr als nur Höflichkeit hinter Coachs Nachricht steckte. Bevor sie antworten konnte, schickte er eine weitere SMS.

Willst du morgen zur Grillparty gehen?

Ja. Um wie viel Uhr?

Ich kann dich so um zwölf Uhr dreißig abholen. Ist das in Ordnung?

Klar. Normale Klamotten, oder?

Auf jeden Fall. Es werden alle Jeans tragen.

Harley atmete erleichtert auf. Jeans waren in Ordnung.

Okay, bis dann.

Ich freue mich.

Sie hörte nicht auf zu lächeln, selbst als sie eine Stunde später in ihr Bett kroch. Sie hatte vergessen, wie euphorisch man sich fühlte, wenn man frisch verliebt war. Es war nett. Mehr als nett.

KAPITEL ZWÖLF

Coach war pünktlich am nächsten Tag. Um genau zwölf Uhr dreißig schaute Harley nach draußen und sah, wie er mit Henry redete. Sie führten offensichtlich ein lebhaftes Gespräch, denn Coach lachte und gestikulierte mit den Händen. Beide drehten sich zu Gretels Haus um und winkten. Sie hatten sie beim Spionieren ertappt.

Schließlich schüttelte Coach Henry die Hand und kam auf ihr Haus zu. Er hob die Hand, um an die Tür zu klopfen, doch Harley öffnete bereits, bevor seine Knöchel das Holz berührten.

»Hey.«

»Gleichfalls hey. Du siehst toll aus.«

Harley errötete. Sie hatte sich heute besonders hübsch zurechtgemacht, nicht wie das letzte Mal, als er bei ihr gewesen war. Sie trug eine schmal geschnittene, eng anliegende Jeans. Montesa hatte ihr einmal gesagt, dass sie sexy darin aussah. Sie hatte sie mit einem ihrer Lieblings-T-Shirts kombiniert. Es hatte einen V-Ausschnitt und in großen Buchstaben war »Harvard« darauf aufgedruckt, dann in kleinerer Schrift darunter »nur ein Scherz«.

»Schönes T-Shirt.«

»Danke. Ich habe beschlossen, heute auf die Gammelhose zu verzichten.« Sie trug nichts Schickes, doch Harley war auch nicht wirklich schick.

Coach hob die Hand und schob ihr eine Haarsträhne hinters Ohr. »Dein Haar gefällt mir auch.«

Sie lächelte verlegen. »Ich habe mir diesmal etwas mehr Mühe gegeben, als es nur zu einem Pferdeschwanz zusammenzubinden. Oh, und ich habe heute Morgen sogar geduscht. Nur für dich«, neckte sie ihn.

Er grinste breit und legte sich eine Hand auf die Brust. »Herz, beruhige dich.«

Harley entspannte sich und war froh, dass er keine große Sache daraus machte. Sie hatte an diesem Morgen viel Zeit damit verbracht, ihr Haar zu bändigen. Irgendwie ließ sich nicht viel damit anstellen, da es weder lockig noch gerade war. Wenn sie es in Locken legte, hielten diese nur eine knappe Stunde lang, und wenn sie versuchte, es zu glätten, zog es sich wieder zusammen. Deshalb hatte sie beschlossen, es heute natürlich zu tragen, und nur etwas Gel verwendet. Sie hatte es kopfüber mit dem Föhn getrocknet, um etwas Volumen zu erzielen, und dann gebetet, dass das Resultat passabel war. So weit, so gut.

»Sollen wir gehen?«

Harley nickte. »Worauf warten wir noch?«

Coach wartete geduldig, bis sie die Tür abgeschlossen hatte, und streckte dann den Arm aus, als wollte er ihr den Weg zu seinem Auto zeigen.

Harley betrachtete seinen Wagen, als würde sie ihn zum ersten Mal sehen, und drehte sich mit einem Lächeln zu ihm um. »Ein Toyota Highlander? Ist das nicht eher ein … äh … Hausfrauenauto?«

Er lachte, da er sich seines Fahrzeugs nicht schämte,

und entriegelte es mit der Fernbedienung, während sie sich dem Auto näherten. »Schon möglich. Aber das ist mir egal. Ich liebe dieses Baby.« Er strich mit der Hand über die Haube, als er daran vorbeiging. »Warte, bis du drin sitzt. Die Sitze sind bequem, die Sicherheitsfunktionen sind fantastisch und außerdem macht das Fahren einfach Spaß.«

»Kein Pritschenwagen? Ich dachte, dass alle knallharten texanischen Soldaten einen Pritschenwagen fahren.«

Coach streckte ihr die Hand entgegen und half ihr beim Einsteigen. Sobald sie sich hingesetzt hatte, lehnte er sich zu ihr. »Der Rücksitz ist viel bequemer als eine Ladefläche.« Dann zwinkerte er ihr zu und schloss grinsend die Autotür.

Harley rollte mit den Augen. Sie wollte es zwar nicht zugeben, doch sie war beeindruckt. Die Innenseite des Autos war mit Leder ausgekleidet und hatte offensichtlich allen möglichen Schnickschnack. Im hinteren Bereich fanden sich Komfortsitze und ein Panoramadach. Es war traumhaft. Im Vergleich dazu war ihr Auto definitiv ein Schrotthaufen.

Bis er auf seiner Seite des Fahrzeugs angekommen war, hatte sie sich wieder unter Kontrolle. Er drückte einen Knopf, um das Auto zu starten. Harley verkniff sich einen Kommentar darüber, dass er nicht einmal den Schlüssel ins Schloss zu stecken brauchte, um es zu starten.

»Ich habe Fletch gefragt, ob er sich dein Auto ansehen würde«, sagte Coach beiläufig, als sie unterwegs waren.

»Wie bitte? Warum?«

»Weil Hollywood behauptet hat, dass es seltsame Geräusche macht und deine Reifen aus dem letzten Loch pfeifen. Außerdem bastelt Fletch gern an Autos herum. Er besitzt einen Charger, an dem er seit einiger Zeit arbeitet.« Er schaute zu Harley hinüber und als er ihren verunsicherten Gesichtsausdruck sah, fuhr er schnell fort: »Es ist keine große Sache. Er wird nicht das ganze Auto überholen, aber er kann einen Ölwechsel machen, die Reifen wechseln und sich die Filter ansehen, wenn du willst. Er kann dir sagen, was du seiner Meinung nach wirklich reparieren lassen solltest, damit du nicht von einem Mechaniker übers Ohr gehauen wirst.«

»Oh, okay. Das wäre nett. Aber bitte sag heute noch nichts davon. Falls er mich nicht leiden kann, wenn er mich kennenlernt, würde ich mich unbehaglich fühlen, wenn er sich mein Auto ansehen müsste.«

»Erstens«, sagte Coach locker, »mag er dich schon. Zweitens macht er das gern. An einem Auto herumzubasteln entspannt ihn. Das geht schon in Ordnung. Ich werde ihn fragen, wann er Zeit hat.«

Sie plauderten noch eine Weile weiter, während sie zum Haus von Coachs Teamkollegen fuhren. Harley war froh, dass Coach ein sicherer Fahrer war. Er schaute ständig in die Rückspiegel und wandte den Blick nicht von der Straße ab. »Und, wie war das Abendessen gestern?«, erkundigte er sich, während sie zu Fletchs Haus fuhren.

»Gut. Ich verbringe immer gern Zeit mit Montesa und Davidson.«

»Warte, deine Geschwister sind auch nach Motorrädern benannt?«

»Schnelle Auffassungsgabe. Und ja. Ich habe dir ja schon erzählt, dass meine Eltern Motorradfans waren.«

»Das hast du«, stimmte er mit einem Lächeln zu. »Haben sie Spitznamen?«

»Wie David oder Tesa? Nein. Meine Eltern weigerten sich, ihre Namen zu kürzen, und als sie starben, wollten wir alle unsere Namen so lassen, wie sie waren, zu ihren Ehren.«

Coach legte seine Hand auf ihre, die auf der Armlehne

ruhte. »Das mit deinen Eltern tut mir leid. Das wusste ich nicht. Macht es dir etwas aus, mir zu erzählen, wie sie gestorben sind?«

»Es macht mir nichts aus. Es ist schon lange her. Sie waren auf dem Weg nach Sturgis, du weißt schon, dieses große Motorradtreffen in South Dakota. Jedenfalls fuhren sie friedlich vor sich hin, als ein Pritschenwagen, der sie im toten Winkel nicht gesehen hatte, die Spur wechselte. Dads Motorrad kollidierte mit dem von Mom und beide landeten im Straßengraben.«

»Oh Gott, Harley, das tut mir so leid.«

»Danke. Es war ganz schön hart, aber es hat mich, Montesa und Davidson näher zusammengebracht. Ich habe gelernt, das Gute im Schlechten zu erkennen. Das hilft.«

»Das bewundere ich an dir.«

Harley errötete. Es gefiel ihr, dass er immer noch ihre Hand hielt und sie drückte. »Was ist mit deinen Eltern?«

»Sie leben immer noch und es geht ihnen gut. Sie ließen sich scheiden, als ich auf der Highschool war, aber sie verstehen sich immer noch gut. Keiner von beiden hat wieder geheiratet und sie sind kürzlich in Rente gegangen.«

»Wo wohnen sie?«

»Mom lebt in Maine und mein Vater in Florida.« Er zuckte mit den Schultern, als sie lachte. »Mom hat schon immer Schnee gemocht und mein Vater konnte ihn nicht ausstehen. Jetzt sind beide zufrieden.«

»Das ist toll.«

»Wir sind da.«

Harley schaute ihn überrascht an. Sie hatte nicht auf die Umgebung geachtet. Sie war viel zu sehr von Coach und seinem tollen Auto fasziniert. Sie fuhren eine lange Einfahrt hoch, die zu einem wirklich süßen Haus führte. Es hatte eine große Veranda und eine separate Garage, über der, so wie es aussah, eine Wohnung lag.

»Hübsch.«

»Du klingst überrascht.«

»Ich bin auch etwas überrascht. Ich will ja nicht unhöflich sein, aber es ist viel schöner, als man sich das Haus eines Soldaten vorstellen würde. Die meisten Militärangehörigen, die ich kenne, haben Wohnungen, weil sie so oft umziehen.«

»Wie ich.«

»Ja, ich schätze schon.«

»Fletch ist schon vor einer Weile hier eingezogen. Er hatte die Garage vermietet, um die Hypothek zu bezahlen.«

»Ach so.«

»Ich weiß, dass du sie nur kurz getroffen hast, aber die Kurzfassung der Geschichte ist, dass Emily zusammen mit ihrer Tochter Annie ursprünglich die Wohnung gemietet hat. Dann tauchte dieses Arschloch von einem Soldaten auf, der sie erpresste. Es gab ein Missverständnis und Fletch dachte, der Kerl sei ihr Freund.«

»Verdammt. Wirklich? Aber jetzt ist alles wieder in Ordnung?«

»Ja. Der Typ hatte Em und Annie entführt und wollte sich dadurch an meinem Team rächen. Doch am Schluss ist alles gut ausgegangen.«

»Ich glaube, du lässt ein großes Stück dieser Geschichte aus«, beschuldigte Harley ihn.

»Ja, das gebe ich zu. Doch der heutige Tag ist zu schön, um sich mit den Details zu befassen. Emily wird dir bestimmt die ganze Geschichte erzählen, wenn du sie besser kennenlernst.«

»Okay. Und Rayne?«

»Sie und Ghost verbindet auch eine Geschichte.«

Harley lachte. »Wie könnte es auch anders sein.«

»Na ja, und wir haben jetzt auch eine.«

Harley war einen Moment lang sprachlos. »Ich schätze schon.«

Coach lächelte sie an und schaltete per Knopfdruck den Motor aus. »Komm, ich stelle dir die Truppe vor. Und wenn du genug hast, brauchst du nur Bescheid zu sagen. Wir können jederzeit zu dir fahren und *Bejeweled* spielen.«

Harley war etwas nervös geworden, entspannte sich jedoch wieder, als sie seine Worte hörte. »Was hat es bloß auf sich mit diesem Spiel?«

»Ich bin ein Profi. Ich muss dich bei irgendetwas schlagen. Ich werde todsicher nie eins deiner Spiele gewinnen. Komm, lass uns gehen.«

Harley sprang aus dem Auto und traf vor der Kühlerhaube auf Coach.

»Ich wollte rüberkommen«, beschwerte er sich.

Harley rollte mit den Augen. »Sehe ich so aus, als bräuchte ich Hilfe beim Aussteigen?«

»Nein. Aber ein richtiger Gentleman tut das.«

»Coach, es ist in Ordnung. Ich weiß die Geste zu schätzen, aber ich bin nicht die Art von Frau, die man mit Samthandschuhen anfassen muss.«

»Glaub mir, ich weiß aus eigener Erfahrung, dass du in allem, was du tust, völlig kompetent bist. Wenn du das nicht wärst, hätten wir den Fallschirmsprung wohl nicht unbeschadet überstanden. Vielleicht denkst du, dass du es nicht verdient hast, und das ist erst recht ein Grund dafür, dass ich es tun *will*.«

Harley legte die Hand auf seinen Bizeps. Sie spürte, wie sich seine Muskeln unter ihren Fingerspitzen anspannten. Der Stoff seines Hemdes straffte sich mit jeder Armbewegung. Am liebsten hätte sie mit beiden Händen seinen

Oberarm umfasst, einfach um zu messen, wie groß er war, hielt sich jedoch zurück. »Danke. Aber ich würde mich noch unwohler fühlen als sonst, wenn du mich wie einen Superstar behandeln würdest.«

»Hmpf.«

Das war zwar weder ein richtiges Wort noch eine Zustimmung, doch Harley sagte nichts weiter.

Coach griff nach ihrer Hand und zog sie an der Hauswand entlang. Er schien sich bei seinem Freund wie zu Hause zu fühlen. Er ging um die Hausecke und winkte der Gruppe von Leuten zu, die sich im Garten versammelt hatte.

Harley erstarrte für einen Moment, als sie sah, wie viele Leute da waren, atmete dann aber tief durch. Sie würde das schaffen. Schließlich war sie erwachsen und würde sich für ein paar Stunden mit Coachs Freunden unterhalten können. Auch wenn das für sie ungewohnt war.

»Coaaaaach«, rief Annie, die offensichtlich überglücklich war, ihn zu sehen.

Coach ließ Harleys Hand los, streckte die Arme aus und fing das kleine Mädchen auf, das sich ihm in die Arme warf. »Wie geht's, Winzling?«

»Ich bin kein Winzling«, protestierte sie und lachte, als Coach sie nach hinten kippte und kopfüber festhielt.

Er richtete sie wieder auf und setzte sie auf seinen Schoss. »Du erinnerst dich doch an Harley, nicht wahr?«

Annie schaute Harley an und lächelte. »Ja! Sie war mit deinem Blut beschmiert!« Sie wollte Coachs Nase anfassen, doch er fing ihre Hand ab, bevor sie ihn berühren konnte. »Deine Nase sieht so komisch blau und grün aus. Geht es dir jetzt wieder gut, Coach?«

»Es geht mir großartig, Annie. Danke der Nachfrage. Ist noch etwas zu essen für uns übrig?«

Das kleine Mädchen kicherte. »Natürlich. Dad hat genug für eine ganze Armee gemacht!«

»Gut, dass so viele Soldaten hier sind, die ihm helfen können, alles aufzuessen.«

»Ja! Und ich bin auch ein Soldat!« Annie wand sich in seinen Armen, bis er sie wieder auf den Boden setzte. Dann lief sie lachend zu der Gruppe von Leuten und wartete geduldig, bis Coach aufholte.

»Sie ist ein bisschen militärbesessen«, erklärte Coach und streckte Harley wieder die Hand entgegen.

Sie ergriff sie und sagte sich, dass sie sie nur so lange halten würde, bis sie sich etwas behaglicher fühlte, und lächelte. »Es gibt schlimmere Dinge, von denen man besessen sein kann.«

»Genau. Komm, ich stelle dir die anderen vor.«

Harley atmete tief durch und ließ sich von Coach zu seinen Freunden führen. Coach verschwendete keine Zeit.

»Hört mal alle zu, das hier ist Harley Kelso. Sie hat mir den Arsch gerettet, nachdem dieser verdammte Vogel einen Umweg in mein Gesicht gemacht hatte.«

Sie wurde von den Männern und Frauen begrüßt und Harley versuchte, sich zu entspannen. Sie fand es immer unangenehm, neue Leute kennenzulernen.

»Das ist Ghost. Er ist sozusagen unser Anführer. Neben ihm steht Rayne. Ich glaube, du hast die beiden im Krankenhaus kennengelernt.«

Harley nickte, streckte den Arm aus und schüttelte beiden die Hände.

»Emily, Fletch und ihre Tochter Annie hast du auch bereits getroffen.«

Harley grinste und winkte der hinreißenden Familie zu. Ernsthaft, sie sahen so aus, als wären sie direkt aus einem Film zum Leben erweckt worden.

»Das hier ist Hollywood, er ist der Gutaussehende. Da drüben stehen Beatle, Blade und Truck.«

Jeder der Männer kam zu ihr herüber und schüttelte ihr die Hand.

»Danke, dass du da oben die Ruhe bewahrt hast mit unserem Mann«, sagte Hollywood aufrichtig.

»Ja, es wäre peinlich für ihn gewesen, wenn er auf einer Kuh gelandet wäre«, scherzte Blade.

Harley lächelte und fühlte sich etwas wohler. »Na ja, ich habe zwar auf die Kuh gezielt, die auf dem Feld stand, habe sie aber verpasst.«

Die Männer lachten und Harley fing an, sich zu entspannen. Bis jetzt mochte sie seine Freunde. Es machte ihnen nichts aus, mit ihr herum zu scherzen, und es war offensichtlich, dass sie sich nahestanden.

»Übrigens, dein T-Shirt gefällt mir«, sagte Beatle und deutete auf ihren Oberkörper.

»Danke. Ich musste lachen, als ich es online entdeckt habe, und wusste, dass ich es haben wollte«, erklärte Harley.

»Dann hast du also keinen Harvard Abschluss gemacht?«, fragte Rayne.

»Kaum.«

Alle grinsten.

»Die Einzige, die fehlt, ist Mary«, bemerkte Coach.

»Mary?«

»Mary ist meine beste Freundin«, sagte Rayne. »Sie hatte einen Arzttermin, den sie nicht verschieben konnte.«

»An einem Sonntag?«, fragte Harley, entschied jedoch sofort, dass das unhöflich war. »Tut mir leid, das geht mich nichts an.«

»Nein, das ist in Ordnung«, betonte Rayne. »Ihr Arzt ist in Fort Worth und weiß, dass sie hierhergezogen ist. Er hat heute Bereitschaftsdienst im Krankenhaus und so hat sich die Gelegenheit für einen Termin ergeben.«

»Und sie wollte nicht, dass jemand sie begleitet«, murrte Truck.

»Es ist nur eine Routineuntersuchung«, besänftigte Rayne den Riesen.

»Trotzdem. Sie hätte nicht alleine fahren sollen.«

»Versuch mal, *ihr* das klarzumachen«, meckerte Rayne.

»Das habe ich«, antwortete Truck sofort.

Alle lachten. Harley verstand nicht, welche Beziehung Truck zu Raynes Freundin hatte, doch das ging sie nichts an.

»Hast du Hunger?«, fragte Fletch und griff nach einem Teller. »Es gibt jede Menge zu essen. Annie hat schon gegessen, aber alle anderen haben auf euch gewartet.«

»Ich bin am Verhungern«, sagte Coach zu seinem Freund. »Dann lasst uns loslegen.«

Als die Gruppe sich in Richtung Tisch begab, um ihre Teller zu füllen, wandte sich Harley an Coach. »Danke, dass du mich mitgenommen hast. Ich mag sie.«

»Es sind liebenswerte Menschen.« Er griff nach ihrer Hand und küsste ihren Handrücken. »Komm, wenn wir jetzt nicht zugreifen, dann essen die Jungs alles auf.«

»Es riecht viel zu gut, um ihnen alles zu überlassen«, sagte Harley lächelnd. Das Gefühl seiner Lippen an ihrer Hand hatte für Schmetterlinge in ihrem Bauch gesorgt.

Während sie ihren Teller füllte, dachte Harley, dass sie vielleicht eine Gruppe von Leuten gefunden hatte, bei der sie sie selbst sein konnte. Es waren alle so angezogen wie sie und verhielten sich völlig entspannt und normal. Es war ein guter Anfang.

KAPITEL DREIZEHN

»Und wie bist du zu deinem Namen gekommen?«, fragte Harley Coach. Sie waren eben alle in schallendes Gelächter ausgebrochen, als sie die Spitznamen der anderen Männer der Gruppe diskutiert hatten.

»Oh, das ist eine gute Geschichte, aber frag ihn erst mal nach seinem *Vornamen*«, sagte Rayne lächelnd.

»Du heißt gar nicht Beckett?«, fragte Harley und drehte sich zu Coach um. Sie erstarrte jedoch, als sie seinen Gesichtsausdruck sah. Was auch immer für eine Geschichte hinter seinem Vornamen steckte, sie war ihm unangenehm. Sie bereute, dass sie ihn danach gefragt hatte.

»Nein. Beckett ist mein zweiter Vorname. Niemand nennt mich bei meinem Vornamen.«

Harley legte ihre Hand auf seinen Arm, der auf der Stuhllehne ruhte, und versuchte, ihm ohne Worte mitzuteilen, dass es in Ordnung war, wenn er nicht darüber reden wollte. Sie saßen nebeneinander in einem Kreis mit den anderen, die alle fertig gegessen hatten. Zum Glück schienen alle so schnell zu essen wie sie und Coach, außer

Rayne und Emily, doch es überraschte Harley nicht, dass die Frauen etwas damenhafter waren.

Um das Thema zu wechseln, versuchte sie, das Gespräch auf seinen Spitznamen zu lenken. »Also, Coach?«

Er lächelte, schien dankbar für die Ablenkung zu sein und erklärte: »Ja, in der Grundausbildung war dieser Kerl, der in allem eine absolute Katastrophe war. Er brachte einfach nichts auf die Reihe. Egal worum es ging, sein Bett zu machen, die Latrine zu putzen, marschieren, trainieren, er vermasselte es. Ich hatte es satt, dass unser Feldwebel uns jedes Mal, wenn der Kerl etwas versaute, befahl, alles zu wiederholen. Du weißt schon, Teamarbeit und so. Ich fing an, ihn zu coachen. Habe ihm beigebracht, wie er alles machen muss. Ich tat es nicht um seinetwillen, er war mir scheißegal. Ich habe es für meine eigene geistige Gesundheit getan. Ich hatte es satt, um drei Uhr morgens geweckt zu werden und im Hof selbstmörderische Übungen zu machen.

Es dauerte zwar etwa eine Woche, aber schließlich merkte der Feldwebel, dass Smith nicht über Nacht gelernt hatte, ein Soldat zu sein. Er begann, mich Coach zu nennen, und der Name ist hängen geblieben.« Er zuckte mit den Schultern. »Es hätte schlimmer sein können. Wenigstens ist mein Spitzname nicht Hollywood.«

»Hey«, beschwerte sich der besagte Mann und warf eine zusammengeballte Serviette auf Coach. »Das ist mies. Ich kann schließlich nichts dafür, dass ich der Schönste in unserer Gruppe bin.«

Alle lachten und Harley war froh, dass die Spannung nachließ. Obwohl sie neugierig war und gern Coachs Vornamen erfahren hätte, wollte sie auf keinen Fall, dass er sich unwohl fühlte oder schlechte Erinnerungen wachgerufen wurden. Plötzlich wurde ihr bewusst, dass Coach einen wirklich guten Grund dafür haben musste, dass er nicht bei seinem Vornamen genannt werden wollte.

»Hast du vor, die Wohnung wieder zu vermieten, Fletch?«, fragte Truck.

Er schüttelte den Kopf. »Nein. Als ich alleine war, hatte ich nichts dagegen, dass ein Fremder dort wohnte. Aber jetzt, wo Emily und Annie bei mir sind, möchte ich nicht, dass jemand, den ich kaum kenne, so nahe bei uns wohnt. Vor allem, wenn wir kurzfristig zu einem Einsatz gerufen werden.«

Truck nickte zustimmend. »Das kann ich gut verstehen. Was hast du mit der Wohnung vor?«

»Ich weiß es noch nicht.«

»Also, wenn es nicht ganz ausgeschlossen ist, dass du sie vermietest, kenne ich vielleicht jemanden, der sie brauchen könnte«, sagte Hollywood. Es war offensichtlich, dass er versuchte, unbeschwert zu klingen, doch das gelang ihm nicht ganz.

»Tatsächlich?«, fragte Fletch.

Hollywood nickte.

Harley konnte die nonverbale Kommunikation zwischen Fletch und seinem Freund beobachten. Sie wusste nicht genau, worum es ging, doch sie verstanden sich offensichtlich, ohne ein Wort zu sagen. Das war interessant und seltsam zugleich.

»Wir unterhalten uns später«, sagte Fletch schließlich.

»Alles klar.«

»Coach hat uns erzählt, dass du Videospiele entwirfst«, sagte Beatle nach einer kleinen Pause.

»Ja.«

»Wie bist du dazu gekommen?«, fragte Rayne und nippte an ihrem Eistee.

Harley redete nicht gern über sich selbst, doch sie würde

es kaum verhindern können, nachdem alle anderen so nett zu ihr gewesen waren. Sie zuckte mit den Schultern. »Ich weiß es nicht genau. Irgendwie ist es einfach passiert. Ich habe während der Highschool oft Spiele gespielt und mich immer darüber aufgeregt, wie unrealistisch einige davon waren. Ich habe mich während des Informatikunterrichts darüber beklagt und Mr. Wardham, mein Lehrer, hat das gehört und mir geraten, ich solle etwas dagegen unternehmen. Dass ich sie ja selbst entwerfen könnte. Die Idee gefiel mir. Ich nahm ein paar Kurse am College und merkte, dass es mir Spaß machte. Der Rest ist Geschichte.«

»Das ist so klasse«, sagte Emily etwas wehmütig. »Ich würde gern etwas anderes tun, als für den Rest meines Lebens im Supermarkt zu arbeiten.«

»Warum tust du es nicht?« Die Worte sprudelten aus Harley heraus, bevor sie sie zurückhalten konnte, und sie fühlte sich sofort schlecht, als sie sah, wie Fletch die Stirn runzelte. Sie wollte einen Rückzieher machen. »Ich habe es nicht so gemeint, ich dachte nur –«

Emily schnitt ihr das Wort ab. »Nein, du hast recht. Wenn ich etwas anderes machen will, dann sollte ich es auch tun. Es ist nur so, dass ich kaum den Kopf über Wasser halten konnte, während ich versucht habe, Lebensmittel und Kleidung für Annie und mich zu organisieren.« Sie deutete auf ihre Tochter, die zu ihrer Linken zufrieden mit ihren Armeepuppen spielte. »Ich konnte es mir nicht leisten, zur Schule zu gehen. Aber jetzt, wo wir bei Fletch sind, muss ich entscheiden, was ich mit meinem Leben anfangen will.«

»Du musst nichts tun, Em. Ich kann für euch beide sorgen.«

Emily tätschelte Fletchs Hand und lächelte ihn an. »Ich weiß, aber ich würde mich langweilen. Außerdem sorge ich schon lange für mich selbst und es kommt überhaupt nicht infrage, dass ich auf meinem faulen Hintern sitze und mich von dir aushalten lasse.«

»Weißt du, du bist wirklich gut darin, Dinge zu entwerfen. Du findest immer Sachen in Secondhandläden und bei Garagenverkäufen, die du reparierst und wieder auf Vordermann bringst. Das wäre doch etwas, das du tun könntest. Besonders für die Armeefrauen auf dem Stützpunkt. Die Unterkünfte sind so schlicht.« Rayne saß kerzengerade auf ihrem Stuhl und lehnte sich dann aufgeregt zu der Gruppe hin. »Ich habe den Tisch gesehen, den du neulich repariert hast. Den in der Eingangshalle, weißt du? Er ist wunderschön! Ich konnte fast nicht glauben, dass du dieses Werk vollbracht hast. Ich würde es nicht mal schaffen, eine Papiertüte zu falten!«

Alle lachten.

»Also, falls du Hilfe brauchst, ich habe viel über finanzielle Unterstützungsmöglichkeiten gelernt und wie man sich fürs College bewirbt. Ich kann dir gern helfen, wenn du willst«, sagte Harley zu Emily.

»Danke. Ich weiß das zu schätzen. Ich werde darüber nachdenken. Vielleicht ist das genau der Tritt in den Hintern, den ich brauche, um meinen Abschluss in Angriff zu nehmen«, erwiderte Emily.

Harley wollte gerade etwas sagen, als Trucks Handy klingelte. Die Melodie der Fernsehsendung *The Big Bang Theory* erklang in voller Lautstärke. Während alle lachten, grinste der große Mann nur schief und hielt sich das Handy ans Ohr.

»Truck.«

Das Grinsen verschwand sofort von seinem Gesicht und wurde durch eine harte, angestrengte Grimasse ersetzt.

»Wo bist du? Nein, bleib da. Beweg. Dich. Nicht. Von.

Der. Stelle. Es ist keine Zumutung. Ich bin in dreißig Minuten da. Geh rein ... verdammt ... dann bleib in deinem Auto. Atme tief durch. Genau so. Noch einmal. Ich hole dich ab, alles wird gut. Ich rufe dich in zehn Minuten zurück. Du musst antworten, okay?« Seine Stimme wurde leise. »Ich weiß ... ich auch. Ich bin bald da ... werde ich nicht ... Tschüss.«

Truck stand auf und deutete mit dem Kinn auf Hollywood. Der andere Mann stand auch auf und Harley beobachtete, wie sie zuerst aufgeregt miteinander sprachen, Truck sich dann abrupt umdrehte und, ohne ein Wort zu sagen, zum Haus ging.

Als Hollywood zur Gruppe zurückkam, fragte Ghost: »Alles in Ordnung?«

Harley fühlte sich unbehaglich. Es sah so aus, als wäre irgendetwas Schlimmes passiert, und sie kannte die Gruppe von Freunden noch nicht gut genug, um mittendrin zu stecken. Coach spürte offensichtlich ihr Unbehagen, griff nach ihrer Hand und drückte sie.

»Ja.«

Sie konnten alle hören, wie Trucks Fahrzeug mit hoher Geschwindigkeit die Straße hinunterfuhr.

Hollywood schaute Ghost an und fuhr fort. »Es war Mary. Sie –«

»Mary?«, rief Rayne und sprang auf. Sie schaute Ghost mit panischem Blick an. »Ich sollte –«

»Truck kümmert sich um sie, Rayne. Setz dich.« Ghosts Stimme klang streng, aber liebevoll. Er zog Rayne zu sich, bis sie auf seinem Schoß saß. Dann nickte er Hollywood zu, dass er weiterreden sollte.

»Truck hat nicht viel gesagt. Nur dass Mary von ihrem Arzttermin zurück sei und Hilfe brauche. Sie hat dich nicht stören wollen, Rayne, deshalb hat sie Truck angerufen.«

»Oh. Okay, ja. Ihr Auto hatte in letzter Zeit ein paar Probleme. Truck wird sich darum kümmern. Ich bin mir sicher, dass sie ihn nur widerwillig angerufen hat.« Rayne lächelte schief und klang nicht so überzeugend, wie sie vermutlich beabsichtigt hatte.

Harley sah, wie die Männer am Tisch Blicke austauschten. Sie hatte den Verdacht, dass Mary mehr als nur ein paar Probleme mit dem Auto hatte, doch sie traute sich nicht zu fragen. Vielleicht später, wenn sie alle besser kannte.

»Bestimmt«, versicherte Ghost seiner Freundin. Ghost wechselte abrupt das Thema und wandte sich an Harley. »Danke, dass du Coach da oben gerettet hast«, sagte er, während er nach oben schaute. »Wir haben uns ziemlich an den Kerl gewöhnt und es wäre scheiße, wenn wir einen anderen Geheimdienstexperten finden müssten, weil er ins Gras gebissen hat.«

Harley lächelte schwach. Es gefiel ihr nicht, dass der andere Mann Witze darüber machte, dass Coach hätte sterben können, doch sie vermutete, dass das ein Teil ihrer knallharten Männerpsyche sein musste. »Wie ich ihm schon erzählt habe, bin ich mir nicht sicher, ob ich wirklich so viel getan habe, doch ich habe es gern getan.«

»Was ist denn da oben passiert, nachdem er getroffen wurde?«, fragte Beatle, während er seine Ellbogen auf dem Tisch vor sich aufstützte.

Harley erstarrte. Sie hatte noch nicht einmal mit Coach über alles gesprochen und wusste nicht, ob er damit einverstanden war, dass sie seinen Freunden erzählte, was passiert war. Sie konnte sich immer noch an die Panik erinnern, die sie gehabt hatte, als sie plötzlich auf den Rücken gedreht wurden, während sie in die Tiefe stürzten. Ihr Mund füllte sich mit Speichel und das Essen, das sie gerade verspeist hatte, steckte ihr wie ein Kloß im Hals. Sie hatte das Gefühl, sich jeden Moment übergeben zu müssen.

Alle schauten sie erwartungsvoll an.

»Entschuldigt bitte, ich muss zur Toilette.«

Das war alles, was sie sagen konnte, um sich höflich aus der Situation zu befreien. Sie stand auf, ignorierte, dass Beatle sagte: »Oh scheiße, ich wollte sie nicht verärgern«, und flüchtete von der Terrasse ins Haus. Sie hatte keine Ahnung, wo das Badezimmer war, doch es sollte nicht allzu schwierig sein, es zu finden.

Nachdem sie mit schnellen Schritten im Haus umhergeirrt war, entdeckte sie eine kleine Toilette neben dem Eingangsbereich. Sie schloss die Tür hinter sich, glitt an der Wand entlang nach unten, landete auf ihrem Hintern und legte den Kopf auf die Knie. Ihre Atemzüge brachen in schnellen Stößen aus ihr heraus und sie erinnerte sich an das Gefühl der Hilflosigkeit, das sie gehabt hatte, während sie in Richtung Boden stürzten.

Kaum eine Minute später hörte Harley ein sanftes Klopfen an der Tür.

»Harley. Ich bin's, Coach. Kann ich reinkommen?«

»Ich k-k-komme gleich wieder raus«, antwortete sie, ohne sich von der Stelle zu bewegen. Sie würde einige Minuten brauchen, um sich wieder zu sammeln, vor allem, wenn sie wieder rausgehen und vor Coachs Freunden so tun musste, als wäre alles in Ordnung. Oder wenn sie über das, was passiert war, reden musste.

Harley schaute schockiert auf, als Coach zur Tür hereinkam, sie hinter sich schloss und verriegelte ... das hätte sie gleich tun sollen.

»Was machst –«

Sie unterbrach sich selbst, als Coach nichts sagte, sondern sich einfach vor ihr auf den Boden setzte und sie in seine Arme zog. Es war eine komische Situation, sie waren eigentlich beide zu groß, um auf dem Boden der kleinen Toilette zu sitzen, doch für Harley fühlte es sich beruhigend an.

Einen Moment lang sagte keiner von beiden etwas.

»Wir haben nie wirklich ausführlich über das gesprochen, was passiert ist, nicht wahr, Harl?« Coachs Worte waren sanft und leise.

Sie schüttelte den Kopf, sagte jedoch nichts.

»Tut mir leid. Ich hätte fragen sollen. Es hilft, darüber zu reden. Die Armee hat sich im Laufe der Jahre verbessert und sorgt jetzt dafür, dass die Soldaten mit einem Psychiater reden, wenn sie von ihren Einsätzen zurückkommen. Ich hatte schon viele Sitzungen und so sehr ich sie am Anfang auch gehasst habe, mittlerweile weiß ich, dass sie mir helfen, mit den ganzen Dingen in meinem Kopf zurechtzukommen.«

»Ich bin einfach von deinen Freunden davongelaufen«, sagte Harley, ohne den Kopf zu heben.

»Das macht ihnen nichts aus. Ich bin sicher, dass Rayne mittlerweile Hollywood über ihre Freundin Mary ausquetscht und wissen will, warum sie Truck und nicht sie angerufen hat. Himmel, das würde ich eigentlich selbst gern wissen, vor allem weil es immer so aussah, als könnte Mary Truck nicht ausstehen. Doch im Moment gehen mir andere Dinge durch den Kopf. Rede mit mir, Harl. Erzähl mir alles.«

Ohne den Kopf zu bewegen, tat Harley genau das. Sie fand, dass Coach das Recht hatte zu erfahren, was passiert war. Schließlich war er dabei gewesen ... auch wenn er das Bewusstsein verloren hatte. Sie ließ nichts aus. Sie erzählte ihm, wie absolut wunderbar der Sprung am Anfang gewesen war, wie schnell sie zu fallen schienen, als sie das

Flugzeug über ihnen gesehen hatte, bis zu dem Moment, in dem sie sich geduckt hatte, weil irgendetwas auf ihren Kopf zuschoss.

Sie erzählte ihm von dem Augenblick, in dem ihr bewusst wurde, dass er ohnmächtig war, und wie sie sich in der Luft gedreht hatten und fast ins Taumeln geraten waren, als sie versucht hatte, ihn anzuschauen. Harley beschrieb sogar ihre Verzweiflung, als sie weder seine Hand noch die Lenkschlaufen erreichen konnte, um ihnen bei der Landung zu helfen.

Coach bewegte sich erst, als sie ihm erzählte, wie sie sich Sorgen darüber gemacht hatte, dass er sich hätte die Knöchel brechen können.

Er zog sich aus der Umarmung zurück und hielt mit beiden Händen ihren Kopf fest. Er neigte sich zu ihr und flüsterte: »Ich bin begeistert von dir, Harley. Du hast alles richtig gemacht. Alles.«

»Nein, ich –«

»Harley, hör mir zu«, unterbrach Coach sie und ließ sie nicht weiterreden. »Ja, du hast Angst gehabt. Ich würde mir Sorgen machen, wenn du keine gehabt hättest. Aber du bist nicht in Panik geraten. Selbst als wir auf den Rücken gedreht wurden. Du hast deinen Kopf benutzt und uns wieder in die richtige Position gebracht. Als das AAG ausgelöst wurde, hast du herausgefunden, was du tun musst, hast uns von einem Gebäude weggelenkt und hast uns dann sogar auf den Boden zurückgebracht. Ich hätte mich auf viele Arten verletzen können, doch du hast alles richtig gemacht. Es tut mir so leid, dass das passiert ist. Es tut mir so verdammt leid. Aber gleichzeitig bin ich froh. Es hat dir gezeigt, wie stark du bist.«

»Ich glaube, ich habe fürs Erste genug vom Fallschirmspringen.«

Coach schmunzelte. »Das kann ich gut verstehen. Und keine Sorge, es ist nicht wie beim Reiten. Du musst es nicht gleich wieder tun, nur um dir zu beweisen, dass du es kannst.«

Harley nickte und schaute Coach mit trockenen Augen an. »Es ist alles in Ordnung. Danke, dass du mit mir darüber geredet hast. Du hattest recht, ich fühle mich wirklich besser.«

»Gern geschehen.«

»Wir können jetzt wieder rausgehen.«

»Lass uns nach Hause fahren.« Coach neigte sich zur Seite, stand auf und streckte Harley die Hand entgegen.

Ohne darüber nachzudenken, erlaubte sie ihm, ihr auf die Füße zu helfen. »Aber das ist unhöflich. Ich muss nur wieder rausgehen und –«

»Ich habe ihnen schon gesagt, dass wir uns auf den Weg machen.«

»Ernsthaft, Coach. Ich will nicht, dass sie –«

»Das macht nichts. Sie verstehen es.«

»Würdest du aufhören, mich dauernd zu unterbrechen?«, beschwerte sich Harley, während sie aufgeregt die Faust in ihre Seite stemmte.

Coach lächelte. »Wenn du aufhörst, Dinge zu sagen, die nicht wahr sind, werde ich aufhören, dich zu unterbrechen.«

Harley rollte mit den Augen. »Bitte. Ich versuche wirklich, meine Umgangsformen zu verbessern. Ich möchte mich von deinen Freunden verabschieden.«

Coach schaute sie einen Moment lang an und legte ihr dann die Hände auf die Schultern.

Harley gefiel es, seine warmen Hände zu spüren. Sie fühlte sich weder eingeschränkt noch unter Druck gesetzt. Er hatte einfach nur seine Hände auf ihren Körper gelegt.

Sie schloss die Augen, seufzte und legte die Hände auf seine Unterarme.

»Okay. Nicht dass sie das tun würden, aber ich werde nicht zulassen, dass sie oder sonst jemand dich dazu drängt, über das zu reden, was passiert ist, wenn du es nicht willst.«

»Danke. Ich will nicht darüber reden«, gab Harley sofort zu. »Jedenfalls nicht mit ihnen. Du kannst deinen Freunden erzählen, was du willst ... später. Ich werde einfach da rausgehen und Fletch und Emily für ihre Gastfreundschaft danken, vielleicht Annie umarmen, wenn sie sich lange genug von ihren Armeefiguren wegreißen kann, und allen anderen sagen, dass es schön war, sie kennengelernt zu haben.«

»Klingt gut.« Coach bewegte sich nicht.

»Coach?«

Er seufzte. »Ich denke darüber nach, wann ich dich wiedersehen kann.«

»Willst du das denn überhaupt, nach allem, was heute passiert ist?«, scherzte Harley.

Er lächelte nicht einmal. »Oh ja. Noch mehr als vorher.«

»Du bist komisch, weißt du das?«, neckte Harley ihn und griff nach seinen Handgelenken. Sie standen für einen Moment so da.

»Nächste Woche gehen wir alle wieder zum Dienst. Wir stehen in der Regel früh auf und trainieren, dann haben wir Zeit, um nach Hause zu fahren und zu duschen. Meistens arbeiten wir den ganzen Tag, können jedoch etwas flexibel sein. Wir können jederzeit zu einem Einsatz gerufen werden. Manchmal wissen wir es eine Woche im Voraus, meistens jedoch nur eine Stunde oder so.«

»Okay.«

»Ich möchte Zeit mit dir verbringen. Deine Geschwister kennenlernen. Ich möchte dir bei der Arbeit zusehen und deine Fragen beantworten. Es hat neulich Abend so viel Spaß gemacht, mit dir Videospiele zu spielen. Das würde ich gern öfter tun. Ich glaube, mit der Zeit wirst du dich auch mit meinen Freunden und ihren Freundinnen wohler fühlen. Kurz gesagt, Harley, der Gedanke, dich bei dir zu Hause abzusetzen und dich wer weiß wie lange nicht zu sehen, gefällt mir nicht. Ich mag dich. Ich bin gern mit dir zusammen. Du entspannst mich. Ich muss dir nichts vormachen. Du hast keine Ahnung, wie erfrischend das ist.«

»Ich weiß. Mir geht es genauso.«

Coach neigte sich zu ihr und küsste sie leicht, neckte ihre Lippen mit seiner Zunge, jedoch ohne den Kuss zu vertiefen, als sie den Mund öffnete. Er zog sich zurück. »Okay, wir werden telefonieren. Wir werden zusammen zu Abend essen, bei dir oder bei mir. Wir werden SMS austauschen und vielleicht online chatten. Wenn ich herausfinde, wie ich meine Konsole mit dem Internet verbinden kann, können wir so zusammen spielen. Ich habe es nicht eilig.«

»Ich kann dir dabei helfen, die Spielkonsole zu verbinden.«

»Gut. Aber eins musst du wissen, Harley.«

Er hielt so lange inne, bis Harley ungeduldig fragte: »Was denn?«

»Ich will dich. Ich will spüren, wie du dich unter mir windest, während ich dich nehme. Ich kann es kaum erwarten zu sehen, was du so ungeschickt unter deinem T-Shirt versteckst. Doch es geht nicht nur um Sex. Ich mag alles, was ich bisher gesehen habe.«

»Ich bin nicht perfekt, Coach. Bei Weitem nicht.«

»Ich weiß. Ich auch nicht. Ich würde wohl nicht so sehr in deiner Nähe sein wollen, wenn du es wärst. Kapierst du das nicht, Harl? Die Tatsache, dass dein Haus unaufgeräumt ist, du zu schnell isst, die Teller in der Spüle stehen lässt und vergisst zu duschen, weil du so in die Arbeit vertieft bist ... genau deswegen mag ich dich. Du bist echt.«

»Oh.«

»Ja. Oh. Nach einer Weile, wenn wir uns besser kennengelernt und ein paarmal geknutscht haben und keine Minute länger mehr die Hände voneinander lassen können, werden wir unsere Freundschaft auf die nächste Ebene bringen.«

»Ich bin noch Jungfrau«, platzte Harley heraus, schloss dann sofort verlegen die Augen und redete eilig weiter. »Eigentlich nicht wirklich. Da war dieser Typ auf dem College, der versucht hat, mich zu streicheln und seine Finger in mich zu schieben, und wohl dachte, dass das sexy war, doch es tat weh. Ich habe ihm versehentlich die Knie in die Hoden gestoßen und das war's dann. Jedenfalls hat er mich nicht mehr angerufen und ich hatte nicht unbedingt das Bedürfnis, mit jemand anderem ins Bett zu springen. Mach dir also nicht zu viele Hoffnungen. Es wird wahrscheinlich eine peinliche Angelegenheit werden und ich werde nicht gut im Bett sein.«

Coach schmunzelte und Harley öffnete die Augen. Sein Gesicht war jetzt sogar noch näher als zuvor. »Es kann schon sein, dass es peinlich wird. So ist das normalerweise, wenn man mit jemandem zum ersten Mal Sex hat, Harl. Aber ich verspreche dir, dass ich dir nicht wehtun werde. Ich werde dafür sorgen, dass du dich behaglich fühlst.«

»Ich schäme mich dafür, dass ich dir das alles erzählt habe.«

»Das brauchst du nicht. Ich bin froh, dass du es mir erzählt hast. Ich wollte es sowieso langsam mit dir angehen lassen und jetzt weiß ich erst recht, dass ich dich erst nehmen darf, wenn du wirklich bereit für mich bist.«

Harley konnte den Blick nicht von Coachs haselnussbraunen Augen abwenden. Sie fühlte sich, als würde sie neben sich stehen. Solche Dinge passierten jemandem wie ihr nicht.

»Komm, Harley. Wir haben uns lange genug hier drinnen unterhalten. Wir sollten uns von unseren Freunden verabschieden und nach Hause fahren.«

»Ja, ich muss noch eine Weile an meinem Spiel arbeiten.«

Coach lächelte, beugte sich zu ihr und küsste sie noch einmal, bevor er sie in die Arme nahm. Dann ließ er sie, ohne ein Wort zu sagen, los und nahm ihre Hand. Sie verließen die kleine Toilette und gingen zurück auf die Veranda.

Harley verabschiedete sich, bekam eine Umarmung von Annie, genau wie sie es sich gewünscht hatte, und versprach, bald wiederzukommen. Dann verließ sie mit Coach zusammen die Gruppe.

Nachdem sie bei ihr zu Hause angekommen waren, brachte Coach sie zur Tür und lächelte, als sich die Vorhänge im Fenster nebenan bewegten. Die gute alte Gretel wachte über die Nachbarschaft.

»Bleib nicht zu lange auf. Ich rufe dich später an. Okay?«

»Das würde mich freuen. Es tut mir leid, dass ich dich frühzeitig zum Aufbruch gedrängt habe.«

»Das macht nichts. Ich war bereit zu gehen. Ich habe leichte Kopfschmerzen und werde nach Hause fahren und ein Nickerchen machen.« Er hob die Hand, um sie davon abzuhalten, etwas zu erwidern. »Und bevor du etwas sagst: Sie sind nicht schlimm. Ich werde ein oder zwei Schmerztabletten nehmen und mich eine Stunde aufs Ohr legen, dann geht es mir wieder gut.«

»Ruf mich an, wenn du aufwachst.«

Er lächelte. »Werde ich machen. Versprochen. Wirst du antworten?«

»Natürlich. Ich werde vermutlich in meinen Code vertieft sein, aber ich habe mein Telefon immer in der Nähe für den Fall, dass Davidson oder Montesa anrufen.«

»Oder ich.«

Harley errötete, stimmte jedoch zu. »Oder jetzt du.«

Coach küsste sie noch einmal und strich ihr mit dem Handrücken über die Wange. »Wir hören uns bald. Bis dann.«

»Danke, dass du mich zu deinen Freunden mitgenommen hast, Coach. Auch wenn ich mich wie eine Verrückte benommen habe.«

Er lächelte nur, während er langsam von ihr wegging. »Es war mir ein Vergnügen. Bis bald, Harley.«

»Bis bald, Coach.«

Sie beobachtete, wie er wieder in seinen Highlander kletterte und aus dem Parkplatz fuhr. Harley schloss die Tür und lächelte. Es war ein seltsamer Tag gewesen, doch sie war sich ziemlich sicher, dass sie und Coach jetzt zusammen waren. Sie umarmte sich selbst. Es fühlte sich gut an. Verdammt gut.

KAPITEL VIERZEHN

»Hey, Coach.«

»Harl. Bist du bereit?«

Harley schaute auf die Uhr über ihrem Computer. Mist. Sie hatte sich schon vor einer halben Stunde umziehen wollen, doch wie immer war sie wieder völlig in ihre Arbeit vertieft gewesen.

»Nein.« Es machte keinen Sinn zu lügen.

Coach lachte nur. »Ja, das habe ich mir gedacht. Es ist in Ordnung, unsere Reservierung ist erst in einer Stunde. Mach dich startklar. Ich bin in einer halben Stunde da.«

Harley lächelte. Er hatte ihr nicht gesagt, dass er das tun würde, doch es war offensichtlich, dass er sie jeweils eine halbe Stunde vor ihrem vereinbarten Treffen anrief. Er gab ihr eine dreißigminütige Vorwarnung. Sie wusste das zu schätzen. Sie würde sich nie rechtzeitig fertigmachen, wenn er sie nicht daran erinnern würde.

»Okay. Ich lasse die Tür offen.«

»Nein«, sagte Coach. »Tu das nicht. Das ist nicht sicher. Ich werde einfach klopfen, wenn ich da bin. Keine große Sache.«

»Ich sollte dir einen Schlüssel geben«, murmelte Harley, während sie ins Schlafzimmer ging, um sich umzuziehen.

»So sehr ich mir auch uneingeschränkten Zugang zu dir und deinem Haus wünsche, es wäre mir lieber, du würdest noch etwas warten und mir erst dann einen Schlüssel geben, wenn du hundertprozentig sicher bist, was unsere Beziehung angeht.«

Harley saß auf dem Rand ihres Bettes. Dass es nicht gemacht war, störte sie nicht im Geringsten. »Was meinst du damit?«

»Dass ich das Gefühl habe, dass du auf die Hiobsbotschaft wartest«, sagte Coach sachlich. »Ein Teil von dir glaubt immer noch, dass ich irgendwann zur Besinnung kommen und mich fragen werde, was ich überhaupt mit dir tue. Dass ich an einem Tag da bin und am nächsten nicht mehr.«

Harley schwieg. Sie konnte nichts sagen. Er hatte recht.

»Und deshalb werde ich warten, bis du dir deiner Gefühle für mich ganz sicher bist. Du kannst mir einen Schlüssel für dein Haus geben, wenn du absolut sicher bist, dass ich keine Spielchen mit dir treibe. Okay?«

»Ich wollte nicht –«

»Das weiß ich. Und es ist in Ordnung. Ehrlich gesagt gefällt mir das sogar.«

»Dir gefällt, dass ein Teil von mir bezweifelt, dass du mich so sehr magst, wie du vorgibst?« Harley war verwirrt.

Er schmunzelte. »Ja. Denn das bedeutet, dass du mir dein Herz und deine Seele schenken wirst, wenn du das erst einmal erkennst. Du gehörst für immer mir.«

»Ähm ...«

»Ich habe bereits einen Schlüssel für dich anfertigen lassen, als wir vor einem Monat zu Fletchs Grillfest gefahren sind.«

»Wie bitte?«

»Ja. Ich werde ihn heute Abend vorbeibringen. Ich hätte wohl besser warten und dir das persönlich sagen sollen anstatt am Telefon, doch als du erwähnt hast, dass du die Tür offenlassen wolltest, konnte ich nicht anders. Also ... zieh dich um. Ich bin in einer halben Stunde da und dann treffen wir uns mit Davidson und Montesa im Restaurant. Danach fahren wir für eine Weile zu mir nach Hause. Okay?«

Harley schluckte. »Okay.«

»Und keine Sorge. Ich werde vor deinen Geschwistern nichts Verrücktes tun. Sie werden mich mögen.«

»Darüber mache ich mir keine Sorgen.«

»Worüber denn dann?«

»Oh je. Du bist einfach zu feinfühlig, Coach.«

Er lachte. »Worüber machst du dir Sorgen, Harl?«

»Dass sie denken werden, dass du zu gut für mich bist.«

Coach brach am anderen Ende in schallendes Gelächter aus. Er lachte so sehr und so lange, bis Harley sauer wurde. »Coach! Das ist nicht lustig.«

»Oh Mann, es ist urkomisch. Harley, deine Geschwister werden mich mögen, aber sie werden auf keinen Fall denken, dass ich zu gut für dich bin. Du bringst da etwas durcheinander. Sie werden am Anfang des Abends denken, dass ihre kleine Schwester viel zu gut für *mich* ist. Ich bin ein Armeeangehöriger. Sie werden wahrscheinlich denken, dass ich dir nur an die Wäsche will. Ich hoffe jedoch, dass sie bis zum Ende des Abends einsehen werden, dass ich verrückt nach dir bin. Doch dass das nicht der Grund ist, warum ich mit dir zusammen bin, obwohl ich dir liebend gern an die Wäsche gehen würde. Ich spiele bei Weitem nicht in deiner Liga, ich hoffe aber, dass sie erkennen werden, dass ich aufrichtig bin und ein echtes Interesse an dir habe, und sie mir ihren Segen geben werden.«

»Ich weiß nicht, was ich dazu sagen soll.«

»Das liegt daran, dass ich recht habe. Zieh dich an. Die Zeit läuft. Ich bin in fünfundzwanzig Minuten bei dir.«

»Okay. Bis später.«

»Bis später, Harl.«

Harley beendete das Gespräch und ließ sich rückwärts auf die zerwühlte Bettdecke fallen.

Hatte Coach recht? Sie hatte immer gedacht, dass *er* zu gut für *sie* war, doch jetzt, wo sie darüber nachdachte, verstand sie, was er meinte. Sie hatte ein Diplom und einen tollen Job, der ihr gefiel. Sie hatte eine großartige Familie und war mit ihrem Leben zufrieden. Das Armeeleben bot nicht viel Stabilität, wenn man überlegte, wie oft Soldaten versetzt wurden. Ganz zu schweigen von Coachs mysteriösen Einsätzen. Seit sie miteinander ausgingen, hatte er nur einen Einsatz gehabt. Der hatte zwar nur drei Tage gedauert, doch sie hatte sich trotzdem gefragt, was genau er bei der Armee machte. Sie musste es wissen, bevor sie mit ihm schlief.

Sie setzte sich auf und fuhr sich mit den Fingern durchs Haar. Ja, Montesa und Davidson würden sich eher fragen, ob *er* gut genug für *sie* war. Der Gedanke daran brachte sie zum Schmunzeln. Sie wusste, dass Coach sich von Montesas geschickter Fragetechnik nicht einschüchtern lassen würde, doch es würde amüsant sein, den Austausch zu beobachten.

Ihr Bruder und ihre Schwester hatten Coach schon seit ein paar Wochen kennenlernen wollen, nachdem sie herausgefunden hatten, dass sie jede freie Minute mit dem Mann verbrachte. Es war jedoch erst jetzt möglich gewesen, ein Treffen zu vereinbaren, da sie alle volle Terminkalender hatten.

Sie wollten sich im »Bella Sera« treffen. Es war ein schickes italienisches Restaurant, aber nicht so schick, dass sich ihre Geschwister unwohl fühlen würden. Es war einer ihrer Favoriten in der Gegend und Coach nahm an, dass Montesa und Davidson es wahrscheinlich schon kannten. Montesa wollte John mitbringen, doch Harley redete es ihr aus. Sie wollte nicht, dass sich außer ihren Geschwistern jemand in ihre Beziehung mit Coach einmischte. Es war schon schlimm genug, dass er gegen die beiden antreten musste, noch jemand anderen einzuladen wäre schlichtweg unfair gewesen.

Harley stand auf, schlenderte zu ihrem Schrank und wusste genau, was sie tragen würde. Montesa hatte es vor einiger Zeit für sie gekauft und normalerweise hätte Harley sich in so etwas unwohl gefühlt. Doch für den heutigen Abend schien es das Richtige zu sein. Montesa würde die Botschaft verstehen, wenn sie das Kleid zum ersten Mal trug ... und Coach hoffentlich auch.

Harley zog sich an und betrachtete sich im Badezimmerspiegel. Sie fühlte sich gut. Hübsch. Sie hatte nicht das Bedürfnis, sich regelmäßig so anzuziehen, doch sie konnte jetzt besser verstehen, warum Frauen sich schick machten, wenn sie mit ihren Freunden oder Ehemännern weggingen. Sie hoffte nur, dass Coach den Aufwand zu schätzen wusste. Sie hatte ihn zweifelsohne für ihn betrieben und nicht für sich selbst.

Es klopfte an der Haustür und Harley quetschte ihre Füße in die hochhackigen schwarzen Schuhe, die sie erst ein Mal getragen hatte. Einmal mehr war es Montesa gewesen, die sie dazu überredet hatte, sie zu kaufen, und Harley hatte während eines schwachen Moments nachgegeben. Sie hatten Riemen, die sich an ihre Fußgelenke schmiegten, und vorne schauten ihre frisch lackierten Zehennägel heraus. Es waren keine Jimmy Choos oder Manolo Blahniks, doch für sie machte das keinen Unterschied.

Sie stieg vorsichtig die Treppe hinunter und versuchte zu vermeiden, dass sie mit den ungewohnten Schuhen der Länge nach hinfiel. Harley schaute durch den Spion und sah, dass es tatsächlich Coach war. Sie öffnete die Tür, während ihr die Vorfreude auf seine Reaktion durch die Adern schoss.

»Hey, Coach. Ausnahmsweise bin ich mal bereit, wenn du ankommst.«

Coach stand auf der Stufe vor Harleys Haus und starrte sie ungläubig an. Er ließ seinen Blick von ihrem Kopf bis zu ihren Füßen wandern, dann wieder nach oben. Er konnte nicht fassen, dass das die gleiche Frau war, die er vor ungefähr einem Monat kennengelernt hatte. Die Harley, die er kannte, mochte weder Kleider noch Röcke und trug normalerweise übergroße T-Shirts, wenn sie mit ihm zusammen war. Er hatte sie einmal in einem Trägerhemd gesehen, aber nur, weil er eines Abends vorbeigekommen war, als sie ihn nicht erwartet hatte. Sie hatte sich schnell etwas weniger Freizügiges angezogen.

Coach wusste, dass ihm der Mund offen stand, doch er war nicht in der Lage, ihn zu schließen. Er sah sich satt an dieser Frau, die ihm mittlerweile alles bedeutete.

Sie trug ein schwarzes Kleid, das an den meisten Frauen sehr einfach gewirkt hätte, doch an Harley sah es sexy aus, weil sie sich ihrer Weiblichkeit nicht bewusst war. Das Oberteil wurde im Nacken zusammengehalten, war vorne tief ausgeschnitten und brachte ihre Schultern zur Geltung. Coach konnte am unteren Ende des Ausschnitts die Rundungen ihrer Brüste erkennen. Es schmiegte sich eng an ihren Brustkorb, betonte ihren Körper und stellte ihre köstlichen Kurven zur Schau. Es war von der Taille abwärts gerade geschnitten und reichte ihr bis knapp über die Knie. Auf der Seite war ein Schlitz und als sie sich umdrehte, um nach der kleinen schwarzen Handtasche zu greifen, die auf dem Tisch neben der Tür lag, konnte Coach ihren nackten Rücken sehen.

Ihr Outfit wurde von einem Paar schwarzer hochhackiger Schuhe abgerundet. Die Riemen sahen kompliziert und sexy aus, als ob sie sich um ihre Knöchel gewickelt hätten. Der einzige Farbtupfer waren ihre rot lackierten Zehennägel.

Er wollte an der kleinen Schleife an ihrem Nacken ziehen und ihren Oberkörper entblößen. Er wollte mit seinen Händen jede einzelne ihrer Kurven erforschen und auf Tuchfühlung gehen. Im letzten Monat hatten sie entweder auf ihrer oder seiner Couch herumgeknutscht, doch Coach hatte nie versucht, seine Hände unter ihre Kleidung zu schieben. Er konnte buchstäblich spüren, wie ihm das Wasser im Mund zusammenlief. Er wollte sie schmecken. Überall.

»Ist es ... sehe ich gut aus?«, fragte Harley mit zittriger Stimme und schob sich die Brille auf die Nase. »Ich weiß, dass meine Brille nicht zum Outfit passt.«

»Verdammt. Ja. Du siehst umwerfend aus. Die Brille ist perfekt. Du siehst wie eine unanständige Bibliothekarin aus, ich ...« Coach konnte nicht klar denken. Plötzlich kam ihm ein Gedanke. »Trägst du irgendetwas darunter?«

»Unterwäsche, ja. Einen BH, nein. Warum? Sollte ich? Es ist rückenfrei ... Mist, kann man meine Brustwarzen sehen?« Harley schaute an sich herunter und wollte herausfinden, ob sie anrüchig aussah. Als sie sich umdrehte und in Richtung Badezimmer gehen wollte, um ihr Outfit zu überprüfen, packte Coach sie am Arm und zog sie zu sich zurück.

Er konnte einfach die Hände nicht von ihr lassen. Er brachte es nicht fertig, ihr direkt in die Augen zu schauen, ließ seine Fingerspitze von ihrem Schlüsselbein in ihren Ausschnitt gleiten und spürte, wie warm ihr Körper war. Er spürte, wie sie einatmete, als sein Finger erst die Innenseite der einen, dann der anderen Brust streifte.

»Man kann deine Brustwarzen gar nicht sehen. Bedauerlicherweise.« Schließlich schaute er ihr in die Augen. »Du bist wunderschön. Und es ist nicht das Kleid. Du bist immer schön. Aber heute Abend ...« Er bewegte den Finger langsam unter ihr Kleid und wagte sich in bisher unerforschtes Territorium vor. »Du hast das Kleid für mich angezogen, nicht wahr?«

Harley nickte. Sie war sprachlos.

Coach schob seinen Finger ein kleines bisschen mehr nach rechts und traf sein Ziel. Ihre Brustwarze zog sich noch stärker zusammen, als er sie mit dem Fingernagel streifte. »Du weißt, dass der heutige Abend eine Tortur für mich sein wird, nicht wahr?« Er schien keine Antwort zu erwarten, denn er sprach einfach weiter. »Ich werde die ganze Zeit daran denken müssen, dass du keinen BH trägst.«

»Coach«, rief Harley warnend und packte sein Handgelenk. Sie zog seinen Arm jedoch nicht weg, sondern hielt ihn einfach fest, als könnte sie sich nicht entscheiden, ob er aufhören oder weitermachen sollte.

Während er weiterredete, bewegte er seinen Finger von ihrer harten Brustwarze zu ihrer anderen Brust, umkreiste sie und schenkte ihr die gleiche Aufmerksamkeit, die er auch der gegenüberliegenden gegeben hatte. »Du bist wunderschön, Harley. Ich kann es kaum erwarten, diese beiden Hübschen mit meinen Lippen zu erforschen. Aber um dich zu beruhigen, man kann unter all dem Stoff nicht erkennen, ob du erregt bist oder nicht ... ich weiß es nur deshalb ...« Er kniff leicht in ihre Brustwarze und lächelte, als er sah, wie sie nach Luft schnappte.

»Ich würde dich nie vor deiner Familie in Verlegenheit bringen. Ich würde dir sagen, wenn ich das Kleid für unpassend hielte. Doch es ist alles andere als unpassend. Es ist wunderschön, genau wie du. Verdammt, vermutlich werde ich eher *mich* mit meinem Ständer in Verlegenheit bringen, wenn ich nicht aufpasse.« Er lächelte und es schien ihm überhaupt nicht peinlich zu sein, dass seine Erektion gegen ihren Bauch pochte.

Coach ließ eine Hand auf ihrer Brust ruhen und streichelte mit der anderen sanft ihr Gesicht. »Danke, dass du dich für mich schick gemacht hast, Harley.«

»Gern geschehen. Äh, Coach?«

»Ja?«

Sie verlagerte ihr Gewicht von einem Bein aufs andere und er lächelte, weil es so offensichtlich war, dass sie erregt war.

»Wenn wir heute Abend zurück in deine Wohnung fahren ... möchte ich gern über Nacht bleiben, wenn das in Ordnung ist.«

Coach schloss die Augen und konnte sich fast nicht mehr beherrschen. Dann öffnete er sie wieder und schaute in ihre braunen Augen. Sie sah verunsichert aus. »Das ist mehr als in Ordnung. Aber Harley, ich sage es noch einmal, nur damit du es richtig verstehst ...«

Er wollte, dass sie den ernsten Ton in seiner Stimme wahrnahm. Als sie ihre Augenbrauen nach oben zog, fuhr er fort. »Ich will dich schon seit einem Monat. Dass du heute dieses raffinierte, sexy Kleid trägst, ist nicht der Grund, warum ich dich will. Okay?«

Sie lächelte und nickte. »Das ist auch gut so. Denn ich glaube, dies ist das einzige Kleid, das ich besitze. Und wundere dich bitte nicht, wenn die Hälfte des Abendessens darauf landet.«

Coach ließ widerwillig die Hand von ihrem Oberkörper sinken und küsste sie sanft auf die Lippen. »Ich werde dir helfen, es wegzuwischen, wenn du etwas verschüttest. Du hast keine Ahnung, wie viel es mir bedeutet, dass du dich heute Abend so schick gemacht hast. Hast du eine Tasche gepackt?«

Harley nickte schüchtern. »Sie steht um die Ecke. Ich hätte sie nicht erwähnt, wenn dir die Idee nicht gefallen hätte.«

»Sie gefällt mir aber. Sehr gut sogar.«

»Gut.«

»Sag mir, wo sie ist. Ich werde sie holen und dann fahren wir los. Ich möchte nicht zu spät zum ersten Treffen mit Montesa und Davidson kommen. Aber Harley?«

»Ja?«

»Wenn wir uns nicht mit den beiden treffen würden, würden wir heute das Haus nicht verlassen.«

Harley kicherte und es gefiel ihr, dass sie ihn so angemacht hatte, dass er am liebsten mit ihr zu Hause geblieben wäre. »Meine Tasche steht in der Küche, hinter der Theke.«

Coach neigte sich zu ihr und küsste sie kurz, bevor er einen Schritt zurücktrat. Während er in die Küche ging, schob er die Erektion in seiner Hose umher, was Harley dazu brachte, noch breiter zu grinsen. Sie hatte nie zu den Frauen gehört, die Männer derart erregen konnten ... und es fühlte sich gut an.

Er kam mit der Tasche in der Hand um die Ecke und lächelte. »Mensch. Ernsthaft. Du siehst toll aus.«

Coach bot ihr den Arm an und sie hakte sich ein,

während sie ihm ihre Schlüssel reichte, damit er ihre Tür abschließen konnte. »Ich bin mir da zwar nicht ganz sicher, aber ich weiß das Kompliment zu schätzen.«

»Es ist mir ehrlich gesagt egal, ob du es glaubst oder nicht«, sagte Coach, während er die Tür verriegelte und sie näher an sich heranzog. »Eins ist sicher, jeder Mann, der dich heute Abend sieht, wird eifersüchtig auf mich sein. Du weißt ja, dass ich dich am liebsten in meine Wohnung bringen und dich ausziehen möchte, aber ich freue mich darauf, dich an meiner Seite zu haben, deine Geschwister kennenzulernen und generell allen Leuten, denen wir heute Abend begegnen, zu zeigen, wie schön du bist.«

Sie gingen zu seinem Highlander. »Aber versteh mich nicht falsch, Harley«, warnte er sie.

Sie schaute ihn verwirrt an. »Was meinst du?«

»Ich fühle mich jedes Mal so, wenn wir zusammen irgendwo hingehen. Egal was du trägst. Ich bin ein Glückspilz und bin mir dessen bewusst.«

Harley rollte mit den Augen. »Coach, ich habe nichts dagegen, dass du mir Komplimente machst, während ich das Kleid trage. Ich habe es heute Abend bewusst angezogen und gehofft, dich damit zu überraschen. Genauso wenig wie ich erwarte, dass du jedes Mal deine Ausgehuniform anziehst, wenn wir weggehen, darfst du von mir erwarten, dass ich immer so viel Aufwand betreibe. Ich bin sicher, dass mir deine Uniform gefallen wird, genauso wie dir dieses Kleid gefällt, doch die meiste Zeit werden wir normale Kleidung tragen. Ich verbringe einfach gern Zeit mit dir, egal was du trägst.«

»In ein paar Monaten findet ein Armeeball statt. Wirst du mit mir hingehen?«

»Wirst du deine Uniform tragen?«

»Ja. Und die Jungs werden auch alle ihre Uniformen tragen.«

»Ja. Wenn wir bis dann noch zusammen sind, werde ich gern mit dir hingehen.«

Coach half Harley beim Einsteigen und sorgte dafür, dass sie ihr Gleichgewicht nicht verlor. Als sie sich hingesetzt hatte, beugte er sich über sie und hielt ihr den Sicherheitsgurt hin, damit sie sich anschnallen konnte. »Wir werden immer noch zusammen sein.«

Harley lächelte ihn an. »Okay.«

»Du wirst sehen«, beteuerte er.

»Ich habe okay gesagt, Coach.«

»Das sagst du zwar, aber du glaubst es nicht.«

Harley rollte mit den Augen. »Du bist kein Wahrsager. Das kannst du nicht wissen. Du könntest dich darüber aufregen, dass ich so viel Zeit vor dem Computer verbringe. Oder ich könnte beschließen, dass du zu ordnungsliebend für meinen Geschmack bist. Du kannst nicht wissen, was in Zukunft passieren wird. Ich würde gern mit dir zum Ball gehen, aber das können wir dann besprechen, wenn es so weit ist.«

»Ich werde mich nicht über dich aufregen und wenn es hilft, werde ich mein Geschirr über Nacht in der Spüle stehen lassen. Ich kann zwar die Zukunft nicht voraussagen, aber ich habe keinen Zweifel daran, dass ich deinen süßen Körper immer wieder haben will, nachdem ich ihn heute Abend zum ersten Mal genommen habe. Mit dir zu schlafen wird fantastisch werden und die Krönung des Ganzen sein. Ich bin schon jetzt so sehr in dich vernarrt, dass es nicht mehr lustig ist. Deshalb sind ein paar Monate gar nichts. Ich möchte dich am liebsten jetzt schon zu meiner Pensionierungsfeier einladen. Ich *weiß*, dass ich mein Leben mit dir verbringen will.«

»Coach«, protestierte Harley schwach. Sie hatte noch nie so tief empfundene Worte gehört. Und wenn, dann waren sie nicht an sie gerichtet gewesen.

»Pass auf deinen Arm auf, ich mache jetzt die Tür zu«, sagte er warnend und grinste, während er einen Schritt zurücktrat.

Sie zog ihren Arm weg und wartete, während Coach die hintere Tür öffnete, ihre Tasche auf den Boden hinter ihren Sitz stellte, dann um das Auto herumging und sich auf den Fahrersitz setzte. Er startete das Auto und tat so, als wäre weiter nichts gewesen.

»Hast du vor, bald in den Ruhestand zu gehen?«, fragte Harley, während sie zum Restaurant fuhren.

»Nein. Ich habe noch mindestens zehn Jahre vor mir.«

Harley schwieg, als er nichts weiter sagte. Sie beschloss, es dabei zu belassen, wagte es jedoch, vor dem Abendessen noch ein weiteres schwieriges Thema anzusprechen. »Ich habe eine Frage, weiß aber nicht, ob du sie beantworten willst. Und ich frage nicht, weil ich indiskret sein will, ich möchte nur wissen, was ich Montesa und Davidson sagen soll. Sie haben schon gefragt und ich wusste nicht, wie ich antworten sollte.«

»Schieß los.«

»Gehörst du zur Delta Force?«

Wenn sie ihn nicht so aufmerksam beobachtet hätte, hätte sie das Zucken in seinem Gesicht nicht bemerkt. Harley sprach schnell weiter. »Mir ist es egal, aber Davidson hat es direkt nach dem Unfall angesprochen. Ich wusste es nicht und er sagte, dass er es vermutet, weil deine Einsätze nie lange dauern. Er sagte irgendetwas über Ranger und Spezialeinheit, aber ich kann mich nicht genau daran erinnern. Ich werde niemandem etwas darüber sagen, ich wollte —«

»Du bist schlauer, als gut für dich ist«, sagte Coach, während er seine Hand auf ihre Hand legte, die auf der Konsole zwischen ihnen ruhte. »Ich darf nicht über meine Arbeit sprechen. Nicht mit dir oder deiner Familie. Die Delta Force ist eine der geheimsten Spezialeinheiten im Militär. Vielleicht hörst du in den Nachrichten, dass das SEAL Team Six einen Einsatz hatte, bei dem Osama Bin Laden getötet wurde, oder du siehst einen Film darüber, wie sie in Mogadishu landen, doch von der Delta Force wirst du nie so etwas hören oder sehen. Deltas reden nie über das, was sie tun. Sie werden in gewisse Situationen geschickt und wissen, dass nie jemand etwas davon erfahren wird.

Die Scheidungsrate bei Delta Force-Soldaten ist hoch, höher als beim Rest der Armee, schon nur aufgrund der Geheimhaltungspflicht. Sie können ihren Ehefrauen nicht sagen, wohin sie gehen oder wann sie zurückkommen. Für viele Paare ist das zu viel. Ich habe bisher nie darüber nachgedacht. Ich habe nie darüber nachgedacht, wie hart diese Art von Geheimhaltungspflicht für jemanden sein würde, mit dem ich zusammen bin, weil die Beziehungen, die ich hatte, nie lange gehalten haben. Aber ich verstehe jetzt, wie schwierig das für die Soldaten der Spezialeinheit sein muss.«

Coach hielt inne, doch er streichelte mit seinem Daumen ihren Handrücken, während sie darauf warteten, dass die Ampel grün wurde. Schließlich drehte er sich zu Harley um und schaute ihr direkt in die Augen. »Ich werde dich nie anlügen, Harl. Mit mir zusammen zu sein ist kein Zuckerschlecken, aber ich lüge nicht.«

Harley nickte und verstand, was er meinte. Er hatte nicht zugegeben, dass er *tatsächlich* ein Delta Force-Soldat war, doch er hatte es auch nicht abgestritten. Lügen war eine Sache, Details wegzulassen eine ganz andere.

»Das weiß ich zu schätzen, Coach«, entgegnete sie aufrichtig, ohne den Blick von ihm abzuwenden.

Erst als hinter ihnen jemand hupte, brachen sie den Augenkontakt ab. Als er losfuhr, sagte er beiläufig: »Ich habe viele fantastische Arbeitskollegen, von denen ein paar in festen Beziehungen stecken. Das Gute daran ist, dass du mit den Freundinnen reden kannst, wenn dich etwas bedrückt. Sie befinden sich in der gleichen Situation wie du. Eine Art Selbsthilfegruppe.«

»Tatsächlich«, stimmte Harley zu und lächelte. »Danke. Ich werde versuchen, nicht zu viele Fragen über deine Arbeit zu stellen.«

»Du kannst fragen«, konterte er schnell. »Versteh bitte einfach, wenn ich nicht antworten kann.«

»Das werde ich. Versprochen. Ich war froh über deine Hilfe, als ich neulich Abend beim Codieren nicht weiterkam.«

Nachdem sie das Thema gewechselt hatte, grinste er breit und sagte: »Kein Problem. Ich hatte gedacht, dass du vielleicht anrufst, um dort weiterzumachen, wo wir vor deiner Tür aufgehört hatten, habe aber schnell gemerkt, dass du keinen Telefonsex wolltest, sondern dass ich dir beschreibe, was passiert, wenn ein Scharfschütze sich auf einem Dach positioniert.«

»Oh, du wolltest Telefonsex?«, fragte Harley unschuldig. Ihre Augen funkelten.

Coach lachte. Die Spannung hatte sich aufgelöst. »Dagegen hätte ich nichts einzuwenden, nur damit du es weißt, aber ich denke, dass der Telefonsex für immer ruiniert sein wird, sobald wir richtig miteinander geschlafen haben.«

Harley rutschte auf ihrem Sitz herum. Sie hätte es überhaupt nicht ansprechen sollen. Sie wusste, dass Coach nicht lockerlassen würde. Doch sie war froh, dass die Stimmung sich aufgelockert hatte. »Ich weiß nicht, vielleicht müssen wir nur erfinderisch sein.«

»Verdammt, Harl. Ich weiß, dass ich direkt in den Hammer gelaufen bin, aber hab ein bisschen Erbarmen mit mir, okay? Ich musste heute Abend schon einen Ständer loswerden. Ich will keinen zweiten, kurz bevor wir ins Restaurant gehen. Ich weiß nicht, ob ich es schaffen würde, mich zu beherrschen.«

Harley tätschelte Coachs Hand. »Es wird schon alles gut gehen. Oh, habe ich dir erzählt, dass Montesa eine der erfolgreichsten Rechtsanwältinnen in der Gegend ist?«

»Okay, das hat funktioniert«, meckerte Coach humorvoll. »Ja, das hast du mir erzählt. Ehrlich gesagt habe ich ein wenig Angst vor ihr.«

»Solltest du auch«, konterte sie sofort neckend.

Sie grinsten sich gegenseitig an und Coach lenkte das Auto auf den Parkplatz des Restaurants. Er parkte den Wagen und schaute Harley an.

»Ich freue mich darauf, deinen Bruder und deine Schwester kennenzulernen, aber eins ist sicher, auch wenn sie mich nicht mögen, nehme ich dich heute Abend mit zu mir nach Hause. Ich muss mir einfach mehr Mühe geben, bis sie mich akzeptieren. Ich lasse dich nicht so einfach gehen, Harley.«

»Sie werden dich mögen«, beteuerte Harley. »Keine Sorge. Aber ja, ich habe lange genug gewartet. Ich will dich. Ich bin bereit.«

»Scheiße«, stöhnte Coach. »Komm jetzt, wir sind fünf Minuten zu spät, sie warten sicher schon auf uns.«

Harley nahm es Coach nicht übel, dass er das Gespräch abrupt abbrach und aus dem Auto sprang. Es machte Spaß, ihn zu necken. Aber sie hatte nicht gelogen. Sie konnte den heutigen Abend kaum erwarten. Sie war nicht einmal nervös. Jedenfalls nicht sehr. So sehr sie auch auf ihre Bescheidenheit bedacht war, sie wollte Coach splitternackt sehen. Sie wollte ihn so sehr.

Ausnahmsweise wartete Harley, bis Coach auf ihrer Seite war und ihr seinen Arm anbot. Es hätte sie nicht gewundert, wenn sie hingefallen wäre, sobald sie versucht hätte, in den hohen Schuhen alleine aus dem Auto zu steigen.

Als sie zum Eingang des Restaurants gingen, drehte Harley sich zu Coach um und flüsterte: »Danke.«

»Wofür denn?«

»Dafür, dass du Davidson und Montesa kennenlernen willst. Dafür, dass du mir das Gefühl gibst, schön zu sein. Dafür, dass du den Aufwand, den ich für dich betrieben habe, zu schätzen weißt. Für alles.«

»Gern geschehen. Obwohl das Vergnügen ganz meinerseits ist. Und es wird auch *später* ganz meinerseits sein.« Er öffnete die Tür und sie betraten das abgedunkelte Restaurant.

Harley wollte gerade antworten, als sie jemanden »Harley!« rufen hörte. Sie drehte sich um und sah Montesa und Davidson, die am Empfang standen und übers ganze Gesicht grinsten, als hätten sie Coachs letzte Worte gehört.

Sie errötete. Harley wusste, dass sie ihn nicht gehört haben konnten, doch es sah so aus, als würde es ein langes Abendessen werden.

Als sie auf ihre Geschwister zuging, um sie zu umarmen, wünschte sie sich zum ersten Mal, ein Einzelkind zu sein. Dann hätten sie und Coach direkt zu ihm nach Hause fahren können.

KAPITEL FÜNFZEHN

»Du magst diesen Kerl wirklich, was?«, stellte Montesa fest, als sie und Harley sich später am Abend in der Toilette des Restaurants unterhielten.

»Ja. Sehr sogar.«

»Falls es dich interessiert, ich mag ihn auch.«

»Puh!«, rief Harley erleichtert und tat so, als würde sie sich die Stirn wischen. Dann wurde sie ernst. »Danke, Montesa. Ich weiß es zu schätzen, dass du ihn heute Abend nicht wie eine Anwältin in die Mangel genommen hast.«

Ihre Schwester lachte. »Ich muss zugeben, dass ich *eigentlich* vorhatte, ihm auf den Zahn zu fühlen.«

»Warum hast du dich anders entschieden?«, fragte Harley und wischte sich die Hände mit einem Papiertuch trocken, das sie dann wegwarf.

»Deinetwegen. Genauer gesagt, wegen deinem Outfit.«

»Wie bitte? Wirklich?« Sie versuchte, überrascht zu klingen, war sich aber nicht sicher, ob Montesa es ihr abnehmen würde.

»Mhm. Harley, du hast dieses Kleid noch nie getragen, seit wir es vor zwei Jahren zusammen gekauft haben. Kein einziges Mal. Als ich dich gefragt habe warum, hast du gesagt –«

Harley unterbrach ihre Schwester, da sie wusste, was sie sagen würde. »Dass ich es tragen würde, wenn ich jemanden hätte, den ich beeindrucken wollte.« Sie konnte sich genau an dieses Gespräch erinnern. Damals hatte sie nicht gedacht, dass das jemals passieren würde.

»Genau. Und dass du es ausgerechnet heute Abend trägst, während du uns Coach vorstellst, hat mir verraten, dass er dir viel bedeuten muss.«

Harley umarmte ihre Schwester und drückte sie fest. »Ich mag ihn«, flüsterte sie ihr zu, als würde sie ihr ein Staatsgeheimnis verraten. »Und ich glaube, er mag mich auch.«

Montesa löste sich aus der Umarmung. »Und ob er dich mag.«

»Wirklich?«

»Wirklich. Er schafft es kaum, seinen Blick von dir abzuwenden.«

Harley lächelte verzückt. »Ich frage mich, welche schrecklichen Dinge Davidson ihm gerade über mich erzählt.«

»Das kann man bei ihm nie wissen. Wir gehen besser wieder zurück, bevor er ihm die Geschichte erzählt, als du fünf warst und nackt durch seine Pyjamaparty schlafgewandelt bist.«

»Oh Mist«, rief Harley entsetzt. »Du hast recht, das ist genau die Art von Geschichte, die er Coach erzählen würde. Komm, lass uns gehen.«

»Ich verstehe gar nicht, warum es ihr peinlich ist, sie hat ja geschlafen. Es war peinlich für *mich* ... alle meine Freunde hatten meine Schwester nackt gesehen!«

Coach grinste über Davidsons Geschichte über Harley, die ihn und seine Freunde eines Abends, als er neun gewesen war, überrascht hatte, als sie splitternackt durch sein Zimmer gewandert war, ohne zu wissen, was sie tat, da sie schlief.

Der Abend lief gut. Er mochte Montesa und Davidson wirklich. Sie waren bodenständige Menschen, die sich offensichtlich sehr um ihre Schwester sorgten. Er war froh, dass Harley die beiden hatte.

Montesa hatte ihm nur leicht auf den Zahn gefühlt und schien sich zurückzuhalten, als ihr bewusst wurde, was sie tat. Davidson hatte ihn ein paarmal von der Seite angeschaut und versucht, sich ein besseres Bild von ihm zu machen und herauszufinden, was er über seine Schwester dachte.

»Du magst Harley also«, sagte Davidson und sprach es zum ersten Mal direkt an.

Sie hatten das Abendessen beendet, saßen in der Bar und warteten darauf, dass Harley und ihre Schwester von der Toilette zurückkehrten. Coach hatte nichts dagegen, darüber zu sprechen, allerdings nur, bis sie zurückkamen. Er wollte Harley auf keinen Fall in Verlegenheit bringen.

»Ja. Sie ist großartig. Ich mag alles an ihr.«

»Sie sieht gut aus heute Abend«, bemerkte Davidson.

»Das tut sie.«

»Sie sieht nicht immer so aus –«

»Wirklich?«, bemerkte Coach zerknirscht. »Denkst du, ich weiß das nicht? Denkst du, dass mir das etwas ausmacht?« Er ließ Harleys Bruder nicht zu Wort kommen und fuhr aufgeregt fort: »Wenn ich ehrlich bin, gefällt mir ihre normale Kleidung besser. Sie ist heute Abend zu nervös. Teilweise bestimmt wegen dir und deiner Schwester und weil wir uns zum ersten Mal treffen, teilweise aber auch, weil sie sich einfach nicht wohlfühlt in diesem Kleid. Ich finde es toll, dass sie es extra für mich angezogen hat, doch sie ist mehr ... sie selbst ... wenn sie Jogginghose und T-Shirt trägt und fluchend vor ihrem Fernseher oder Computer sitzt und ihre Spiele codiert.«

Coach holte Luft und wollte damit fortfahren, auf den anderen Mann einzureden, hielt jedoch inne, als er sah, dass Davidson lächelte. »Was ist denn so lustig?«

»Du. Ich habe nur einen Kommentar abgegeben. Ich *wollte* sagen, dass sie nicht immer so aussieht, aber es ist offensichtlich, dass dir das egal ist.«

»Oh.«

Davidson schmunzelte. »Ja, oh. Und ich bin froh, dass du das so siehst und sie so schnell verteidigst. Harley hatte kein leichtes Leben, doch sie ist ein wunderbarer Mensch, durch und durch. Ich bitte dich nur darum, es ihr schonend beizubringen, falls du irgendwann nicht mehr der Mann in ihrem Leben sein willst.«

»Werde ich machen. Versprochen. Obwohl du wissen musst, dass ich nicht die Absicht habe, sie wieder gehen zu lassen. Ich bin kein Idiot. Ich habe schon einiges erlebt und bin kein Teenager mehr. Ich weiß, was gut ist. Und wenn ich auf etwas treffe, das ich mag, dann halte ich es fest. Lasse nicht mehr los.«

»Ich möchte noch etwas anderes besprechen, doch ich weiß, dass es ein schwieriges Thema ist.«

»Mein Job«, antwortete Coach zutreffenderweise.

»Ja.« Davidson hob die Hand, um Coach daran zu hindern, etwas zu sagen. »Du brauchst mir keine Details zu erzählen. Ich wollte nur sagen, dass ich vor langer Zeit auch ein paar Aufträge von der Regierung erhalten habe. Wenn man in der Nähe von Killeen lebt, lässt sich das kaum vermeiden. Doch jetzt, wo ich dich kennengelernt habe, denke ich, dass der Verdacht, den ich in Bezug auf dich und deine Freunde gehabt habe, vermutlich berechtigt ist.«

Davidson holte Luft, überlegte, was er als Nächstes sagen wollte, und fuhr dann fort. »Danke für das, was du tust. Ernsthaft. Ich weiß, dass die Welt nie etwas davon erfahren wird, aber danke trotzdem. Du musst jedoch trotzdem alles daransetzen, dass deine Arbeit Harley, soweit das möglich ist, nicht beeinflusst. Ob ein verdammter Terrorist sich an dir und deinem Team rächen will oder sie nicht damit klarkommt, so lange von dir getrennt sein zu müssen, oder wenn die Geheimhaltung zu viel für sie wird ... du musst dich um meine Schwester kümmern. Lass nicht zu, dass sie über etwas brütet, denn das wird sie, auch wenn sie dir dadurch nur sagen will, dass sie sich über etwas Sorgen macht. Sie spielt gern die Starke, doch sie ist nicht annähernd so dickhäutig, wie es den Anschein hat.«

Coach neigte sich nach vorne und legte die Ellbogen auf den Tisch. Er schaute Davidson direkt in die Augen. »Ich verstehe, was du sagst, und ich beabsichtige, immer klar und deutlich mit Harley zu kommunizieren. Mit der Zeit wird sie mehr über meine Arbeit erfahren, doch du musst dir keine Sorgen um deine Schwester machen. Ich bin bereit, mein Leben für sie zu riskieren, und meine Teamkollegen würden dasselbe tun. Ich habe nicht die Absicht, sie dazu zu bringen, dass sie sich noch mehr Sorgen macht als ohnehin schon. Und wenn ich mit etwas konfrontiert werde, mit dem ich nicht umgehen kann, werde ich dich anrufen.«

»Dann heiße ich dich herzlich willkommen in unserer Familie, Coach.« Davidson streckte ihm die Hand entgegen.

Coach ergriff sie und drückte sie fest. »Danke. Ich weiß das zu schätzen. Mehr als du dir vorstellen kannst.«

»Was weißt du zu schätzen?«, fragte Harley, während sie gefolgt von ihrer Schwester an den Tisch herantrat. Coach streckte den Arm aus und legte ihn um ihre Taille. Er zog sie zu sich heran und sie genoss es, seinen Arm um sich zu spüren.

»Nichts. Männergespräche, Schwesterherz«, antwortete Davidson mit einem breiten Grinsen auf dem Gesicht.

»Wir wollen es auch gar nicht wissen«, entgegnete Montesa mürrisch. »Ich bin nur ungern die Spielverderberin, aber ich muss los. John und ich haben morgen früh einen Gerichtstermin.«

»Danke, dass du gekommen bist«, sagte Harley aufrichtig. »Wir haben uns letzte Woche nicht zum Abendessen gesehen und es war schön, mir dir zu plaudern.«

»Ja, wie immer.« Montesa trat einen Schritt zurück und schaute Coach an. »Pass gut auf sie auf.«

»Versprochen«, erwiderte Coach und schüttelte ihr die Hand. »Schön, dich kennengelernt zu haben. Vielleicht können wir das wiederholen und dann kann ich auch deinen Freund John treffen.«

»Klar. Das würde mich freuen.«

»In diesem Sinne werde ich mich auch verabschieden«, sagte Davidson. »Bleibt so lange, wie ihr wollt. Ich habe die Rechnung schon bezahlt.«

»Wie bitte? Nein! Ich war diese Woche an der Reihe!«, protestierte Harley.

»Nein. Du hast letzte Woche die Pizza bezahlt«, behauptete ihr Bruder nachdrücklich.

»Das zählt nicht! Mann, ihr lasst mich nie bezahlen!«, schmollte Harley.

Coach grinste und mochte Harleys Geschwister sogar noch mehr. Er würde sie auch nicht bezahlen lassen, wenn sie seine kleine Schwester wäre.

»Schluss damit«, sagte Montesa kühl.

»Wenn du meinst.« Dann lächelte Harley plötzlich wieder, als wäre nichts gewesen. »Fahrt vorsichtig, ihr beiden. Sagt Bescheid, wenn ihr zu Hause seid.«

»Natürlich.«

»Wie immer.«

Montesa und Davidson winkten, während sie in den vorderen Bereich des Restaurants gingen.

Harley drehte sich zu Coach um. Sie stand immer noch neben dem Tisch und spürte, wie Coach sie durch das Kleid streichelte. »Möchtest du noch etwas?«

»Nein.«

»Bist du sicher?«, wollte Harley wissen. »Wir könnten noch ein Glas Wein trinken.«

Coach lehnte sich zu Harley und schob ihr eine Haarsträhne hinters Ohr. Seine Lippen berührten leicht ihre Schläfe, während er sagte: »Das, was ich will, kann ich hier nicht bestellen.«

»Oh.«

Harleys Atemzüge wurden schneller und Coach lächelte innerlich, er war froh, dass er sie genauso beeinflussen konnte wie sie ihn. »Sollen wir gehen?«

»Ja.« Harley drehte sich ganz zu ihm um. »Sie mögen dich.«

»Und ich mag sie. Die beiden sind toll, Harley.«

Sie lächelte und war erleichtert darüber, dass ihre Geschwister ihren Freund mochten und dass diese Sympathie auf Gegenseitigkeit beruhte. »Lass uns gehen.«

»Nur damit klar ist, was heute Nacht passieren wird.« Coach sprach leise, damit die Leute an den Nachbartischen ihn nicht hören konnten. »Wir werden zu mir fahren und dann werde ich dir dieses Kleid ausziehen, das mich schon den ganzen Abend verrückt macht. Ich werde mir Zeit lassen und herausfinden, was du magst und was dich zum Beben bringt. Ich werde dich mindestens einmal zum Orgasmus bringen, bevor ich in deinen heißen, feuchten Körper eindringe. Ich werde langsam zustoßen, damit sich dein Körper an mich anpassen kann. Sobald es dir angenehm ist, werde ich mich zuerst langsam bewegen, dann schneller, bis du nichts anderes mehr spürst als mich. Hört sich das gut an?«

»Ja und nein.«

Coach zuckte nicht mit der Wimper. Harley keuchte fast. Sie verlagerte ihr Gewicht von einem Bein auf das andere, während sie neben ihm stand. Seine Unverblümtheit erregte sie. »Nein? Warum nicht?«

»Ich will dich auch berühren.«

»Großer Gott«, raunte Coach. »Okay, Planänderung. Ich finde heraus, was dir gefällt und du findest heraus, was ich mag. Dann bringe ich dich zum Höhepunkt und danach schlafen wir miteinander. Besser so?«

»Mhm.«

Coach schob einen Finger unter Harleys Kinn und drehte ihren Kopf, bis sie ihn anschauen musste. »Sag mir einfach, wenn es zu viel für dich wird. Dann werde ich aufhören. Verstanden?«

»Aufhören? Coach, ich will auf keinen Fall, dass du aufhörst. Ich kann es kaum erwarten, deine Hände und deine Lippen auf mir zu spüren. Als du heute Abend mit dem Finger meine Brustwarze berührt hast, bin ich fast explodiert. Ich darf kaum daran denken, was passieren wird, wenn du deinen Mund benutzt. Und deshalb, nein, ich will nicht, dass du aufhörst. Kommt nicht infrage.«

Coach konnte nicht verhindern, dass sich seine Mundwinkel nach oben zogen. »In Ordnung, Süße. Ich werde nicht aufhören. Na dann los, worauf warten wir noch?«

KAPITEL SECHZEHN

Harley hatte angenommen, dass sie nervös sein würde, wenn Coach sie endlich nackt sah, doch das war sie nicht. Während der letzten Wochen hatte sie fast jede freie Minute mit ihm verbracht. Wenn sie nicht zusammen gewesen waren oder gearbeitet hatten, hatten sie telefoniert. Er war oft vorbeigekommen und sie hatten entweder schnell eine Runde *This is War* gespielt oder er hatte in ihrem Büro gesessen und sie hatten beide gearbeitet, bis es Zeit für ihn gewesen war, nach Hause zu gehen.

Sie war ein paar Mal in seiner Wohnung gewesen, doch es schien, als hielten sich beide lieber in ihrem Haus auf. Doch aus irgendeinem Grund war es wichtig für sie, dass sie in seinem Bett zum ersten Mal miteinander schliefen. Harley wusste nicht warum. Sie wusste nur, dass es sich richtig anfühlte.

Die Fahrt zu seiner Wohnung war ruhig, jedoch nicht unangenehm. Harley konnte fast nicht mehr still sitzen, sie war mehr als bereit, den nächsten Schritt mit Coach zu tun. Sie hatten so viel Zeit miteinander verbracht, dass sie den Mann wirklich kennengelernt hatte. Sie kannte seine Lieblingsgerichte, wusste, dass er immer zuerst nach rechts schaute, wenn er in einem Videospiel mit einer neuen Szene konfrontiert wurde, dass er am liebsten auf dem Rücken schlief, dass die Männer, mit denen er arbeitete, wie Brüder für ihn waren und dass er eine Schwäche für die kleine Annie hatte.

Eigentlich mochte Harley alles an ihm. Die Tatsache, dass ihre Geschwister ihn auch mochten, war die Krönung des Ganzen.

Coach fuhr auf den Parkplatz in seiner Wohnanlage und schaltete den Motor aus. Er stieg aus, ohne ein Wort zu sagen. Harley tat dasselbe und schaffte es, nicht über ihre eigenen Füße zu stolpern. Bevor sie überhaupt einen Schritt machen konnte, stand Coach schon neben ihr. Er sagte nichts dazu, dass sie nicht wie gewohnt darauf gewartet hatte, dass er ihr die Tür öffnete, sondern legte einfach nur den Arm um ihre Taille und zog sie zu sich heran.

Harley tat es ihm gleich und schob die Hand in seine Gesäßtasche. Sie konnte spüren, wie seine Muskeln sich zusammenzogen, während er ging. Sie grinste und drückte mutig zu, dann lächelte sie ihn an. Er ließ zwar einen Schritt aus, hielt jedoch nicht an.

»Du spielst mit dem Feuer, Harl«, kommentierte er trocken, als sie sich der Wohnungstür näherten.

»Gut.«

Coach entriegelte die Tür und hielt sie auf. Harley ging in die Wohnung und ehe sie sich wieder zu ihm umdrehen konnte, spürte sie, wie Coach sie von hinten umarmte. Die Tür fiel ins Schloss, doch Harley konnte sich nur auf den Mann hinter ihr konzentrieren.

Mit einem Arm umfasste er ihre Taille und ließ ihn auf der gegenüberliegenden Hüfte ruhen. Den anderen hatte er um ihre Schulter geschlungen und ließ seine Hand unter das tief ausgeschnittene Kleid gleiten, wo er ihre nackte Brust umfasste. Harley stöhnte und ließ ihren Kopf nach hinten auf seine Schulter sinken.

»Oh Gott, Coach.«

»Du hast keine Ahnung, wie verrückt mich dieses Kleid den ganzen Abend lang gemacht hat. Wie *du* mich verrückt gemacht hast. Ich hätte schwören können, dass ich jedes Mal, wenn du dich bewegt hast, deine Brustwarzen sehen konnte. Als du dich über den Tisch gelehnt hast, um deinem Bruder eins zu verpassen, ist dein Kleid verrutscht und ich *weiß*, dass ich deine Brustwarze gesehen habe. Dein Duft, deine seitlichen Blicke ... das war alles ein Vorspiel für diesen Augenblick. Endlich habe ich dich in meinen Armen.«

Harley stöhnte, als Coach mit den Fingern leicht ihre Brustwarze zusammendrückte. Sie wurde noch härter, als sie ohnehin schon den ganzen Abend gewesen war. Harley versuchte, sich in seinen Armen umzudrehen, doch das ließ er nicht zu.

»Nein, lass mich spielen, Harley. Bitte.«

Sie wand sich in seinen Armen, versuchte jedoch nicht zu entkommen.

»Du bist perfekt«, raunte Coach ihr ins Ohr, sein warmer Atem kitzelte sie und sie bekam Gänsehaut an den Armen. »Spreiz die Beine etwas weiter.«

Sie tat, was Coach verlangte, und stellte sich breitbeinig hin. Sie spürte, wie er mit der Hand an ihrer Taille langsam den Stoff des Kleides nach oben zog.

»Ich habe mir den ganzen Abend lang vorgestellt, wie es sein wird, wenn ich dich endlich in die Finger bekomme. Wie du stöhnst, wenn ich dich berühre. Du bist wunderschön, Harley. Ob du ein aufreizendes schwarzes Kleid oder deine Gammelhose trägst, spielt keine Rolle. Du hast keine

Ahnung, wie oft ich darüber fantasiert habe, am Kordelzug deiner Jogginghose zu ziehen und sie hinunter zu schieben. Oder dein riesiges T-Shirt hochzuschieben und an deinen Brustwarzen zu saugen.«

Harley griff hinter sich und legte ihre Hand an Coachs Hinterkopf. »Wenn du nicht aufhörst zu reden, werde ich an Ort und Stelle explodieren.«

»Das ist das Ziel, Harl. Ich kann sehen und spüren, wie dich meine schmutzigen Worte antörnen.«

Er drückte ihre Brust etwas härter. Gleichzeitig streichelte er mit dem Daumen ihre Brustwarze und Harley hätte schwören können, dass sie spürte, wie sie in seiner Hand größer wurde. Sie wölbte den Rücken und wand sich in seinen Armen. »Ja. Oh Gott, Coach. Mach weiter.«

Coach nahm ihr Ohrläppchen zwischen die Lippen und saugte daran, dann ließ er seine Zunge über den kleinen Diamantstecker in ihrem Ohr gleiten. Harley zitterte wieder.

»Lass dich gehen, Harley. Lass mich einfach machen. Ich bin bei dir. Ich will herausfinden, ob ich dich so zum Höhepunkt bringen kann.«

Coach hatte ihr Kleid so weit nach oben geschoben, dass ihr Höschen sichtbar wurde. Es war aus schwarzer Spitze gefertigt, passend zu ihrem Outfit. »Ich werde mir später alles genauer ansehen, aber Mann, von hier aus sieht es mächtig sexy aus.«

Harley schaute nach unten und bemerkte Coachs dunkle Hand, die auf ihrem Oberschenkel ruhte. Sie hatte noch nie so etwas Erotisches gesehen und konnte nicht wegschauen.

»Halte das Kleid fest, Harley. Schieb es aus dem Weg, damit ich sehen kann, was ich da unten mache.«

Ohne nachzudenken, griff Harley mit der freien Hand

nach ihrem Kleid, damit Coach mit den Fingern die Vorderseite ihres Höschens erkunden konnte. Sie zitterte und zuckte zusammen, als er sie berührte.

»Schhhh, entspann dich Harl. Es ist alles in Ordnung. Schließ die Augen.«

Sie ließ ihren Kopf wieder auf Coachs Schulter sinken und tat, was er vorgeschlagen hatte; sie schloss die Augen. Sie konnte nicht mehr klar denken und spürte, wie er mit seinen Fingern an ihrer Brustwarze zog und sie zusammendrückte, während er die andere Hand näher an ihre tropfnassen Falten bewegte. Sie konnte nur noch an Coach denken.

»Das ist so schön. Ich kann spüren, wie feucht du bist, dabei habe dich noch nicht einmal berührt.« Coach fuhr mit dem Finger an dem Höschen entlang und streichelte durch den Stoff ihre Spalte.

Harley stöhnte wieder. »Bitte, Coach. Berühr mich.«

»Ich berühre dich ja.«

»Du weißt, was ich meine.«

»Sag es mir«, befahl er mit rauer Stimme.

»Meine Klitoris. Bitte. Ich will kommen.«

»Oh ja, das gefällt mir. Sag mir, was du willst.«

Harley wand sich in Coachs enger Umarmung. Sie wollte seine Finger in sich spüren ... wie sie sie streichelten ... sie wollte alles.

Er ließ seine Finger wieder zur Vorderseite ihres Höschens gleiten, doch anstatt es zur Seite zu schieben, schob er die Hand unter das Gummiband und zog es nach unten, während er über ihr Schamhaar strich. Dieses Mal reizte er sie nicht, sondern ließ zwei Finger zwischen ihren Falten und an ihrer Klitoris vorbei direkt in sie hineingleiten.

»Ja, Coach!« Sie kippte ihr Becken nach vorne und

versuchte, ihm mehr Raum zu geben, damit er einen besseren Winkel hatte.

»Tropfnass«, raunte Coach. Er spielte weiterhin an ihrem Geschlecht, verteilte ihren Saft bis zu ihrer Klitoris, glitt mit den Fingern dann wieder nach unten und reizte ihren Eingang, bevor er sie wieder nach oben bewegte. Während er sie streichelte, murmelte er ihr ununterbrochen ins Ohr.

»Ich kann es kaum erwarten, mein Gesicht dort unten zu vergraben. Du schmeckst bestimmt so gut, dass ich gar nicht genug von dir bekommen kann. Du wirst dich so eng um meinen Schwanz herum anfühlen und ihn so fest zusammendrücken, dass ich vermutlich kommen werde, bevor ich überhaupt richtig angefangen habe. Bei mir ist es schon eine Weile her, Schatz, und ich kann es kaum erwarten, dass deine heiße Muschi mich einsaugt. Bist du immer so feucht? Das ist der Hammer.«

Harley konnte beim besten Willen nicht antworten. Sie war so nahe am Höhepunkt, dass sie nur noch eine letzte präzise Berührung brauchte, um zu kommen. Doch dafür beließ Coach seine Finger nie lange genug an einer Stelle.

Als er noch einmal über ihre Klitoris strich, zuckte sie zusammen und begann, ihn anzuflehen. »Genau da. Mehr. Coach, bitte.«

»Hier, Harley?«, neckte er sie und hielt ihre Klitoris mit zwei Fingern fest.

Sie stöhnte. »Jaaaa. Mach weiter.«

Er drückte ihre Brust stärker und Harley wölbte den Rücken, drückte sich so gleichzeitig gegen seine beiden Hände; die an der Brust und die andere in ihrem Höschen.

»Halt dich an mir fest Harley«, befahl Coach streng. »Ich will sehen, wie du kommst.«

Harley wollte etwas sagen, konnte jedoch nur stöhnen. Coach hatte aufgehört herumzuspielen. Er begann, mit dem Zeigefinger ihre Klitoris zu streicheln, als wüsste er genau, welche Art von Berührung sie brauchte, um zu explodieren. Gleichzeitig rollte er ihre Brustwarze zwischen zwei Fingern hin und her und ließ den Daumen darüberfahren.

Der kombinierte Angriff auf ihre empfindlichsten Körperteile bewirkte genau das, was er gewollt hatte. Harley spürte, wie der Orgasmus aus der Tiefe ihrer Seele aufstieg, und griff mit beiden Händen nach seinem Arm, der quer über ihrer Brust lag. Sie ließ ihr Kleid fallen, doch das stoppte Coachs wilde Bewegungen nicht.

Harley versuchte, sich von seinen Fingern an ihrer Klitoris wegzuziehen, doch er ließ ihr keinen Raum dafür. Sie konnte vage Coachs Erektion spüren, die gegen ihren Rücken drückte, doch in der Hitze des Gefechts nahm sie sie nicht wirklich wahr.

»Lass los, Harley. Ich bin bei dir.«

Coachs beschützende Worte reichten aus, um sie zum Höhepunkt zu bringen. Sie zuckte in seinen Armen, als die erste Welle über sie kam. Harley konnte spüren, wie ihr Herz raste, und wusste, dass sie keuchte, doch sie überließ sich völlig der Sensation, zum ersten Mal von einem Mann zum Orgasmus gebracht zu werden.

Sie zuckte, während der Höhepunkt anhielt, und erneut versuchte Harley, sich von Coachs Fingern wegzubewegen.

»Nein, bleib da. Noch einen, Harl. Noch einen.«

Er ließ seine Finger auf ihrer Klitoris und erhöhte das Tempo, mit dem er die angeschwollene Knospe rieb und versuchte, ihrem Körper einen weiteren Orgasmus zu entlocken.

»Ohhhh«, stöhnte Harley, als die heißen Wellen des zweiten Höhepunktes sie durchströmten. Dieser war mächtiger, intensiver als der erste. »Coach!« Sie grub die Fingernägel in seine Unterarme, als sich ihr Körper vor Vergnügen verkrampfte.

Es hatte Sekunden, wenn nicht Minuten gedauert, bis Harley merkte, dass Coach nicht mehr ihre Klitoris streichelte, sondern stattdessen mit allen vier Fingern beruhigend über ihre nassen Falten strich. Es war fast eine Liebkosung, doch jedes Mal, wenn er ihre Klitoris berührte, zuckte sie zusammen.

»Wunderschön«, raunte Coach ihr ins Ohr. »Das war das Allerschönste, was ich je gesehen habe. Danke.«

Harley öffnete die Augen und räusperte sich. Sie musste zweimal schlucken, bevor sie endlich sprechen konnte. »Ich glaube, ich sollte mich eher bei dir bedanken.«

Coach antwortete nicht, zog jedoch die Hand aus ihrem Höschen und berührte mit den Fingern seinen Mund.

Harley konnte ihre Erregung an seinen Fingern riechen und errötete. »Warum ...« Sie brach den Satz ab, während sie beobachtete, wie Coach jeden einzelnen Finger sauber leckte.

»Ich glaube nicht –«

Sie schrie überrascht auf, als Coach sie abrupt in seinen Armen umdrehte und sie an sich drückte. Sein Blick war intensiv, viel intensiver als alles, was sie in der Vergangenheit von ihm gesehen hatte.

»Denk nicht, Harley. Fühle. Das war ganz ehrlich eins der heißesten Dinge, die ich jemals getan oder gesehen habe. Du warst so ungehemmt. Das hat mir gefallen. Ich wollte warten, bis wir im Bett sind, aber ich konnte es nicht mehr länger aushalten. Auf dem ganzen Nachhauseweg konnte ich an nichts anderes denken, als meine Hände unter dein Kleid zu schieben. Sobald du in meiner Wohnung warst, konnte ich mich nicht mehr beherrschen.

Danke, dass du nicht ausgerastet bist. Danke, dass du mir vertraust.«

Er nahm ihre Hand und drückte sie an seinen Schritt. »Ich bin so hart und bereit für dich. Ich schwöre dir, das ist schon den ganzen Abend so.«

Harley streichelte ihn durch den Stoff der Hose. Sie konnte spüren, wie heiß und hart er war ... ihretwegen.

»Bringst du mich ins Bett?« Das war eher eine Frage als eine Aufforderung, doch Coach nickte nur. Er stand auf, nahm ihre Hand und führte sie in sein Schlafzimmer.

KAPITEL SIEBZEHN

Harley war vor diesem Abend schon ein paarmal in Coachs Wohnung gewesen und sie war immer aufgeräumt gewesen. Das galt auch für sein Schlafzimmer.

Eine Kommode, auf der sich absolut nichts befand, stand an der einen Wand. Es waren keine Kleider im Raum verteilt. Ein großes, schmales Bücherregal, das mit Büchern gefüllt war, stand neben dem Bett. Sie waren in alphabetischer Reihenfolge geordnet.

Die Bettdecke war millimetergenau zurückgeschlagen, als hätte er das getan, bevor er das Haus verlassen hatte. Das weiße Laken sah sehr einladend aus. Coach hielt vor dem Bett an und drehte sie um, sodass sie mit dem Rücken zu ihm stand.

Er machte sich am Verschluss ihres Kleides zu schaffen, zog langsam an der Schleife und lockerte sie, bis ihr Mieder fast bis zur Taille rutschte. Harley versuchte, es mit einer Hand an Ort und Stelle zu halten, und war zum ersten Mal gehemmt. Es war lächerlich, der Mann hatte kurz zuvor mit beiden Händen ihren Körper verwöhnt, doch sie war immer noch angezogen gewesen.

Coach drehte sie wieder um, bis sie ihm gegenüberstand. Er nahm ihren Kopf in die Hände und neigte sich zu ihr, um sie zu küssen. Mit einer Hand hielt er ihren Nacken fest und drückte sie an sich, während er ihren Mund verschlang. Schließlich zog er sich zurück, ohne jedoch den Augenkontakt abzubrechen.

»Ich habe es schon einmal gesagt und ich werde es wiederholen. Ich werde es so lange sagen, bis du mir glaubst. Du bist wunderschön, Harley. Innerlich und äußerlich. Ich bin ein solcher Glückspilz, dass du dich mir hingibst.«

Seine Worte brachten Harley dazu, ihre Hand sinken zu lassen. Das Kleid konnte sich der Schwerkraft nicht entziehen und fiel zu Boden. Sie hielt den Atem an.

Coach stockte der Atem, als er Harley zum ersten Mal fast nackt sah. Er hatte sie zwar mit seinen Händen ertastet, sie zu sehen war jedoch etwas ganz anderes.

Sie war groß und ihre Brüste waren genau so, wie er sie sich vorgestellt hatte. Sie sahen wie kleine Äpfel aus, doch es waren ihre Brustwarzen, die ihm das Wasser im Mund zusammenlaufen ließen. Sie waren hart, hatten sich aufgerichtet und zeigten direkt auf ihn. Sie waren groß – kein Wunder, dass er sie am ersten Tag im Fallschirmclub durch ihre Kleidung hatte sehen können. Sie verhärteten sich sogar noch mehr, während er sie bestaunte.

Harley trat nervös von einem Bein auf das andere und Coach legte seine Hände auf ihre Schultern, um sie zu beruhigen. Er war noch lange nicht damit fertig, sie zum ersten Mal anzuschauen. Seine Berührung schien sie zu besänftigen und er ließ seinen Blick an ihrem Körper entlanggleiten.

Sie war schlank, er konnte fast ihre Rippen sehen. Er lächelte und berührte mit einem Finger ihren gewölbten

Bauchnabel. Sie kicherte und versuchte, ihm auszuweichen. Coach hielt mit seiner großen Hand ihr Becken fest, damit sie sich nicht bewegen konnte.

»Ein gewölbter Bauchnabel«, flüsterte er. »Er gefällt mir.«

»Er ist seltsam«, konterte Harley.

»Nein. Er passt zu dir«, beruhigte Coach sie. Dann schaute er ihr in die Augen, während er sich an ihrem Höschen zu schaffen machte. »Darf ich?«

Harley nickte und Coach atmete erleichtert aus. Er legte die Hände auf ihre Hüften, führte die Finger unter das dünne Gummiband ihres Höschens und schob es langsam nach unten.

Er ging vor ihr auf die Knie und atmete ihren Duft ein, als seine Nase auf der Höhe ihrer Muschi war. Er bemerkte nicht einmal, dass sie ihr Kleid und ihr Höschen wegschubste; seine ganze Aufmerksamkeit war auf den schmalen Streifen Schamhaar und ihre glänzenden Falten gerichtet.

Mit den Händen umspannte er ihr Becken und ließ die Daumen auf ihrer Leiste ruhen. Coach konnte den Blick nicht von ihr abwenden. Er hatte schon viele Frauen gehabt, doch er konnte sich nicht daran erinnern, je eine Muschi gesehen zu haben, die so schön war wie Harleys.

Ihr Schamhaar war getrimmt und er konnte ihre vollen Lippen erkennen, die immer noch mit dem Saft der Orgasmen, die sie gehabt hatte, überzogen waren und glänzten. Doch es war ihre Klitoris, die ihn faszinierte. Er hatte sie ja schon mit seinen Fingern erkundet, doch jetzt, wo er vor ihr kniete, konnte er sehen, wie sie aus der schützenden Haube ragte, die sie umgab. Sie schien immer noch genauso erregt zu sein wie während des Orgasmus, den sie im Flur gehabt hatte.

Coach konnte nicht anders, lehnte sich nach vorne und blies leicht auf das kleine Bündel Nervenenden vor ihm. Er spürte, wie der Sehnsuchtstropfen aus ihm tropfte, während sie sich in seinen Händen wand. Sie war so empfindlich und reagierte sofort auf seine Berührung. Er konnte es kaum erwarten, in sie einzudringen.

Coach stand auf, denn er wusste, dass er nicht mehr in der Lage sein würde, es wie versprochen langsam anzugehen und ihr zu erlauben, seinen Körper zu erkunden, wenn er noch mehr Zeit damit verbrachte, ihren Duft einzuatmen und ihre Reaktion zu beobachten.

»Setz dich hin, Harl. Ich helfe dir, die Schuhe auszuziehen.«

Sie tat, was er verlangte, und ließ sich langsam auf sein Bett sinken. Er hatte an diesem Morgen die Bettwäsche gewechselt in der Hoffnung, dass Harley am Abend genau dort sein würde, wo sie jetzt war. Er hatte die Bettdecke zurückgeschlagen und sich bemüht, den Raum einladend und gemütlich aussehen zu lassen, doch jetzt erkannte er, dass es keine Rolle spielte, wie das Bett aussah.

Coach zog Harley die Schuhe aus und legte sie zur Seite, damit sie nicht stolperte, wenn sie mitten in der Nacht aufstehen musste. Er stand auf und zog sich das Hemd aus, ohne sich die Mühe zu machen, die Knöpfe auf der Vorderseite zu öffnen. Er zog es sich einfach über den Kopf. Als Nächstes zog er sich das Unterhemd aus und warf es ebenfalls zur Seite.

Coach erkannte nun, wie verletzlich Harley sich gefühlt haben musste, und beeilte sich, den Rest seiner Kleidung auszuziehen. Er wusste, dass er in Form war, aber es war immer unangenehm, zum ersten Mal nackt vor jemandem zu stehen, der einem viel bedeutete.

Coach richtete sich vor Harley auf und ließ sich von ihr

betrachten. Sein Schwanz war völlig erigiert und wippte mit jeder seiner Bewegungen. Sie streckte die Hände aus, um ihn zu berühren, und Coach ging einen Schritt auf sie zu, damit sie ihn erreichen konnte.

Sie ließ ihre langen Finger von seinen definierten Bauchmuskeln bis zu seinen Brustwarzen wandern, an denen sie spielerisch zupfte. Sie lächelte, als er vor Vergnügen nach Luft schnappte. Sie bewegte ihre Hände zu seinen Oberarmen und maß jeden Bizeps einzeln mit ihren Fingern, die sich bei Weitem nicht berührten. Sie setzte ihre Erkundungsreise fort, zurück zu seiner Brust und dann nach unten. Sie zeichnete seine Lendenmuskeln nach, die zu seinem Schwanz führten.

Schließlich legte sie eine Hand auf seinen Oberschenkel, griff mit der anderen nach ihm und streichelte ihn von der Spitze bis zum Ansatz.

»Oh Gott, Harley«, murmelte Coach, als er zum ersten Mal ihre weiche, warme Hand an seinem Schwanz spürte. Ihre Berührung zwang ihn fast in die Knie. Es fühlte sich so gut an. Er spürte, dass sie ihn zwar vorsichtig erforschte, gleichzeitig aber nicht scheu war.

Ihre andere Hand bewegte sich zu seinen Hoden und nachdem sie Coach stöhnen hörte, wurde sie selbstbewusster und fing an, sie leicht in ihrer Handfläche zu wiegen.

»Ich kann spüren, wie du in meiner Hand pochst«, sagte sie ehrfürchtig, ohne ihren Blick von dem abzuwenden, was sie tat. »Du bist weich und hart zugleich.«

Coach stöhnte und legte eine Hand auf ihre Schulter, damit er das Gleichgewicht nicht verlor. Er stellte sich breitbeiniger hin und versuchte, ihr Zeit für ihre Erkundungen zu geben. Es war intimer als alles, was eine Frau je mit ihm getan hatte. Vielleicht war es ihre Unerfahrenheit, vielleicht auch ihre natürliche Neugier, doch das spielte keine Rolle. Er wusste nur, dass er sie auf den Rücken legen und sie härter ficken wollte, als er je eine Frau genommen hatte.

»Oh«, rief Harley, als sein Schwanz fast aus ihrer Hand sprang, als er daran dachte, wie er ihn in ihren heißen Körper schieben würde. »Er hat sich bewegt!«

Sie schaute ihn an, als wollte sie wissen, ob diese Reaktion normal war.

»Ja, das passiert manchmal«, erklärte Coach und wusste nicht genau, was er da sagte.

Harley leckte sich die Lippen und er konnte nur noch daran denken, wie sie sich vorbeugte und ihn in den Mund nahm. Er schluckte. Dafür würde später noch Zeit sein. Sollte sie seinen Schwanz auch nur mit ihren Lippen berühren, würde er explodieren.

Coach stand regungslos da, während Harley ihn weiterhin streichelte und liebkoste und sich mit der Größe und Form seines Geschlechts vertraut machte. Sie drückte seine Hoden und wunderte sich über ihr Gewicht und darüber, wie sie sich anfühlten. Coach hatte sich gut beherrschen können, bis sie mit einem Finger über die Spitze seines Schwanzes strich und den Sehnsuchtstropfen aufnahm. Dann steckte Harley sich den Finger in den Mund und schaute zu ihm hoch. Ihr Blick war voller Lust.

»Verdammt«, stöhnte Coach und bewegte sich.

Er packte ihre Hände und legte sie sanft auf die Matratze. »Rutsch nach oben, Harley.« Ohne ein Wort zu sagen, tat sie, was er verlangte, und rutschte so weit nach oben, bis sie ganz auf dem Bett lag.

Coach kniete über ihr und betrachtete sie, während sie sich auf dem Laken räkelte. Er hielt ihre Handgelenke fest und drückte sie über ihrem Kopf auf die Matratze. Sie lächelte ihn an und es schien sie nicht zu kümmern, dass er schwerer war als sie und jetzt mit ihr hätte tun können, was er wollte.

»Ich brauche dich, Harley.«

»Ja. Bitte.«

»Ich will dir nicht wehtun.«

»Das wirst du nicht. Ich verspreche, dir nicht in die Hoden zu treten.«

Coach gefiel es, dass sie sogar im Bett einen Sinn für Humor hatte. Sie sah etwas unsicher aus, jedoch nicht ängstlich. Er atmete erleichtert auf.

»Öffne die Schublade über deinem Kopf und nimm die Packung Kondome heraus.«

Sie tat, was er verlangte, streckte sich unter ihm und stieß dabei gegen seinen harten Schwanz, wodurch ihr Bauch mit seinem Sehnsuchtstropfen beschmiert wurde.

Sie nahm wieder dieselbe Position ein wie vorher, jetzt hielt sie jedoch die Packung in der Hand. Während er über ihr kniete und sich abmühte, die Packung zu öffnen, fragte er sie: »Hast du das schon mal gesehen?«

»Wie sich ein Mann ein Kondom überzieht? Nur in Videos«, gab Harley mit funkelnden Augen zu.

»Das ist nicht dasselbe.«

»Darf ich das machen?«

»Nein«, entgegnete Coach sofort. »Ich würde sofort kommen und das will ich erst, wenn ich in dir bin.«

»Oh.«

»Ja, oh. Jetzt schau mir zu.«

Er fand es äußerst erregend, dass sie ihn so genau betrachtete. Coach fand absolut nichts Aufreizendes daran, sich ein Kondom überzuziehen, doch Harley zu erklären, wie man es richtig festhielt und herunterrollte, war fast zu viel für ihn.

»Tut es weh?«, fragte sie.

»Nein.«

»Darf ich dich berühren?«

»Ja«, stöhnte Coach angestrengt. Ihre natürliche Neugier brachte ihn fast um den Verstand, doch er würde ihr alles erlauben, wonach sie fragte.

Sie strich mit dem Finger an dem Kondom entlang und fragte dann: »Fühlt es sich mit Kondom gleich an, wenn du drin bist?«

»Ich weiß es nicht.«

»Wie meinst du das?«

»Ich weiß es nicht. Ich hatte noch nie Sex ohne Kondom.«

Sie wollte etwas sagen, doch Coach hielt sie auf. »Und heute Abend wird sich daran auch nichts ändern.« Als er Harleys betrübten Gesichtsausdruck sah, rutschte Coach wieder an ihr hinunter, bis ihre Hüften auf gleicher Höhe waren. Sein harter Schwanz ruhte auf ihrem Venushügel und ihr kurzes Schamhaar kitzelte ihn bei jedem Atemzug.

»Glaub mir, ich wünsche mir nichts sehnlicher, als ohne Kondom in dir zu sein. Aber ich will dich schützen. Dieses Gespräch hätten wir schon längst führen sollen, doch jetzt ist nicht der richtige Zeitpunkt dafür. Wir werden später über Verhütung sprechen und ich werde dir von meiner sexuellen Vergangenheit erzählen, damit du verstehst, dass ich gesund bin. Dann können wir immer noch entscheiden, ob und wann wir auf Kondome verzichten wollen, doch jetzt ist nicht der richtige Moment dafür.«

»Okay. Du hast recht. Ich wollte nur ...« Sie hielt inne, bevor sie sich entschloss zu sagen, was sie dachte. »Ich wollte nur, dass es gut für dich wird.«

»Oh, Harl. Es ist schon gut für mich.« Er stützte sich auf die Ellbogen und umfasste mit beiden Händen ihr Gesicht. »Auch wenn wir jetzt aufhören würden, wäre es immer noch perfekt für mich. Dich nackt unter mir zu haben. Dich zum Orgasmus zu bringen, zu spüren, wie du in meinen Armen zuckst ... deine Hände, die mich erforschen ... es war noch nie so gut. In dir zu sein wird einfach nur die Krönung sein.«

»Bist du überhaupt echt?«

Coach musste über den ungläubigen und zärtlichen Ton in ihrer Stimme lachen.

»Ja. So solltest du immer behandelt werden, Harley.« Er stützte sich auf eine Hand und bewegte die andere nach unten, dorthin, wo ihre Lenden sich trafen. Er verlagerte das Gewicht, sodass er ihre Falten besser erreichen konnte, und ließ seinen Finger durch sie gleiten, so wie er es zuvor getan hatte.

»Du bist so feucht.«

»Ich denke, das ist ein permanenter Zustand, wenn ich mit dir zusammen bin«, stöhnte Harley und wölbte den Rücken, als er sie berührte.

»Vertraust du mir?«, fragte Coach und schaute ihr in die Augen, während er sie mit den Fingern weiterhin reizte und streichelte.

»Ja.«

Coach spürte, wie seine Brust anschwoll, als sie sofort antwortete. Dann beugte er sich zu ihr hinunter und küsste sie kurz. »Gut. Ich werde später mit deinen Brüsten spielen. Ich liebe deine Brustwarzen. Ich kann es kaum erwarten, mich stundenlang mit ihnen zu vergnügen. Aber jetzt komme ich fast. Ich werde dir nicht wehtun. Ich verspreche es.«

»Fick mich, Coach. Bitte.«

»Nicht ficken. Wir machen Liebe.«

Coach nahm seinen Schwanz in die Hand und brachte sich in Position. »Spreiz die Beine, genau so. Oh ja, sehr schön.«

Er stieß leicht zu und spürte, wie Harley ihre Muskeln anspannte und versuchte, ihn abzuwehren. »Ganz ruhig, Harley. Entspann dich.« Coach begann, mit beiden Händen sanft ihre Brüste zu kneten, und versuchte, sie von dem, was da unten geschah, abzulenken. »Genau so. Lass mich rein. Ich werde dir nicht wehtun.«

Harley rang nach Luft, als Coach langsam seinen Schwanz in ihre enge Muschi stieß. Er spürte, wie sie erneut die Fingernägel in seine Unterarme grub, während er zum ersten Mal in sie eindrang.

Coach biss die Zähne zusammen, als Harleys Muskeln ihn der Länge nach umschlossen. Er war kurz davor zu explodieren, griff schnell nach unten, packte die Wurzel seines Schwanzes und drückte fest zu, bis der Drang zum Ejakulieren wieder nachließ.

Er schmunzelte. »Puh, das war knapp.«

»Was?«, fragte Harley benebelt.

»Du fühlst dich so gut an, dass ich fast gekommen wäre.«

»Ist das nicht Sinn der Sache?«, fragte sie.

»Ja, aber nicht gleich schon, wenn ich in dich eindringe. Ich will es so lange wie möglich hinauszögern. Ich möchte mich für immer daran erinnern. Außerdem wäre ich ein ziemliches Arschloch, wenn ich nicht wenigstens versuchen würde, dich beim ersten Mal zum Orgasmus zu bringen.«

»Ich habe gehört, dass Frauen normalerweise nicht beim ersten Mal kommen«, sagte sie mit verträumter Stimme.

»Das stimmt«, sagte Coach und es gefiel ihm, dass Harley so praktisch veranlagt war, sogar während sie dabei war, ihre Unschuld zu verlieren. »Aber da dein Jungfernhäutchen schon vor langer Zeit gedehnt wurde, hoffe ich, dass ich dir nicht wehtun werde und du eine Ausnahme sein wirst.«

»Ich auch«, sagte sie und schaute ihm in die Augen. »Es tut nicht weh, Coach. Ich fühle mich ausgefüllt und es ist ein bisschen unangenehm, aber du fühlst dich auch gut an. Ich brauche ... ich will ... ich weiß nicht. Ist das seltsam?«

»Nein. Es ist nicht seltsam. Ich bin groß und dies ist dein erstes Mal.« Er zog sich etwas zurück und stieß dann wieder zu. »Okay?«

»Ähm. Bist du schon drin?«

»Noch nicht ganz.«

»Na dann geh rein.«

Coach lachte und drang etwas tiefer in sie ein. »Ich versuche, dir nicht wehzutun.«

»Das tust du nicht. Und ich kann spüren, wie du dich in mir bewegst, wenn du lachst.«

Coach lächelte wieder. Mit Harley zu schlafen fühlte sich ganz anders an als alles, was er bisher erlebt hatte. Er hatte sich noch nie ungezwungen darüber unterhalten, wie es sich für eine Frau anfühlte. Es hatte ihn noch nie jemand gefragt, ob er schon drin sei. Er würde nie vergessen, wie er zum ersten Mal mit Harley Sex gehabt hatte.

»Okay, Harley. Ich werde ihn jetzt ganz einführen. Bist du bereit?«

Als Antwort spreizte Harley die Beine noch mehr und stellte ihre Füße flach auf die Matratze. Sie hob sogar das Becken an. »Ich bin bereit.«

Coach konnte nicht anders und zog sich etwas zurück, stieß dann aber so tief zu, bis er spürte, dass ihre Hüftknochen aufeinandertrafen. Er hielt den Atem an und strengte sich an, nicht zu kommen. Sie fühlte sich fantastisch an. Heiß. Nass. Perfekt.

Harley drückte sich gegen ihn und Coach spürte, wie er noch einen Millimeter tiefer in sie glitt. Er blieb ein paar

Sekunden lang bewegungslos in ihr und versuchte, sich den Moment einzuprägen.

»Ist es das?«, fragte sie angespannt.

»Ist es was?«

»Sex. Ich dachte, da würde man zustoßen.«

Coach musste laut lachen. »Ich warte darauf, dass du dich anpasst.«

Sie räkelte sich wieder unter ihm. »Ich habe mich angepasst. Bitte. Du musst dich jetzt bewegen.«

Coach tat, was Harley verlangte. Er zog sich so weit zurück, bis nur noch die Spitze seines Schwanzes in ihr war, wartete dann, bis sich ihr Becken einen Millimeter anhob und stieß dann zu, bis er ganz in ihr war. Als er sah, wie sie leicht zusammenzuckte, während er in sie eindrang, überdachte er noch einmal, was er tat. Er hatte ihr früher am Abend gesagt, dass er langsam anfangen und dann mit schnellen Stößen kommen würde, doch sie war zu eng und noch nicht bereit, so intensiv gefickt zu werden.

Er setzte sich auf, ohne ihre Verbindung zu unterbrechen, und zog sie auf seinen Schoß. Ihr Oberkörper lag auf der Matratze und ihre untere Körperhälfte auf seinen angewinkelten Knien. In dieser Position hatte er fast keinen Platz, um in sie einzudringen, doch sie ermöglichte ihr besseren Zugang zu ihrem eigenen Körper.

»Gib mir deine Hand.«

»Warum?«

»Tu es einfach.«

Sie tat, was er verlangte, und legte vertrauensvoll ihre Hand in seine. Coach führte ihre Finger zu der Stelle, an der sie verbunden waren. »Ertaste uns.«

Sie zögerte nicht. Sobald Coach ihre Hand losließ, glitt Harley mit ihren Fingern über ihren Körper, sie ertastete seinen Schwanz, der tief in ihr vergraben war, und streifte auf dieser Erkundungsreise ihre Klitoris. Sie atmete ein. »Du kannst dich in dieser Position nicht bewegen«, beschwerte sie sich.

»Ich weiß. Aber du kannst dich selbst besser erreichen«, konterte er und schaute ihr in die Augen. »Ich werde dir nicht wehtun und für dich ist das alles neu. Ich kann dich noch nicht so nehmen, dass es für uns beide gut ist. Dieses Mal musst du die ganze Arbeit machen. Streichle dich. Zeig mir, was du magst.«

»Aber ...«

Als Coach ihren sorgenvollen Blick sah, beruhigte er sie. »Glaub mir. Ich mag das. Du bist so eng und du drückst mich so fest zusammen. Jedes Mal wenn du dich bewegst, fühlt es sich an, als würden tausend Finger meinen Schwanz streicheln. Ich will wirklich, dass wir beide kommen, wenn ich in dir bin. Aber wenn ich wie wild zustoße, wird das nichts. Es ist das erste Mal für dich und wird dir nur wehtun. Ich kann dir aber garantieren, dass ich auch kommen werde, sobald du kommst. Bitte, Harley. Sei nicht schüchtern. Streichle dich, bis du kommst.«

Sie sagte nichts, doch Coach sah, wie sich ihre Pupillen erweiterten, und spürte, wie sie mit ihren Fingern vorsichtig ihre Klitoris bearbeitete. Er legte seine große Hand auf ihren Bauch und konnte ihren kleinen, gewölbten Bauchnabel an seiner Handfläche spüren. Die andere Hand legte er neben ihre Hüfte, um sich abzustützen. Er spürte, dass das einer der intensivsten Orgasmen werden würde, die er je gehabt hatte ... ohne dass er sich auch nur einen Zentimeter bewegte.

Als ihr Kanal sich das erste Mal um ihn herum zusammenzog, zuckte er, danach zwang er sich wieder zu unbarmherziger Regungslosigkeit. »Verdammt, ja. Mach das noch mal, Harley.«

Das tat sie. Je mehr ihre Erregung zunahm, desto hemmungsloser wurde sie. Sie wechselte von einem Finger, mit dem sie vorsichtig ihre Klitoris umkreist hatte, zu dreien, mit denen sie sich hart streichelte, während sie sich in seinem Schoß wand.

Es war das Allerschönste, das Coach je gesehen hatte. Harley war in ihrer eigenen Welt versunken und jedes Mal, wenn sie sich gegen ihn drückte und zusammenzuckte, spürte er ihre Muskeln, die versuchten, ihn tiefer in sie hineinzuziehen. Es war fantastisch, so etwas hatte er noch nie mit einer anderen Frau erlebt. Obwohl er darauf bedacht gewesen war, Harley zu befriedigen, hatte sie ihm im Gegenzug die erotischste Erfahrung seines Lebens geschenkt.

Als er spürte, dass sie sich dem Orgasmus näherte, nahm er die Hand von ihrem Bauch und griff nach ihrer Brust. Er drückte ihre Brustwarze zusammen, bis es fast schmerzte, und befahl: »Komm, Harley. Lass los.«

Das tat sie.

Sie zuckte wild in seinem Schoss und warf den Kopf zurück, während ihre Hand zur Seite fiel. Coach fing an, mit der Hand, auf der er sich aufgestützt hatte, ihre Klitoris zu streicheln. Er imitierte die harten Bewegungen, mit denen sie sich stimuliert hatte, um ihren Orgasmus zu verlängern.

Als er spürte, wie sich ihr Kanal um ihn herum wieder lockerte, erlaubte Coach sich endlich, selbst zum Höhepunkt zu kommen. Er ließ seine Hand auf Harleys Klitoris ruhen und stöhnte, als er spürte, wie sein heißer Saft aus den Hoden bis zur Spitze seines Schwanzes schoss und er tief in ihr explodierte. Coach zitterte, während er fühlte, wie der warme Samen das Kondom füllte, und sein Körper mit kleinen Nachbeben vibrierte.

Er hatte nicht gemerkt, dass er die Augen geschlossen

hatte, öffnete sie einige Augenblicke später wieder und schaute Harley an. Sie lag immer noch unter ihm und lächelte entspannt. Sie versuchte nicht, sich unter ihm wegzuziehen oder den Augenkontakt zu vermeiden.

»Wow. Ich hatte keine Ahnung, dass es für Männer so intensiv ist.«

Coach lächelte sie an. »Mit der richtigen Person schon.«

»Was jetzt?«

»Wie, was jetzt?«

»Na ja, du bist gekommen. Ich bin gekommen. Was jetzt?«

Coach drehte sich, bis er wieder auf ihr lag. Er hielt ihr Becken fest an sich gedrückt, damit er nicht aus ihr glitt. »Ich muss das Kondom loswerden. Und dann werden wir beide ein bisschen schlafen. Ich werde mit einem Ständer aufwachen und wieder in dir sein wollen.«

»Okay.«

»Okay?«

»Ja. Hört sich gut an. Obwohl ich beim nächsten Mal möchte, dass du dich in mir bewegst.«

Coach schloss die Augen und drückte seine Stirn gegen ihre. »Ich habe ein Monster erschaffen.«

»Hey, es ist alles um der Bildung willen, nicht wahr? Ich glaube, ich muss in meinem nächsten Videospiel ein paar Sexszenen einbauen.«

»Unser Sexleben hat nichts in einem Videospiel verloren.« Seine Worte klangen harscher, als er beabsichtigt hatte. Doch der Gedanke, dass das, was sie gerade miteinander erlebt hatten, der Öffentlichkeit in einem Videospiel zugänglich sein könnte, war unerträglich.

»Das war ein Scherz, Coach. Es steht außer Frage, dass ich auch nur eine Sekunde von dem, was wir gerade miteinander erlebt haben, mit jemand anderem teilen würde, selbst wenn es für ein Spiel wäre, das nur für Erwachsene ist.«

»Gut. Ich teile nur ungern.«

»Ich auch.«

Sie lächelten sich einen Moment lang an.

»Okay, entsorge das Kondom und dann schlafen wir. Je schneller wir schlafen, desto schneller können wir es wieder tun.«

Coach zog sich langsam aus ihr heraus und wurde mit einem Stöhnen belohnt. »Tut es weh?«

»Nein. Das fühlte sich gut an. Ich bin so empfindlich da unten.«

Coach küsste sie wieder. »Ich bin gleich wieder da. Bleib, wo du bist.«

»Keine Sorge. Ich gehe nirgendwo hin.«

Ein paar Sekunden später kam er mit einem warmen Waschlappen zurück. »Hier, vielleicht kannst du den gebrauchen.«

Harley nahm ihm den Waschlappen ab und er beobachtete, wie sie sich damit bedeckte. »Gott, das fühlt sich so gut an. Danke.«

»Gern geschehen. Brauchst du Hilfe?«

Harley lächelte ihn an und errötete. »Nein danke.« Einen Moment später bemerkte sie: »Du starrst.«

»Kann nicht anders«, konterte Coach.

Harley wischte sich mit dem schnell auskühlenden Waschlappen den Schritt und reichte ihn Coach. »Ich weiß nicht, ob ich mich jemals daran gewöhnen werde, dass du mich anstarrst.«

»Du wirst dich daran gewöhnen.« Coach legte den nassen Waschlappen auf den Nachttisch und drehte sich wieder zu ihr um. »Danke, Harley. Das war fantastisch. Ich fühle mich geehrt, dein Erster zu sein.«

»Ich war zu alt, um noch Jungfrau zu sein«, beschwerte sie sich.

»Nein. Du bist perfekt.«

»Hör auf, das zu sagen. Ich bin nicht perfekt.«

»Dann eben perfekt für mich.«

Sie rollte mit den Augen. »Wenn du meinst.«

Coach zog Harley in seine Arme und deckte sie beide mit der Decke zu.

»Ist es normal, nach dem Sex so müde zu sein?«, erkundigte sie sich schläfrig.

»Ja.«

»Okay. Coach?«

»Ja?«

»Das war großartig. Ich kann es kaum erwarten, es wieder zu tun.«

»Ich auch nicht. Gute Nacht.«

»Nacht.«

Harley schlief fast sofort ein, doch Coach tat kein Auge zu. Er war zu aufgedreht. Zu glücklich. Er wollte Harley für immer in seinem Leben haben. Es gab Dinge, über die sie nicht gesprochen hatten, Dinge in seiner Vergangenheit, doch dafür war später noch Zeit. Im Moment reichte es aus, dass sie friedlich und sicher in seinen Armen schlief.

KAPITEL ACHTZEHN

Coach lag neben Harley im Bett, hörte, wie sie atmete, und dankte Gott, dass er und all seine Teamkollegen heil vom letzten Einsatz zurückgekommen waren.

Es war ein beispielhafter Auftrag gewesen. Sie waren in den Nahen Osten geschickt worden, um Informationen zu sammeln und hoffentlich einen Angehörigen der Streitkräfte zu retten, der von den Taliban gefangen genommen worden war. Die meiste Zeit schafften es solche Vorfälle nicht einmal mehr in die Nachrichten, jedenfalls nicht, solange ISIS überall auf der Welt Einkaufszentren und Nachtclubs in die Luft jagte.

Mitten in ihrem Einsatz waren sie auf das Massaker eines anderen Delta-Trupps gestoßen. Fünf der sechs Männer des anderen Teams waren von einem Augenblick auf den anderen ausgelöscht worden. Sie waren offensichtlich die Straße entlanggefahren, doch ehe sie sich versahen, waren ihre Humvees nur noch rauchende Schrotthaufen. Gott sei Dank hatten sie einen der Deltas retten können. Dane »Fish« Munroe hatte einen Teil seines Arms verloren, doch Truck hatte die Arterie abklemmen können und sie hatten ihn aus der Gefahrenzone geschleppt.

Coach schloss die Augen und schüttelte verzweifelt den Kopf. Die Männer, mit denen Fish zusammengearbeitet hatte, waren gute Männer gewesen. Brüder, Söhne und in zwei Fällen Ehemänner. Es hätte gut sein können, dass er mit seinen Freunden zusammen in die Luft gejagt worden wäre.

Fish kam nur schwer mit dem zurecht, was passiert war. Er hatte nicht nur einen Teil seines Armes verloren, sondern auch seine Teamkollegen. Truck wollte sich erkundigen und herausfinden, wann er aus dem Krankenhaus entlassen würde und wohin er ging. Es wurde gemunkelt, dass er mehrere Monate Physiotherapie vor sich hatte und höchstwahrscheinlich aus der Armee entlassen werden würde.

Keiner der Deltas wünschte sich, dass seine Karriere so zu Ende ging. Fish wusste es vermutlich noch nicht, doch von jetzt an würden Coach, Truck und die anderen Teammitglieder sich um ihn kümmern. Er war jetzt ein inoffizielles Mitglied ihres engen Freundeskreises ... ob es ihm passte oder nicht.

Coach strich mit den Fingern über Harleys Rücken und lächelte, als sie sich erst streckte und dann an ihn kuschelte. Er schloss die Augen und seufzte. Er war froh, zu Hause zu sein, froh, Harley an seiner Seite zu haben, und froh, wieder in Texas zu sein. Dann schlief er ein.

***

Harley stieg aus dem Auto und lächelte, als Coach sie finster anschaute. Sie weigerte sich immer zu warten, bis er zur Beifahrerseite kam und die Tür öffnete. Sie hatte ihm immer wieder gesagt, dass sie durchaus in der Lage wäre, selbst die Tür zu öffnen, doch er versuchte es immer wieder. Es war die Tatsache, dass er sie verwöhnen wollte, sie wie eine Dame behandeln wollte, die sie zum Schmunzeln brachte. Besonders nach gestern Abend sollte er wissen, dass sie keine Dame war.

Coach murrte, als er die Tür hinter ihr schloss. »Ernsthaft, Harl, ich wünschte, du würdest mir wenigstens ein Mal gestatten, ein Gentleman zu sein.«

Harley lehnte sich zu ihrem Mann und flüsterte ihm ins Ohr: »Du darfst mir den Stuhl zurechtrücken und Eingangstüren zu Gebäuden öffnen. Aber am besten gefällt mir, dass du mich immer zuerst kommen lässt. Jedes Mal. *Das* ist alles, was ich von einem Gentleman brauche.«

»Himmel, Harl«, murrte Coach und schaute sich auf dem Parkplatz um, um zu sehen, ob jemand in der Nähe war. »Das war ein Schlag unter die Gürtellinie. Jetzt spiele ich in meinem Kopf die letzte Nacht noch einmal ab und muss daran denken, wie heiß und feucht du warst, als ich in deinen engen Körper eingedrungen bin.«

»Daran bist du selbst schuld«, neckte ihn Harley. »Du hast mich heute Morgen zweimal zum Orgasmus gebracht, bis du in mir gekommen bist.«

»Verdammt, Frau. Wessen Idee war es noch mal, die Bande zum Mittagessen zu treffen?«

»Deine.«

»Das nächste Mal musst du mir das ausreden, okay?«

Die letzten Monate waren wie ein Traum für sie gewesen. Coach war ein aufmerksamer Freund, erdrückte sie jedoch nicht. Als sie schlechte Laune bekommen hatte, weil ihr Code nicht funktionierte, hatte Coach sie nicht gedrängt. Er hatte sie in Ruhe gelassen und gewartet, bis sie ihm eine

SMS geschickt hatte, um ihm zu sagen, dass es jetzt wieder sicher war, zu ihr zu kommen.

Sie hatten nicht viel über seine Arbeit gesprochen, es reichte, dass Harley wusste, dass das, was er tat, streng geheim war und die anderen Teammitglieder ihm Rückendeckung gaben. Sie wusste, dass seine Einsätze nicht sicher waren. Das war ihr klar geworden, als er ihr das letzte Mal, nachdem er von einem Einsatz zurückgekehrt war, von seinem Freund Fish erzählt hatte, der verwundet und von Truck gerettet worden war. Harley war deshalb für jede Minute dankbar, die sie mit Coach verbringen konnte. Sie wusste, dass *er* das nächste Mal verwundet werden könnte.

Und obwohl sie nicht jede Nacht miteinander verbrachten, kam es immer öfter dazu. Coach kam nach der Arbeit vorbei und verbrachte Zeit mit ihr, bis sie die Hände nicht mehr voneinander lassen konnten. Sie hatten Sex in der Dusche, Sex in der Badewanne, Sex auf dem Sofa, Sex an der Wand, Sex auf dem Tisch und sogar Sex im Flur. Er hatte sie nicht nur von hinten, rittlings und in der Löffelchenstellung genommen, er hatte ihr auch ein paar ausgefallenere Positionen beigebracht, wie zum Beispiel den Wasserfall, den heißen Sitz, die umgekehrte Reiterposition, die Spitzenposition, die Brezel und die Spinne. Er hatte ihr beigebracht, ihm Blowjobs zu geben, und sie hatte den Unterschied zwischen Sex und Liebemachen erfahren ... und mochte beides.

Alles in allem lief alles bestens. Harley wusste, dass sie sich Hals über Kopf in Coach verliebt hatte, und er schien dasselbe zu empfinden, auch wenn noch keiner von beiden es in Worten ausgedrückt hatte. Das eilte auch nicht, dafür blieb noch genügend Zeit.

Harley lächelte Coach an, als er seine Hand in ihre Gesäßtasche schob, während sie gingen. Sie schlang den

Arm um seine Hüften und griff nach der Gürtelschlaufe seiner Cargohose, während sie in Richtung Eingang des Fast-Food-Burrito-Restaurants gingen. Das Restaurant war gut besucht, besonders mittags.

Die Highschool, die sich einen Block entfernt befand, erlaubte den älteren Schülern, außerhalb des Schulgeländes zu Mittag zu essen, und das Lokal war voller Teenager, als sie es betraten. Coach nickte Rayne und Ghost zu, die auf der Seite standen und offensichtlich auf sie gewartet hatten. Truck war da und auch Blade und Hollywood. Raynes Freundin Mary war ebenfalls mitgekommen, was die Truppe umso lebhafter machte.

Zwischen Truck und Mary brannte immer noch die Luft, doch Harley kannte keinen der beiden gut genug, um etwas darüber sagen zu können. Sie sah, wie Rayne ihrer Freundin einen fragenden Blick zuwarf, doch Mary drehte der Gruppe den Rücken zu und studierte die Speisekarte, als gäbe es nichts Wichtigeres auf der Welt.

Truck sah nicht glücklich aus, stellte sich jedoch in die Reihe vor Harley und Coach. Er verschränkte die Arme vor der Brust und starrte auf Marys Hinterkopf.

Harley schaute Coach mit hochgezogenen Augenbrauen fragend an, doch Coach schüttelte nur den Kopf. Es war eine komische Situation, doch im Moment war Harley so zufrieden mit ihrem Leben, dass sie sich nicht in die Angelegenheiten anderer einmischte. Sie schaute noch einmal zu Truck hinüber und war froh, dass nicht *sie* der Grund für seine düstere Miene war. Truck war ein großer, einschüchternder Mann und wenn er sie so anschauen würde, würde sie ihm, ohne zu zögern, die PIN für ihre Bankkarte, ihre Bankkontoinformationen und alles andere, was er von ihr verlangte, verraten.

Harley kuschelte sich an Coach und seufzte zufrieden,

als sie spürte, wie er die Hand aus ihrer Gesäßtasche zog und ihr unter ihrem T-Shirt ins Kreuz legte. Seine langen Finger bedeckten den Großteil ihres Rückens, doch sein kleiner Finger war unter den Bund ihres Höschens gerutscht und er streichelte ihren nackten Hintern.

»Ich kann fast nicht glauben, dass sich unsere Computerfreaks lange genug von den Bildschirmen wegreißen können, um zu essen.«

»Sie sollten aber besser nicht *hierher*kommen. Sie wissen doch, dass dies unser Treffpunkt ist.«

»Die dummen Fotzen haben keine Ahnung, was sie erwartet, wenn sie wieder gehen.«

Harley spürte, wie Coach sich neben ihr anspannte. Es war, als würde sich jeder Muskel in seinem Körper auf einen Angriff vorbereiten. Sie fragte sich, ob er auf dem Schlachtfeld auch so war.

Harley drehte beiläufig den Kopf zur Seite, gerade genug, damit sie die drei Teenager hinter ihnen sehen konnte. Sie waren offensichtlich an der Highschool und erinnerten sie sehr an sich selbst, als sie in diesem Alter war.

Zwei von ihnen trugen eine Brille, ähnlich wie die, die sie trug, und das dritte Mädchen war übergewichtig. Alle drei trugen Jeans und übergroße T-Shirts, eins davon hatte ein Armee-Logo, eins ein Pokémon-Bild und das dritte war rot und hatte ein Star Trek-Logo auf der oberen linken Vorderseite. Die Mädchen trugen Rucksäcke, die aussahen, als wären sie mit Büchern oder anderem Schulmaterial vollgestopft. Sie nahmen mit niemandem Augenkontakt auf und hielten ihren Blick auf die Speisekarte gerichtet, als würden dadurch die Mädchen, die hinter ihnen standen, verschwinden.

Die Mädchen, die gelästert hatten, standen hinter dem

eigenartigen Trio. Alle vier waren jung und hübsch. Zwei hatten blonde Haare, eines war asiatisch und hatte langes, glattes schwarzes Haar und das vierte war afroamerikanisch mit sehr kurzem, lockigem Haar. Sie trugen kurze Röcke und Schuhe mit hohen Absätzen. Sie waren angezogen, als würden sie an einem Samstagabend in einen Club gehen, und trugen nichts als kleine Handtaschen. Alle vier zogen spöttische Grimassen, die an die drei Teenager vor ihnen gerichtet waren, die nun in Panik zu geraten schienen.

»Schau, wie süß, sie glauben, dass wir sie nicht sehen, wenn sie uns ignorieren. Ihr werdet es bereuen, dass ihr zu unserem Mittagstreffpunkt gekommen seid«, drohte eine der Blondinen.

Coach versteifte sich noch mehr, als er diese Worte hörte, falls das überhaupt möglich war. Harley gefiel die Situation genauso wenig wie Coach, doch wenn man die gemeinen Mädchen konfrontierte, würde das die ganze Situation nur noch schlimmer machen. Das wusste sie. Es war ihr damals genauso wie den drei Mädchen ergangen. Das Gespött und die Drohungen ließen viel zu viele schlechte Erinnerungen an die Highschool in ihr hochkommen.

»Was möchtest du essen, Harl?«, fragte Coach und schob sie in Richtung Theke. Harley hatte nicht einmal bemerkt, dass sie mittlerweile die Spitze der Warteschlange erreicht hatten. Sie drehte sich um und bestellte einen extra großen Hühnchenburrito – sie hatte letzte Nacht viele Kalorien verbrannt – und wartete an der Kasse auf Coach.

Er bezahlte und zeigte auf den großen Tisch, den Ghost und die anderen in Beschlag genommen hatten. »Holst du mir ein Wasser?« Sie nickte und er sagte: »Vielen Dank für deine Hilfe. Warte nicht auf mich, setz dich hin, ich bin gleich da.«

Harley nickte, nahm die Becher in Empfang, die die Kassiererin ihr entgegenstreckte, und ging zum Getränkeautomaten. Sie drehte sich um, als sie Coach mit jemandem reden hörte.

»Hey, Ladies, die Sitzgelegenheiten sind etwas knapp hier ... an unserem Tisch sind noch Stühle frei, wollt ihr euch zu uns setzen?«

Harley sah, wie Coach mit den drei Mädchen sprach, die in der Warteschlange schikaniert worden waren. Sie standen mit offenen Mündern an der Kasse, offensichtlich verwirrt darüber, dass Coach *sie* dazu eingeladen hatte, sich zu ihnen zu setzen.

Harley sah ihr Zögern und wusste, dass sie ihm helfen musste. Sie ging schnell zu ihm hinüber.

»Hey, Liebling. Oh, du hast sie gefragt? Gut. Ihr setzt euch doch zu uns, oder? Wir haben viel Platz. Mein Freund hat dein Armee-T-Shirt gesehen und gleich entschieden, dass du einen guten Geschmack hast.« Sie lachte und deutete auf den langen Tisch, sie wollte die Mädchen beruhigen. Hollywood, Blade und Truck saßen auf der gegenüberliegenden Seite des Tisches. Ghost, Rayne und Mary hatten den Rücken zur Warteschlange gedreht. Neben ihnen standen zwei Tische, die frei waren. Genügend Platz für fünf zusätzliche Leute.

»Äh, ja, okay«, stotterte eines der Mädchen.

Harley lächelte sie an und versuchte, so freundlich wie möglich auszusehen. Nett zu fremden Leuten zu sein war nicht wirklich ihr Ding, doch es war offensichtlich, was Coach vorhatte. Sie stand hundertprozentig hinter ihm. Verdammte, gemeine Mädchen.

Sie schlenderten alle zum Tisch hinüber und Coach zog einen Stuhl für eines der Mädchen hervor. Truck stand auf und tat dasselbe für die anderen beiden Mädchen auf seiner

Seite des Tisches. Sie setzten sich alle hin. Coach nahm Harleys Hand und führte sie zum Ende des Tisches. Er sorgte dafür, dass es keine freien Stühle neben den Teenagern gab, um sie vor den anderen Mädchen zu schützen.

Wie Harley geahnt hatte, saßen die beliebten Mädchen an einem Tisch in der Nähe, nahe genug, um hören zu können, was an ihrem Tisch gesagt wurde.

Gott sei Dank fingen Rayne und Mary sofort an, sich mit den Teenagern zu unterhalten, ohne dass jemand etwas sagen musste. Sie erzählten den Mädchen, dass die Männer alle in der Armee waren, und was für ein Zufall war es doch, dass eine von ihnen ein Armee-T-Shirt trug, und brachten so das Gespräch ins Rollen.

Es war ein interessantes Mittagessen; Ghost und Coach tauschten schweigend vielsagende Blicke aus, Rayne und Mary plauderten mit den Schülerinnen und Blade und Hollywood lächelten sie an und flirteten auf unschuldige Weise mit ihnen. Harley war rot geworden, als Coach damit prahlte, dass sie eine erstklassige Videospiel-Entwicklerin war. Die Mädchen waren ins Schwärmen geraten, hatten alle möglichen Fragen gestellt und wollten wissen, wie sie zu diesem Job gekommen war und an welchen Spielen sie gearbeitet hatte.

Nach etwa dreißig Minuten erklärten die Mädchen, dass sie wieder zum Unterricht zurückkehren müssten. Sie standen auf und fingen an, ihre Sachen einzusammeln. Dann warfen sie den Müll weg und verließen das kleine Restaurant. Harley sah, wie die drei Mädchen winkten und sich in Richtung Highschool auf den Weg machten.

Sie erschrak, als sie Coach sagen hörte: »Einen Moment bitte, meine Damen.«

Sie drehte sich herum, um herauszufinden, mit wem er sprach, und entdeckte die vier Mädchen, die hinter Coach in der Warteschlange gestanden hatten. Sie bekam ein flaues Gefühl im Magen, da sie keine Ahnung hatte, was Coach vorhatte, doch sie stellte sich schnell neben ihn und bemerkte, dass die anderen das auch taten.

»Ich weiß, dass ihr Mädchen denkt, die Welt liegt euch zu Füßen, doch das ist nicht der Fall.« Coachs Stimme klang leise ... und todernst. Harley bekam Gänsehaut auf den Armen. Sie hatte Coach schon gesehen, wenn er verärgert war, aber nicht so. Er war sauer. Stinksauer sogar. Er versuchte erst gar nicht, es zu verbergen. Es war, als müsste er sich dazu zwingen, die Mädchen nicht mit bloßen Händen in Stücke zu reißen, und das machte ihr Angst. Er war nicht mehr der zärtliche Liebhaber, der er am Vorabend gewesen war, nicht einmal annähernd.

Er redete weiter, ohne den Blick von ihnen abzuwenden. »Ihr seid Fieslinge. Ihr denkt, dass euch nichts und niemand etwas anhaben kann und ihr die Leute mit eurem Aussehen blenden könnt. Aber wisst ihr was? Innerlich seid ihr verdorben. Durch und durch. Ich würde gern behaupten, dass ihr noch Zeit habt, euch zu ändern, aber ich bin mir nicht sicher. Diese Mädchen, die ihr bedroht und veralbert habt, sind zehnmal so viel wert wie ihr. Wusstet ihr, dass Brittany ein Stipendium für die A&M Universität bekommen hat? Sie wurde zugelassen, um Tiermedizin zu studieren. Was glaubt ihr, wer sich in ein paar Jahren um eure kläffenden Chihuahuas kümmern wird, wenn sie krank sind? Und Lexie geht zur Armee. Sie ist klug genug, um aufs College zu gehen, will ihrer Familie jedoch die Kosten nicht zumuten. Sie will Ärztin werden und findet, dass die Armee ein guter Ausgangspunkt für ihre Ausbildung ist. Und sie hat recht. Es würde mich nicht überraschen, wenn sie eines Tages ein General wird. Und Donna? Sie geht nach Yale. *Yale.*«

Harley legte Coach die Hand auf den Rücken. Er schien nicht bemerkt zu haben, dass sie hinter ihm stand. Sein Rücken war kerzengerade und sie konnte fast spüren, wie die Energie durch seinen Körper pulsierte. Jeder Muskel war angespannt und seine Hände waren zu Fäusten geballt.

Coachs Worte klangen sarkastisch. Es war ja nicht so, dass die Mädchen seinen Zorn nicht bis zu einem gewissen Grad verdient hatten, doch sie waren noch Kinder. Sie lebten in ihrer eigenen kleinen Welt, ohne zu wissen, dass ihre Taten für andere noch jahrelange Folgen haben konnten.

Coach fuhr gnadenlos fort. »Ich würde sagen, dass *sie* auf dem besten Weg sind, zu produktiven und einflussreichen Mitgliedern der Gesellschaft zu werden. Und ihr steht einfach da und verurteilt sie, weil sie weder hohe Schuhe noch kurze Röcke tragen. Nehmt euch nicht so wichtig.«

Die letzten Worte sagte er so verachtungsvoll, dass die vier Teenager zusammenzuckten.

Doch Coach war noch nicht fertig. Er setzte seine Tirade fort. »Lebt euer erbärmliches kleines Leben und kümmert euch nur darum, mit wem ihr zum Abschlussball geht und welcher Fußballstar euch als Nächstes flachlegt, aber lasst diese Mädchen in Ruhe. Lasst *alle* unpopulären Leute in Ruhe. Wisst ihr was? Eines Tages werdet ihr diese ›Langweiler‹ brauchen. Eure Kinder könnten krank sein und einen Spezialisten brauchen. Eure Computer könnten einen Virus haben oder ihr findet heraus, dass die Jungs, die ihr immer schikaniert habt, tausendmal besser im Bett sind als die Sportler, weil sie sich für die Frauen *interessieren*, mit denen sie zusammen sind.«

»Coach«, warnte Ghost ihn leise. »Es reicht.«

Coach machte eine Handbewegung zu seinem Teamkollegen, die Harley nicht verstand, doch Ghost wusste offensichtlich genau, was er damit sagen wollte, trat einen Schritt zurück und vertraute seinem Freund.

»Seht ihr diese Frau neben mir?« Harley zuckte zusammen, als Coach ihre Taille umfasste und sie zu sich zog.

»Sie ist das Beste, was mir je passiert ist. Ich liebe sie und würde mein Leben für sie geben, ohne Fragen zu stellen. Seht sie euch an. Sie ist ein Computerfreak. Brille, Jeans, Turnschuhe, kein Make-up, ihre Haare in einem unordentlichen Knoten zusammengebunden. Aber sie ist der schönste Mensch, den ich je in meinem Leben getroffen habe, weil sie innerlich schön ist. Wenn ich nochmal ein Teenager wäre, wäre ich jederzeit lieber mit einem der Mädchen zusammen, über die ihr euch lustig gemacht habt, anstatt mit einer von euch oberflächlichen Schnepfen.«

Die Teenager sagten nichts, sondern starrten nur den gut aussehenden Mann an, der sie gerade auf schroffe Art zurechtgewiesen hatte.

Ohne ein weiteres Wort an die Teenager zu richten, die mit weit aufgerissenen Augen regungslos dastanden, nickte Coach seinen Freunden zu und ging mit Harley im Arm in Richtung seines Highlanders.

Harley schaute nicht einmal zurück, um zu sehen, was Coachs Tirade angerichtet hatte. Obwohl sie sehr aufgedreht war, machte sie sich mehr Sorgen um ihn. Seine Kiefermuskeln waren angespannt und er schnaubte. Sie sagte kein Wort, als er ihr die Beifahrertür aufhielt. Ohne wie gewohnt Aufhebens zu machen, stieg sie ins Auto und wandte den Blick nicht von ihm ab, während er um die Vorderseite des Fahrzeugs zur Fahrertür stapfte.

Sie sagte immer noch kein Wort, während er sie nach Hause fuhr, und er auch nicht. Sie hatten eine lustvolle Nacht miteinander verbracht, alles voneinander erfahren, was es zu erfahren gab, sich gegenseitig innerlich und äußerlich erforscht, doch jetzt war es plötzlich so, als stünde eine dicke Mauer zwischen ihnen. Harley hatte keine Ahnung, wie sie zu Coach durchdringen konnte.

Er hielt vor ihrem Haus an und drehte sich zu ihr um. »Ich rufe dich später an.«

»Willst du nicht reinkommen? Ich –«

»Ich wäre jetzt keine gute Gesellschaft, Harley. Ich rufe dich später an.«

Harley saugte an ihren Lippen. Sie wollte ihn in diesem Zustand nicht alleine lassen. Er schien ganz außer sich zu sein und das machte ihr Angst. Der Mann, den *sie* kannte, hätte diesen Teenagern nie so die Meinung gesagt. Irgendetwas stimmte nicht. Ganz und gar nicht.

»Coach –«

Er lehnte sich zu ihr hinüber und stieß mit seinem langen Arm die Beifahrertür auf. »Bis später, Harley.«

Das war ohne Zweifel endgültig. Sie hatte keine Wahl, löste den Sicherheitsgurt und schwang die Beine aus dem Auto. Sie stieg widerwillig aus und stellte sich neben den Türrahmen, an dem sie sich mit einer Hand festhielt. Sie versuchte noch einmal, ihn zu überzeugen. »Ich liebe dich, Coach. Bitte komm mit rein. Wir können über das reden, was gerade passiert ist.«

Mit den Fingern umklammerte er das Lenkrad so fest, dass seine Knöchel weiß wurden. Doch er sagte kein Wort. Zeigte keinerlei Reaktion.

Harley starrte ihn noch eine Sekunde länger an und wünschte sich, dass er ihr erzählen würde, was los war, und ins Haus kommen würde, bis er sich beruhigt hatte. Sie öffnete den Mund, um etwas zu sagen, schloss ihn jedoch wieder.

Coach war erwachsen. Er musste nicht mit ihr reden,

obwohl es sie schmerzte, dass er offensichtlich mit starken Emotionen kämpfte, die er für sich behalten wollte.

Ohne ein weiteres Wort zu sagen, schloss Harley die Tür und trat einen Schritt zurück. Zum ersten Mal wartete Coach nicht darauf, dass sie zu ihrer Tür ging; er fuhr los und ließ sie auf dem Bürgersteig vor ihrem Haus stehen. Sie stand regungslos da und beobachtete, wie er das Fahrzeug aus dem Parkplatz lenkte und nach rechts in die Straße einbog, die von ihrer Wohngegend wegführte. Die Lichter verschwanden aus ihrem Blickfeld.

Eine Träne rollte Harley die Wange hinunter. Coach ging es nicht gut. Und ihr deshalb auch nicht.

KAPITEL NEUNZEHN

Harley war verärgert und machte sich Sorgen um Coach. Sie hatte ihm mindestens fünf SMS geschickt, um herauszufinden, ob alles in Ordnung war, doch er hatte nur ein Mal geantwortet und *Mir geht es gut* geschrieben.

Seine kargen Worte hatten sie noch mehr beunruhigt. Es war offensichtlich, dass es ihm *nicht* gut ging. Schließlich hatte sie Hollywood angerufen. Er und Coach schienen sich nahezustehen und sie hatte gehofft, dass er herausfinden konnte, was zum Teufel mit ihm los war.

Doch leider hatte er ihr nicht viel gesagt. Nur dass Coach ein paar Dinge verarbeiten musste und sich bald bei ihr melden würde.

Harley hatte sogar Montesa angerufen. Ihre Schwester hatte nur gesagt, dass er vermutlich etwas Dampf ablassen musste und sich wieder melden würde, wenn er bereit war. Sie wollte sich mit dieser Antwort nicht zufriedengeben und dachte, dass sie in dieser Angelegenheit die Perspektive eines Mannes brauchte. Sie rief ihren Bruder an.

»Er war wie ein umgedrehter Handschuh, Davidson. Ich verstehe nicht, warum er nicht mit mir redet.«

»Schwesterherz, ich liebe dich, aber ich glaube, du siehst das falsch.«

»Wie soll ich es denn dann sehen?«

»Schau, Coach ist ein Mann. Er ist in der Armee. Er ist ein Soldat. Er ist es gewohnt, sich um andere zu kümmern. Du hast mir doch erzählt, dass er kürzlich von einem Einsatz zurückkam, bei dem einer seiner Freunde verletzt und andere getötet wurden. Er hat offensichtlich viel zu verarbeiten. Hinzu kommt, dass irgendetwas an diesen Mädchen einen wunden Punkt in ihm berührt hat. Ich weiß nicht, was in seinem Leben passiert ist, das ihn dazu bringt, Leute, die andere schikanieren, so zu verabscheuen, aber was auch immer es ist, er muss selbst daran arbeiten. Er wird sich vor dir keine Schwäche eingestehen wollen.«

»Aber ich weiß, dass er nicht schwach ist.«

»Harley, es geht nicht um *dich*. Es geht um *ihn*.«

Als sie diesen Satz hörte, verstand sie endlich. Coach war ein starker Mann. Er hatte seinen Spitznamen nicht bekommen, weil er jemand war, der sich im Hintergrund hielt und zuschaute. Er war ein Anführer. Harley hatte vom ersten Tag an gewusst, dass er nicht stillschweigend zuschauen würde, wenn jemand schlecht behandelt wurde. Er gab Kellnerinnen zwanzig Prozent Trinkgeld, verteidigte sein Land und unterstützte immer seine Freunde. So war er einfach.

Er hatte sie nicht absichtlich weggestoßen. Er musste etwas Schwieriges verarbeiten, das absolut nichts mit ihr zu tun hatte. Sie würde sich schlimmer als ein Teenager benehmen, wenn sie deshalb sauer war. Viel zu oft zerbrachen Beziehungen daran, dass der eine Partner dem anderen sein Verhalten übel nahm und davon ausging, dass er ihn absichtlich ausschloss.

Was auch immer heute passiert war, hatte eine andere

Ursache. Es war viel mehr im Spiel, als sie wusste. Coach wäre niemals so auf diese Mädchen losgegangen ... *Mädchen* ... wenn es einfach nur Schikane gewesen wäre. Dafür war er zu ehrenhaft. Zu fürsorglich. Nein, hier ging es um etwas ganz anderes. Etwas, das sie nicht verstand.

Harley musste einfach nur warten, bis er zu ihr kam. Was auch immer es war, das Coach brauchte, sie würde jederzeit für ihn da sein.

Als sie sich Stunden später hinlegte, um etwas zu schlafen, hatte sie immer noch nichts von Coach oder einem seiner Teamkollegen gehört. Sie hatte früher am Abend beschlossen, darauf zu warten, dass er zu ihr kam, doch das war eines der schwierigsten Dinge, die sie je getan hatte.

Nachdem sie sich hin und her gewälzt hatte, wurde sie von einem Geräusch aus dem Dämmerschlaf geweckt. Harley schaute auf die Uhr. Es war zwei Uhr fünfundvierzig. Ihr Telefon klingelte wieder. Eine SMS.

Bist du wach? Ich bin draußen.

Harley machte sich nicht die Mühe zu antworten, sondern sprang einfach aus dem Bett und schlüpfte in ein Paar Sandalen, die am Boden lagen. Sie lief zur Haustür, öffnete sie und spähte auf den Parkplatz.

Coach hatte sich an die vordere Stoßstange seines Autos gelehnt. Er trug immer noch die Cargohose und das Hemd von vorhin. Er schaute mit gerunzelter Stirn auf sein Handy, als wartete er auf eine Antwort. Er sah müde aus. Erschöpft.

Harley wartete nicht darauf, dass er sie bemerkte oder zu ihr kam und lief über das Grundstück. Coach sah sie aus dem Augenwinkel, noch bevor sie den halben Weg hinter sich gebracht hatte. Er schob das Handy in die Hosentasche und ging auf sie zu.

Ohne ein Wort zu sagen, nahm er sie auf dem dunklen Parkplatz fest in die Arme. Er brauchte nichts zu sagen, seine verzweifelte Umarmung sprach Bände. Es ging ihm nicht gut und ihr Mann brauchte sie. Davidson hatte recht gehabt. Es ging nicht um sie. Es ging um Coach.

Sie drückte ihn fest und spürte Erleichterung darüber, dass er in Sicherheit war. Die schlimmste Erinnerung ihres Lebens bestand darin, wie die Polizei zu ihrem Elternhaus gekommen war, um ihr und ihren Geschwistern von dem Tod ihrer Eltern zu berichten. Ein Teil von ihr hatte befürchtet, dass eines Tages jemand an ihre Haustür klopfen und ihr sagen würde, dass Coach einen Unfall gehabt hatte und verletzt, oder Gott bewahre, getötet worden war.

Schließlich löste sie sich aus der Umarmung, gerade genug, damit sie sich umdrehen, ihm den Arm auf den Rücken legen und ihn zur offenen Haustür führen konnte. Sie stolperten ins Haus und Harley streifte sich die Schuhe ab. Sie verriegelte die Tür und führte Coach direkt ins Schlafzimmer. Er wehrte sich nicht dagegen und sie wusste, dass er in Gedanken immer noch weit weg war. Er setzte sich auf die Bettkante und Harley kniete sich nieder, ohne um Erlaubnis zu fragen, und fing an, die Schnürsenkel seiner Stiefel zu lockern.

»Das kann ich selber machen«, protestierte Coach schwach.

»Ich weiß. Aber nicht jetzt«, konterte Harley, während sie ihm den ersten Stiefel auszog. Sie zog ihm die Socke aus und nahm dann den anderen in Angriff. Sie zog ihm den zweiten Stiefel und die Socke aus und legte sie zur Seite. Sie zog ihn auf seine Füße und versuchte, ihn ins Badezimmer zu schieben.

»Geh. Mach dein Ding. In der Schublade rechts neben der Spüle liegt eine neue Zahnbürste. Ich bin gleich wieder da.«

Coach stand regungslos neben dem Bett, nahm dann ihren Kopf in seine großen Hände und starrte sie lange an. Schließlich küsste er sie, ohne etwas zu sagen, auf die Stirn und ging in das kleine Badezimmer.

Harley kroch wieder unter die Decke, die immer noch warm war, und wartete, bis Coach wiederauftauchte. Ein paar Augenblicke später kam er aus dem Badezimmer.

Auf dem Weg zurück ins Bett zog er sich das Hemd aus und ließ es einfach zu Boden fallen. Offensichtlich war es ihm egal, wo es landete. Er öffnete den Gurt und zog sich die Hose aus.

Er behielt seine Boxershorts an, was ungewöhnlich war, und kroch zu Harley ins Bett. Sie improvisierte und wusste nicht, was sie als Nächstes tun sollte, doch Coach machte wie immer den ersten Schritt. Er drehte sich zu Harley um, die auf dem Rücken lag, und kuschelte sich an sie.

Das hätte eigentlich merkwürdig sein sollen, *sie* war normalerweise diejenige, die sich an *ihn* kuschelte, doch irgendwie fühlte es sich richtig an. Coach legte einen Arm um ihre Taille und verbarg sein Gesicht in der Grube zwischen ihrem Hals und ihrer Schulter. Er rutschte näher an sie heran und drückte sie noch fester. Der andere Arm lag immer noch unter seinem Körper und sie konnte spüren, wie er mit den Fingern ihre Schulter streifte, während er versuchte, ihr so nahe wie möglich zu sein.

Harley zog ihren Arm unter ihm weg, legte ihn um seine Schultern und hielt mit der Hand seinen Kopf fest. Den anderen legte sie auf seinen riesigen Unterarm und lag bewegungslos da.

Sie würde ihn nicht darum bitten zu reden. Nach dem Gespräch mit Davidson und etwas innerer Reflektion, während sie zu Hause gesessen und sich Sorgen um Coach gemacht hatte, hatte sie erkannt, dass er ihr erzählen würde, was los war, wenn er bereit dazu war. Er war ein erwachsener Mann, mit eigenen Gedanken und Gefühlen. Sie hatte kein Recht, ihn zu drängen. Er musste sich in ihrer Gegenwart zunächst wohlfühlen und ihr genügend vertrauen, um darüber zu sprechen, was in ihm vorging. Im Moment reichte es aus, dass er hier bei ihr war, sicher und wohlbehalten. Harley wusste, dass sie ewig schweigend mit ihm daliegen würde, wenn es das war, was er brauchte.

Coach bewegte den Kopf nicht, doch Harley konnte spüren, dass er die Lippen bewegte, als er zwanzig Minuten später anfing zu reden. Ohne irgendeine Vorgeschichte fing er einfach an zu erzählen, als hätte sie ihn gefragt, wie morgen das Wetter sein würde.

»Meine Schwester hieß Jenny. Sie war das süßeste Kind, das du dir vorstellen kannst. Sie hatte rosige Wangen und war quirlig. Sie hatte nie jemanden getroffen, den sie nicht mochte.«

Sie hielt den Atem an. Schon jetzt gefiel ihr nicht, was sie da hörte. Ihr gefiel nicht, dass Coach über seine Schwester in der Vergangenheit redete. Es war das erste Mal, dass er das tat. Sie hatte angenommen, dass seine Schwester am Leben war und es ihr gut ging, obwohl er sie nicht oft erwähnte. Harley schwieg, stellte keine Fragen und ließ Coach die Geschichte erzählen, auf seine eigene Art, in seinem eigenen Tempo.

»Sie folgte mir andauernd, als sie in der Grundschule war. Meine Freunde fanden es nervig, doch ich fand es meistens süß. Ich wusste, dass sie mich vergötterte, und hatte kein Problem damit. Sie war meine kleine Schwester. Ich hätte alles getan, um sie zu beschützen.«

Coach holte Luft und hielt inne, als müsste er sich überwinden fortzufahren. Schließlich erzählte er weiter. Seine Stimme klang noch leiser als zuvor. Er flüsterte fast. »Eine meiner Lieblingserinnerungen stammt aus der Zeit, als ich in der siebten Klasse war und sie in der vierten. Ich hatte ein altes Tonbandgerät und wir haben damit Nachrichten füreinander aufgenommen und das Gerät vor unseren Schlafzimmertüren stehen lassen, damit wir sie uns am Morgen anhören konnten, wenn wir aufstanden. Wir haben einander nie etwas Wichtiges erzählt, nur was wir gerade machten und lustige Geschichten. Dinge, die nur kleine Kinder interessant fanden. Ich weiß nicht, was mit diesen Kassetten passiert ist, aber ich würde *alles* dafür geben, auch nur eine davon zu besitzen. Einfach alles.«

Coach hielt erneut inne. Diesmal etwas länger. So lange, dass Harley nicht sicher war, ob er weitererzählen würde. Er hätte genauso gut eingeschlafen sein können. Dann fragte Coach aus heiterem Himmel: »Warum kommt Dr. Pepper nur in Flaschen?«

Seine Stimme klang traurig und die Frage hatte überhaupt nichts mit den Kassetten zu tun, von denen er vorher gesprochen hatte. Harley war verwirrt, sagte jedoch nichts, denn sie wollte seinen Gedankenstrom nicht unterbrechen. »Das weiß ich nicht«, sagte sie leise.

»Das hat Jenny auch gesagt«, entgegnete Coach in einem traurigen Ton. »Das ist ein Witz. Ich wusste, dass sie ihn nicht verstehen würde, denn dafür war sie noch zu jung, doch als Zwölfjähriger, bei dem die Hormone verrücktspielten, fand ich das urkomisch. Ich habe ihr diese Frage in einer unserer Tonbandaufnahmen gestellt. Sie hörte sie sich eines Morgens an und war offensichtlich gerade erst aufgewacht. Ihre Antwort war eher ein Gähnen und sie klang völlig verschlafen. Ich hatte ihr gesagt, dass sie die Antwort nicht wissen würde und dass das in Ordnung war. Doch sie hat sich so angestrengt, die Lösung zu finden ... für mich.«

Harleys Augen füllten sich mit Tränen, als sie spürte,

wie sich etwas Nasses auf ihrer Schulter ausbreitete. Coachs Tränen. Jeder Tropfen, den sie auf ihrer Haut spürte, brach ihr das Herz. Der Mann, der in ihren Armen lag, war traurig. Sehr sogar. Sie hielt unbarmherzig ihre eigenen Tränen zurück und atmete durch die Nase. Es ging um Coach, nicht um sie. Sie musste stark für ihn sein.

Coach tat so, als wäre ihm nicht bewusst, dass er weinte. Er versuchte nicht, die Tränen wegzuwischen. Er erzählte einfach nur in einem herzzerreißend verzweifelten Ton seine Geschichte weiter.

»Jenny überlegte und überlegte und sagte schließlich genau das, was du gesagt hast. ›Ich weiß es nicht, Johnny. Wenn es nicht in der Flasche wäre, würde es einfach herausfallen. Es muss in Flaschen sein, sonst könnten wir es nicht trinken.‹ Ich erinnere mich daran, dass ich über ihre Antwort gelacht habe.«

Harley bewegte keinen Muskel. Johnny. Er hatte ihr einmal gesagt, dass niemand ihn beim Vornamen nannte. Soweit es die Armee und alle anderen betraf, hieß er Beckett.

Johnny.

So hatte seine geliebte kleine Schwester ihn genannt.

Und er sprach über sie in der Vergangenheit.

Ihr Herz zerbrach für den Mann, der in ihren Armen lag.

Sie konnte die Tränen nicht mehr zurückhalten, obwohl sie es verzweifelt versuchte. Es ging um ihn und Jenny und sie wollte ihn auf keinen Fall ablenken und ihm das Gefühl geben, dass er sie trösten musste. Die Tränen rollten ihr die Wangen hinunter, tropften auf das Kissen unter ihrem Kopf und durchtränkten den Stoff.

»Die Antwort lautet eigentlich: ›Weil seine Frau

gestorben ist.‹« Coach hielt inne, als würde er darauf warten, dass Harley den Witz verstand.

Es dauerte einen Moment, doch dann zog sie eine verächtliche Grimasse, lächelte gezwungen über den geschmacklosen Witz und gab ihm wortlos zu verstehen, dass der Groschen endlich gefallen war.

»Ja«, stimmte Coach mit derselben verlorenen Stimme zu, »vorpubertärer Jungenhumor. Ich war offensichtlich in der Masturbierphase, das ist die einzige Entschuldigung dafür, dass ich meiner kleinen Schwester diesen schrecklichen Witz erzählt habe. Doch Jenny hat ihn nicht verstanden. Sogar nachdem ich ihr in einer anderen Tonbandaufnahme die Antwort verraten habe. Sie sagte nur, dass es keinen Sinn machte, und verstand nicht, was eine Frau und eine Limonade oder aus einer Flasche zu trinken miteinander zu tun hatten. Dann hat sie einfach weitererzählt, was an diesem Tag auf dem Spielplatz in der Schule passiert ist.«

»Was ist mit ihr passiert, Coach?«, fragte Harley mit sanfter Stimme, als er erneut innehielt. Sie hätte ihm die ganze Nacht lang zugehört, doch sie erkannte, dass es wichtig war, dass er ihr erzählte, was mit Jenny passiert war.

»Gemeine Mädchen. Das ist passiert«, murmelte Coach, müde und traurig. Er hatte aufgehört zu weinen, doch Harley konnte immer noch die Feuchtigkeit seiner Tränen auf ihrer Schulter spüren. »Sie kam in die Mittelschule und die Mädchen, mit denen Jenny befreundet war, sind plötzlich auf sie losgegangen. Sagten, sie sei fett und hässlich. Machten sich lustig über sie. Brachten sie zum Stolpern und lachten, wenn sie ihre Bücher fallen ließ. Tratschten mit Jungs in der Schule über sie. Taten alles, was ihnen einfiel, um ein schüchternes, vertrauensseliges Mädchen zu provozieren.

Dann gingen sie zu weit. Eines Tages lag eine Notiz in ihrem Spind. Sie war angeblich von einem Jungen. Darauf stand, dass er sie mochte und besser kennenlernen wollte. Er schrieb, dass er schüchtern sei und deshalb vorerst seine Identität geheim halten wolle. Jenny hat es gefressen. Es gefiel ihr, dass sie einen geheimen Verehrer hatte.

Auf der Notiz stand, dass sie eine Antwort in einem bestimmten Buch in der Abteilung Geschichte in der Bibliothek hinterlassen sollte, wenn sie ihm zurückschreiben wollte. Er sagte, dass dieses Buch schon seit Ewigkeiten nicht mehr ausgeliehen worden und es deshalb ein sicheres Versteck wäre.«

Coach hielt einen Moment lang inne, bevor er fortfuhr. »Ich glaube, diese romantische Vorstellung hat sie so vereinnahmt, dass sie nicht darüber nachgedacht hat, was tatsächlich vor sich gehen könnte. Sie ließ sich einfach auf diesen Jungen ein, von dem sie dachte, dass er sie mochte. Sie erzählte ihm, wie traurig sie darüber war, dass die anderen Mädchen in der Schule sie nicht mochten und sie schikanierten.

Als sie mir von dem Jungen erzählt hat und wie sehr sie ihn mochte, habe ich sie gewarnt. Ich habe ihr gesagt, sie solle vorsichtig sein. Es hat mir das Herz gebrochen, als sie mir erklärte, dass er der einzige Freund wäre, den sie hatte.«

Harley holte Luft, da sie irgendwie spürte, was nun folgen würde. Sie wollte aus dem Bett springen und Coach bitten, nicht weiterzuerzählen, doch das tat sie nicht. Es würde nichts an dem ändern, was passiert war. Sie schwieg und ließ ihn die unglaublich traurige Geschichte zu Ende erzählen.

»Ja«, fuhr Coach fort, »Jenny fand heraus, dass sie ausgetrickst worden war, als sie hörte, wie die Mädchen beim Mittagessen über etwas lachten, das sie dem Jungen am

Abend zuvor erzählt hatte. Es wurde ihr zum ersten Mal bewusst, dass sie alles, was sie diesem Typen anvertraut hatte, in Wahrheit den Mädchen erzählt hatte, die sie schikanierten. Das hat sie kaputt gemacht. Ich habe ihr versichert, dass es keine Rolle spielte, dass alles wieder besser werden würde und sie es hinter sich lassen konnte, doch sie hat mir nicht geglaubt. Ihr Herz war gebrochen, sie fühlte sich gedemütigt und war am Boden zerstört.«

Harley streichelte beruhigend Coachs Arm. Sie wollte den Rest der Geschichte eigentlich nicht hören, doch sie wusste, dass Coach ihr alles erzählen musste.

»Eines Abends sagte ich zu ihr, dass ich in die Bibliothek gehen würde. Der nächste Tag war ein Schultag und ich wusste, dass sie mir nicht glaubte, doch ich zwinkerte ihr zu und sie zwinkerte zurück. Ich wusste, dass Jenny mich nicht verraten würde. Ich ging zu einem meiner Freunde nach Hause, um zu feiern. Ich habe nicht viel getrunken, denn ich wusste, dass ich nach Hause schleichen musste, doch es war ein lustiger Abend. Eine meiner besten und schlimmsten Erinnerungen an die Highschool. Am nächsten Morgen stand ich auf, um zur Schule zu gehen. Jenny und ich haben zusammen gefrühstückt. Sie schien besser gelaunt zu sein. Sie hat mit mir gelacht und ich habe ihr erzählt, wo ich am Vorabend tatsächlich gewesen war. Sie schien unbeschwerter und glücklicher zu sein, als ich sie seit langer Zeit gesehen hatte. Ich war so erleichtert.

Wir gingen zur Schule. Ich hatte damals schon mein eigenes Auto und Jenny fuhr immer noch mit dem Bus, doch an diesem Tag verpasste sie ihn. Nachdem sie mir zugewinkt hatte, als ich an der Bushaltestelle vorbeifuhr, kehrte sie wieder zurück, wartete, bis meine Eltern zur Arbeit gefahren waren und ging dann ins Haus. Sie öffnete jeden Schrank im Haus und sammelte so viele Pillen ein, wie sie finden konnte. Sie hat sie alle geschluckt, Harley. Jede verdammte Pille. Aspirin, Tylenol, Benadryl, Antibiotika, Tabletten gegen Übelkeit und sogar einige Schlaftabletten, die meine Mutter nahm, wenn sie schreckliche Kopfschmerzen hatte und schlafen wollte.«

Die Tränen rollten jetzt schneller Harleys Wangen hinunter. Sie konnte sie nicht aufhalten und weigerte sich, die Hände von Coach zu nehmen, um sie wegzuwischen. Seine Stimme klang weit entfernt, als würde er davon reden, wie man eine Straße überquert, anstatt über den Tod seiner kleinen Schwester.

»Ich kam zuerst von der Schule nach Hause, wie immer. Ich habe sie gefunden. Sie lag auf meinem Bett, hatte sich zu einem Ball zusammengerollt und umklammerte mein Kissen. Sie ist in *mein* Bett gekrochen, um zu sterben, Harley. Das verfolgt mich bis heute. Vielleicht tat sie das, weil sie sich dort sicher fühlte, vielleicht, weil sie sich bei mir entschuldigen wollte, ich habe keine Ahnung. Sie hat keine Nachricht hinterlassen, doch wir wussten alle, warum sie es getan hatte. Sie konnte es nicht ertragen, dass sie ausgetrickst worden war. Sie war schon ein paar Stunden tot gewesen, als ich nach Hause kam. Ihr Körper war kalt und steif. Aber ich kann dir versichern, sie sah friedlich aus. Ich hatte sie nie so entspannt gesehen. Zumindest seit langer Zeit nicht.«

»Es tut mir leid, Coach. Es tut mir so leid«, sagte Harley mit all der Liebe, die sie im Herzen spürte.

»Ja. Mir auch«, stimmte er traurig zu. Coach hatte sich nicht bewegt. Er hatte Harley noch fester umklammert, während er über Jennys Tod gesprochen hatte, als wäre sie die Einzige, die ihn verstehen konnte.

»Wir organisierten eine Trauerfeier für sie an der Highschool«, fuhr er fort. »Es gab nur Stehplätze. Viele Leute haben bezeugt, was für ein toller Mensch Jenny gewesen war. Welch großes Potenzial sie gehabt hatte. Dass sie großartige Dinge hätte vollbringen können ... und all solchen Mist. Aber sie war erst dreizehn, Harley. *Dreizehn*. Sie hatte ihr ganzes Leben vor sich, doch niemand konnte wissen, was sie getan hätte, niemand konnte wissen, ob sie erfolgreich gewesen wäre. Solche Dinge sagen die Leute einfach, wenn ein Kind stirbt. Vielleicht wäre sie Präsidentin geworden, vielleicht aber auch obdachlos und drogensüchtig, vielleicht hätte sie ihr Leben lang in einem Fast Food-Restaurant gearbeitet oder einen aussichtslosen Job in einer Fabrik gehabt. Doch was auch immer aus ihr geworden wäre, es hätte keine Rolle gespielt. Sie war Jenny. Meine kleine Schwester. Ich dachte, sie würde immer da sein.«

Was Coach als Nächstes sagte, erklärte, warum er an diesem Tag nach dem Mittagessen verschwunden war.

»Das Schlimmste an dieser Trauerfeier war, dass ich die Mädchen sah, die sie schikaniert hatten, als ich gegangen bin. Sie waren der Grund, warum sie an diesem Tag zusammengerollt in meinem Zimmer auf dem Bett gestorben war. Sie nahmen an ihrer verdammten Trauerfeier teil, als wären sie ihre Freundinnen gewesen. Jenny hatte sich das Leben genommen wegen dem, was *sie* ihr angetan hatten. Es war einfach zu viel. Ich bin ausgerastet. Ich habe sie angeschrien und ihnen gesagt, dass sie sie umgebracht hätten. Dass sie an allem schuld wären. Ich wurde ziemlich schnell aus der Aula abgeführt, doch ich konnte sehen, wie verwirrt sie waren. Sie hatten absolut keine Ahnung, dass sie etwas falsch gemacht hatten. Absolut keine. Sie hatten meine kleine Schwester getötet und hatten es nicht einmal gemerkt.«

Coach atmete tief durch und kam endlich auf das zurück, was im Restaurant mit den Teenagern passiert war.

»Ich werde Schikane niemals billigen. *Niemals*. Als ich heute diese Mädchen gehört habe, kam alles wieder hoch. Ich habe erkannt, dass Jenny nur *eine* einzige Freundin gebraucht hätte. Nur *eine* einzige Person, die sich für sie eingesetzt hätte. *Eine* einzige Person, die sich zwischen sie und diese Schnepfen gestellt hätte. Das ist genau das, was ich heute getan habe. Ich bereue nicht, was ich gesagt habe«, betonte er streitlustig.

»Das solltest du auch nicht«, beteuerte Harley, während sie schniefte. »Sie haben jedes Wort verdient. Ich bin stolz auf dich, Coach. Und ich liebe dich. Ich weiß, dass ich das schon gesagt habe, aber ich werde es noch einmal sagen. Ich liebe dich. Du bist genau der Typ Mann, mit dem ich zusammen sein möchte. Du bist knallhart, hast aber auch ein weiches Herz. Ich glaube nicht, dass ich jemals einen Mann getroffen habe, der so viel Tiefe hat wie du.«

Harley hielt einen Moment inne und überlegte, was sie als Nächstes sagen wollte und ob sie überhaupt schon etwas sagen sollte, doch dann biss sie sich auf die Lippe und fuhr fort, denn sie wollte ihm etwas klarmachen. »Ich bin nicht wie deine Schwester. Ich wurde zwar gehänselt, als ich jünger war, und es gab Zeiten, in denen ich mir verzweifelt wünschte, eine Freundin zu haben, die mit mir zu Mittag aß und mit mir lachte, während die gemeinen Mädchen in der Schule sich über mich lustig machten, aber ich habe kein einziges Mal daran gedacht, mir das Leben zu nehmen.«

»Das weiß ich«, stimmte Coach sofort zu und wollte ihr zeigen, dass er sie gut genug kannte, um zu verstehen, was sie meinte. »Du bist viel härter im Nehmen, als Jenny es je war. Du ignorierst Leute, die dich schlecht behandeln. Du lebst dein Leben auf deine Art und du weißt gar nicht, wie viel mir das bedeutet.« Schließlich hob Coach den Kopf und schaute Harley an.

Seine Augen waren blutunterlaufen und sie konnte die Spuren der Tränen auf seinen Wangen sehen, doch er kam nicht ins Stocken, während er ganz offen sprach. »Ich werde dich immer beschützen, Harley. Vor bösen Mädchen, Vögeln, die durch die Luft fliegen, oder wer auch immer es auf dich abgesehen haben könnte. Doch es fühlt sich gut an zu wissen, dass ich dich gar nicht zu beschützen *brauche*. Ich glaube nicht, dass ich es ertragen könnte, wenn du dich immer auf mich verlassen würdest. So sehr es mir auch am Herzen liegt, es macht mich stolz, dass du nicht willst, dass ich die Autotür für dich öffne. Dass du auf dich aufpassen kannst. Ich würde lieber sterben, als zu wissen, dass du dich verletzt hast, weil ich versagt habe, Harley.«

»Oh, Coach. Du wirst nicht versagen. Ich bin stark und zu alt, um mir Gedanken darüber zu machen, was andere über mich sagen. Scheiß auf sie. Ich bin erfolgreich, liebe meine Arbeit, habe großartige Geschwister, und obwohl es mich traurig macht, dass meine Eltern all die tollen Dinge, die ich kreiert habe, nicht sehen können, habe ich mich mit allem abgefunden, was in meinem Leben passiert ist.« Sie holte Luft und fuhr fort.

»Es hat lange gedauert, bis ich verstanden habe, dass nichts auf dieser Welt zufällig geschieht. Nichts. Ich bin absolut überzeugt davon, dass ich dich nie getroffen hätte, wenn meine Eltern nicht bei diesem Unfall gestorben wären. Das eine scheint mit dem anderen auf den ersten Blick nichts zu tun zu haben, doch jede Entscheidung, die ich danach getroffen habe, hat mich hierhergeführt. Meine Schulausbildung, mein Job, sogar dass ich in diesem Fallschirmspringclub war, als du für deinen Freund eingesprungen bist, kam wegen des Todes meiner Eltern zustande. Ich weiß, dass manche Leute denken, dass das eine seltsame Weise ist, das Leben zu betrachten, doch in meinem Herzen weiß ich, dass sie mich zu dir geführt haben. Coach, die einzige Person, der ich gefallen will, bist du. Es wäre mir egal, wenn deine Freunde mich plötzlich nicht mehr mögen würden, solange ich dich habe.«

Ein Lächeln breitete sich auf Coachs Gesicht aus, als er das hörte. »Ich glaube nicht, dass du dir deshalb Gedanken machen musst. Annie nennt dich schon Tante Harley. Rayne und Mary haben damit gedroht, mir die Eier abzuschneiden, wenn ich dich nicht mit ihnen ausgehen lasse. Und ich habe Hollywood neulich angerempelt, weil er dich etwas zu lange angeschaut hat, als du dich gebückt hast, um Annie zu umarmen, und man dir in den Ausschnitt schauen konnte. Du musst dir keine Sorgen machen, dass meine Freunde dich nicht mögen könnten.«

Zum ersten Mal, seit er ins Bett gekrochen war, bewegte sich Coach, drehte sich abrupt auf den Rücken und zog Harley mit sich, bis sie flach auf ihm lag. Er spreizte die Beine und ließ ihre dazwischen sinken, sodass sie sich näher waren als zuvor.

Sie spürte, wie er sie mit den Händen, die auf ihrem Kreuz lagen, an sich drückte. Harley konnte fühlen, wie sein Schwanz hart wurde, doch es waren seine Worte, die sie erstarren ließen.

»Du denkst also nicht schlecht von mir?«

Harley wusste genau, wovon er sprach, und wischte mit den Fingerspitzen die letzten Spuren seiner Tränen weg. »Überhaupt nicht. Ich hätte es seltsam gefunden, wenn du *nicht* geweint hättest.«

Er sagte nichts, doch Harley sah, wie sich seine Gesichtszüge entspannten. Er hatte sich wirklich Sorgen gemacht, dass sie ihn in einem anderen Licht sehen würde, weil er geweint hatte, während er über seine Schwester sprach. Sie neigte den Kopf und küsste ihn sanft auf beide

Wangen. Sie wollte ihm zeigen, dass sich an ihren Gefühlen für ihn nichts geändert hatte.

»Ich liebe dich, Harley. Ich habe mich wie ein Arsch benommen und dir das nie gesagt. Es tut mir leid. Doch eins musst du wissen – von jetzt an wird kein Tag mehr vergehen, an dem du diese Worte nicht von mir hören wirst. Die einzige Ausnahme wird sein, wenn ich zu einem Einsatz in Übersee gerufen werde, doch ich verspreche, dass ich es wiedergutmachen werde, sobald ich zu Hause bin.

Mir gefällt, dass du dich so in deine Arbeit vertiefen kannst, dass du gar nicht hörst, wenn ich mich von hinten anschleiche. Gleichzeitig macht mir das aber auch Angst, denn wenn ich mich unbemerkt anschleichen kann, könnte das auch jemand anderes tun. Ich mag, dass du kein Make-up trägst. Ich muss mir keine Sorgen über Lippenstiftspuren machen, wenn ich dich küsse, und ich kann dich ins Haus tragen und mich mit dir vergnügen, ohne dass du aus dem Bett springen musst, um dich abzuschminken, damit du keine Pickel bekommst. Ich mag deine Klamotten. Du trägst gern bequeme Kleidung, was bedeutet, dass du die meiste Zeit keinen BH trägst und deine Hosen einen Gummizug haben. So kann ich dich leicht ausziehen.«

»Perversling.« Harley lächelte ihn an und war froh darüber, dass er wieder er selbst zu sein schien.

»Genau«, stimmte er unbekümmert zu, offensichtlich schien er nicht im Geringsten beleidigt zu sein. »Aber vor allem mag ich, was du da oben hast.« Coach klopfte mit dem Finger an ihre Schläfe und zeichnete dann ihre Augenbraue nach. »Du bist klug, witzig, mitfühlend und irgendwie hat jemand dafür gesorgt, dass du in meinem Leben auftauchst. Ich habe von Ghost gelernt. Er war ein Idiot und hat Rayne gehen lassen. Sie haben nur durch die Gnade Gottes eine zweite Chance erhalten. Ich wollte dich auf keinen Fall mehr gehen lassen, nachdem ich dich getroffen hatte.«

»Ich liebe dich auch, Coach.«

Sie schauten sich einen Moment lang an, dann fragte Coach mit ruhiger Stimme: »Würde es dir etwas ausmachen, mich manchmal Johnny zu nennen? Es ist nur ... jetzt, wo ich über Jenny gesprochen habe, scheint es richtig zu sein, dass du mich bei meinem richtigen Namen nennst, so wie sie es getan hat.«

Harley spürte, wie ihr Kinn zitterte und die verdammten Tränen, die sie nur Momente vorher zurückgehalten hatte, ihr wieder in die Augen schossen. Sie liebte diesen Mann so sehr und würde alles für ihn tun. »Ich liebe dich, Johnny. Ich hatte keine Ahnung, dass ich jemals einen Mann wie dich wollen oder brauchen würde. Ich habe nur dein Äußeres gesehen und mir nicht die Mühe gemacht, den Mann dahinter zu betrachten. Ich dachte, du wärst oberflächlich und würdest nur einen großen Computerfreak in mir sehen. Und jetzt sagst du besser etwas, das mich zum Lachen bringt. Ich habe es satt zu weinen.«

Coach schmunzelte und küsste sie auf die Stirn, bevor er sie in die Arme zog. Obwohl Harley spürte, dass er steif war, wusste sie irgendwie, dass er nicht mit ihr schlafen würde. Sie fühlten sich zu behaglich miteinander und er war momentan zu ... verletzlich ... dafür.

»Solange du Freudentränen weinst, ist es in Ordnung. Es sind die anderen, die ich nicht ertragen kann.«

»Ich weiß.« Harley schniefte ein paarmal, atmete dann aber auf, nachdem sie sich wieder gefangen hatte. »Darf ich Rayne und Emily diesen Witz erzählen?«

Sie spürte, wie Coachs Lippen sich zu einem Lachen verzogen. »Solange du mich nur Johnny nennst, wenn wir alleine sind, kannst du machen, was du willst. Wenn die

Jungs meinen Vornamen herausfinden, werde ich dich bestrafen müssen.«

»Abgemacht.« Harley wusste, dass er scherzte. Er würde ihr kein Haar krümmen. Das stand außer Frage.

»Aber nicht, wenn Annie da ist«, warnte Coach sie.

»Natürlich nicht. Sie würde ihn sowieso nicht verstehen«, sagte Harley mit schläfriger Stimme.

»Du darfst sie nicht unterschätzen. Sie ist klüger als jede Erstklässlerin, die ich je getroffen habe.«

»Vielleicht sollte ich ihr beibringen, wie man codiert.«

»Vielleicht solltest du das«, stimmte Coach zu.

Zehn Minuten später rutschte Harley von Coach herunter und nahm eine Position ein, die für beide bequemer war. Sie legte die Hand auf sein Herz und den Kopf auf seine Schulter, genauso wie er es zuvor getan hatte. »Danke, dass du zurückgekommen bist. Ich habe mir Sorgen um dich gemacht.«

»Ich weiß. Deshalb bin ich zurückgekehrt. Ich würde mir eher das Herz aus der Brust reißen als zuzulassen, dass du dir unnötig Sorgen um mich machst.«

»Du kannst dir immer so viel Raum und Zeit nehmen, wie du brauchst, solange du zu mir zurückkehrst.«

»Werde ich machen. Versprochen.«

»Ich liebe dich, Johnny.«

»Ich liebe dich auch, Harley.«

KAPITEL ZWANZIG

Harley stöhnte, als sie von einem Piepton aufgeweckt wurde. Sie hob den Kopf und schaute mit verschlafenen Augen auf die Uhr. »Was zum Teufel ist das?«

»Tut mir leid, Harl, das ist mein Wecker«, sagte Coach, nachdem er das nervende Piepen seines Telefons ausgeschaltet hatte.

»Du meine Güte, es ist fünf Uhr dreißig. Wir haben erst ein paar Stunden geschlafen. Wo gehst du hin?«

»Zur Arbeit. Ich muss zum Training.«

»Verrückt. Ernsthaft. Los. Geh schon. Ich werde erst in etwa sechs Stunden aufstehen«, murmelte Harley verschlafen.

Coach lachte, küsste Harley auf die Stirn und schwang die Beine aus dem Bett. »Du bist definitiv kein Morgenmensch«, bemerkte er unnötigerweise.

»Hmpf.«

»Ich rufe dich später an. Vielleicht können wir zusammen zu Mittag essen.«

»Wenn ich bis dahin aufgestanden bin«, lallte Harley

und war offensichtlich kurz davor, ins Land der Träume zurückzukehren.

»Okay. Ich liebe dich, Harley.«

»Ich liebe dich auch, Johnny.«

Coach stand neben Harleys Bett, trug nur seine Unterhose und fühlte sich glücklicher als je zuvor. Er hätte nie erwartet, dass er dadurch, dass er Tommy einen Gefallen tat, die Frau finden würde, die wie für ihn geschaffen war.

Es hatte Zeiten gegeben, in denen Coach gedacht hatte, er könnte nie wieder glücklich sein. Der Tod seiner Schwester hatte ihm das Herz gebrochen, doch irgendwie hatte Harley es in den letzten Monaten geschafft, es wieder zu heilen. Sie hatte am Vorabend alles richtig gemacht. Sie hatte ihn von Jenny erzählen lassen und nicht gefragt, wo er gewesen war und was er getan hatte. Sie war nicht ausgeflippt, als er den bösen Mädchen aus der Highschool die Meinung gesagt hatte. Sie war ruhig geblieben und hatte ihn die Geschichte auf seine Art erzählen lassen. Er fühlte sich, als wäre ihm ein Stein vom Herzen gefallen.

Während er Harley erzählte, was mit Jenny geschehen war, hatte er erkannt, dass er seiner Schwester endlich verziehen hatte. Ihr Tod hatte ihn lange verfolgt, doch Harley hatte ihm dabei geholfen, aus dem dunklen Loch hervorzukriechen, in das er sich zurückgezogen hatte.

Und nicht nur das, sie hatte auch absolut recht. Er hätte Jenny niemals den Tod gewünscht, doch als direkte Folge davon, dass sie sich das Leben genommen hatte, war er der Armee beigetreten. Aufgrund dessen, was sie getan hatte, war er heute dort, wo er war. Er hatte keine Ahnung, was aus ihm geworden wäre, wenn sie sich nicht das Leben genommen hätte. Auf Umwegen hatte er wegen Jenny *Harley* kennengelernt.

Es war eine tolle Art, das Leben zu betrachten, und es überraschte ihn nicht, dass Harley das erkannt hatte. Wenn ihm jemand zu Highschool-Zeiten gesagt hätte, dass er aufgrund von Jennys Tod irgendwann die richtige Frau treffen würde, hätte er ihn verdroschen. Doch die Zeit, die er weinend in Harleys Armen verbracht hatte, hatte es ihm deutlich gemacht.

Coach musste an seinen Freund Fish denken. Er fragte sich, in welche Richtung sich das Leben des Mannes nun entwickeln würde, nach allem, was im Nahen Osten passiert war, und nachdem er einen Teil seines Armes verloren hatte. Er wünschte sich für ihn, dass es gut werden würde, dass er auch die Frau seines Lebens treffen würde und nicht obdachlos und betrunken im Straßengraben landete.

Dass Harley seinen richtigen Vornamen so mühelos aussprach, bedeutete ihm viel. Vor allem, weil sie die meiste Zeit im Halbschlaf gewesen war. Das war der letzte Schritt, den er brauchte, um sich mit Harley verbunden zu fühlen und die bitteren Gefühle loszulassen, die er wegen Jennys Tod hatte. Er schickte ein kurzes Gebet an seine kleine Schwester.

Danke, dass du mir Harley geschickt hast, Jenny. Ich vermisse dich so sehr, doch jetzt habe ich Frieden geschlossen. Ich liebe dich.

Er hatte seine Vergangenheit nicht gern vor Harley geheim gehalten und er fühlte sich, als wäre ihm eine riesige Last von den Schultern genommen worden. Coach liebte Harley so sehr, wie er noch nie jemanden geliebt hatte.

Es war ... mehr.

Allumfassend.

Heilend.

Perfekt.

Coach beugte sich noch einmal über Harley und küsste

sie leicht auf die Lippen, bevor er vom Bett wegtrat und seine Kleider einsammelte. Er musste zurück zu seiner Wohnung eilen und sich seine Trainingskleidung schnappen, bevor er zum Stützpunkt ging. Es blieb gerade noch genügend Zeit dafür.

Da sie noch keine Schlüssel ausgetauscht hatten, konnte Coach ihre Tür nicht abschließen. Er verriegelte sie von innen, zog sie hinter sich ins Schloss und drehte den Knauf, um zu testen, ob sie auch wirklich zu war.

Coach hatte ein Lächeln auf dem Gesicht, als er nach Hause fuhr, und fühlte sich leichter, als er sich seit Jahren gefühlt hatte.

Selbst Stunden später, als er und seine Teamkollegen sich beim Training verausgabten, konnte er nicht anders als zu grinsen. Das Leben war schön.

Coach runzelte die Stirn, während er sich zum vierten Mal an diesem Tag das Handy ans Ohr hielt.

»Kannst du sie immer noch nicht erreichen?«, fragte Coach besorgt.

Coach tippte auf die Schaltfläche, um den Anruf zu beenden, und machte sich nicht die Mühe, eine weitere Nachricht zu hinterlassen. »Nein. Jetzt geht der Anruf direkt zur Voicemail.«

»Sie ist wahrscheinlich in ihre Arbeit vertieft. Du hast doch gesagt, dass sie das oft tut. Dass sie nicht mal eine Atombombe ablenken könnte, sobald sie an einem Projekt arbeitet.«

Coach nickte verwirrt. »Ja, aber das fühlt sich anders an. Wir ... verdammt, Mann, wir hatten gestern einen tiefgründigen Abend. Ich weiß, das klingt schmalzig, aber es ist wahr. Ich … habe ihr von meiner Vergangenheit erzählt und es war ganz schön intensiv. Sie hat zwar letzte Nacht nicht viel geschlafen, aber mittlerweile ist es zwei Uhr nachmittags, sie müsste längst wach sein. Außerdem habe ich ihr gesagt, dass ich sie wegen des Mittagessens anrufen würde.«

»Fahr zu ihr«, befahl Hollywood sofort. »Ich werde mit Ghost reden und ihm sagen, wo du hingegangen bist. Du wirst dich sowieso nicht konzentrieren können, bevor du nicht mit eigenen Augen gesehen hast, dass es ihr gut geht.«

»Bist du sicher?«

»Natürlich. Geh schon. Und ruf mich später an.«

»Danke, Hollywood, werde ich machen.«

Coach zögerte nicht. Er kämpfte schon seit mindestens zwei Stunden gegen den Drang an, zu Harleys Haus zu fahren, um zu sehen, ob alles in Ordnung war. Während er zu seinem Fahrzeug ging, überprüfte er noch einmal, ob sie eine SMS geschrieben hatte. Nichts.

Er sah nur die Nachrichten, die er ihr geschickt hatte, doch sie hatte nicht geantwortet.

Hey, Harl. Bist du schon wach? Treffen wir uns zum Mittagessen?

Steh auf, Schlafmütze! Mittagessen um zwölf Uhr dreißig?

Ich mache mir langsam Sorgen. Bitte schick mir eine SMS.

Er hatte angefangen, sie anzurufen, nachdem sie auf die dritte SMS nicht geantwortet hatte. Nach dem ersten Anruf wurden die folgenden direkt zur Voicemail umgeleitet, als wäre das Telefon ausgeschaltet oder die Batterie leer. Coach nahm nicht an, dass das der Fall war, Harley sorgte immer dafür, dass es aufgeladen war. Er konnte sich nicht vorstellen, warum sie es ausschalten würde, es sei denn, sie wollte sich auf die Arbeit konzentrieren, ohne abgelenkt zu werden.

Doch das schien unwahrscheinlich zu sein. Er kannte

Harley. Er wusste, dass sie ihr Handy nicht ausschalten würde, besonders nach dem letzten Abend. Es war immer eingeschaltet und sie hatte es immer bei sich, nur für den Fall, dass ihr Bruder oder ihre Schwester – oder er – sie anrufen wollte. Nicht nur das, sie war am Boden zerstört gewesen, als sie erfahren hatte, was mit Jenny passiert war. Sie würde das nicht tun, besonders nicht, da sie sich zum Mittagessen verabredet hatten.

Coach machte sich den ganzen Weg zu ihrem Haus Sorgen und runzelte die Stirn, als er ihren rostenden Ford Focus nicht auf dem Parkplatz sah. Er hatte Fletch gebeten, sich ihr Auto anzusehen, doch der war noch nicht dazu gekommen, da dauernd Einsätze und Sonstiges dazwischengekommen waren.

Coach ging zu Harleys Haus und klopfte laut an die Tür. Keine Antwort. In diesem Moment wünschte er sich nichts sehnlicher, als einen Schlüssel zu ihrer Haustür zu haben. Das würde er als Erstes tun, wenn er sie wiedersah; Schlüssel mit ihr tauschen, damit er im Notfall in ihr Haus konnte, um nach ihr zu sehen. Er klopfte erneut. Immer noch keine Antwort.

Gretel, die ältere Frau, die nebenan wohnte, öffnete ihre Haustür. »Sie ist nicht da.«

»Wissen Sie, wann sie weggefahren ist?« Coach machte sich nicht die Mühe, Höflichkeiten auszutauschen.

»Nein. Als ich heute Morgen aufgewacht bin, war ihr Auto schon weg. Ich habe nichts gehört oder gesehen.« Sie klopfte an ihr Ohr. »Mein Gehör ist nicht mehr das, was es einmal war.«

»Denken Sie, dass Henry gehört haben könnte, wie sie weggefahren ist?«, fragte Coach, schaute in Richtung des Hauses auf der anderen Seite von Harleys, dann wieder zu Gretel.

Unerwarteterweise tauchte der Kopf des älteren Mannes plötzlich hinter ihr auf. »Tut mir leid, junger Mann, wir waren beschäftigt und haben nichts gehört.«

Gretel errötete und schlug Henry leicht auf die Schulter. »Henry!«

Coach grinste, obwohl er gestresst war. Schön für die beiden. Es war langsam Zeit geworden, dass sie sich endlich näherkamen. So wie Harley ihm erzählt hatte, hatten sie schon lange ein Auge aufeinander geworfen. Harley würde sich freuen zu hören, dass sie endlich zusammen waren.

»Vielen Dank für Ihre Hilfe. Wenn Sie sie sehen, würden Sie ihr bitte ausrichten, dass sie Coach anrufen soll? Ich habe versucht, sie zu erreichen. Sie geht nicht ans Telefon.«

Henry winkte ab. »Ach, Sie wissen doch, wie diese jungen Leute sind. Vergessen dauernd zurückzurufen. Ich bin mir sicher, dass sie sich bald melden wird.«

Coach nickte, stimmte jedoch nicht zu. Harley hatte bisher immer zurückgerufen, wenn sie seine Anrufe verpasst hatte. Jedes Mal. Das flaue Gefühl in seiner Magengrube wurde stärker.

Coach saß in seinem Auto vor ihrem Haus und trommelte mit den Fingern auf das Lenkrad. Er wusste nicht, was er als Nächstes tun sollte. Ja, sie waren zusammen, aber sie war auch eine unabhängige Frau. Darüber hatten sie am Vorabend sogar noch gesprochen. Sie hatten beide ihr eigenes Leben und würden sich nicht über jede Sekunde Rechenschaft ablegen.

Doch Coach machte sich Sorgen um sie.

Er hielt das nicht für normal.

Erst letzte Nacht, heute Morgen, hatte er versprochen, sie zu beschützen, und er hatte das seltsame Gefühl, dass sie ihn jetzt brauchte.

Coach zog sein Handy hervor und wählte zuerst Raynes Nummer.

»Hey, Coach, was gibt's?«

»Hast du heute Morgen mit Harley gesprochen?«

»Dir auch einen guten Morgen, Brummbär«, neckte ihn Rayne.

»Hast du?«

Sie hörte den besorgten Unterton in seiner Stimme und antwortete schnell: »Nein. Zuletzt habe ich gestern im Restaurant mit ihr geredet, als ihr gegangen seid.«

»Okay, danke.«

»Warte! Coach, ist alles in Ordnung?«

»Ich weiß nicht, ich glaube nicht.«

»Sagst du mir Bescheid, wenn sie sich meldet? Jetzt mache ich mir Sorgen.«

»Klar. Ich muss Schluss machen.«

»Okay, bis später, Coach.«

Er legte auf, ohne Auf Wiedersehen zu sagen, und wählte Emilys Nummer.

»Hallo, hier ist Emily.«

»Hey, Em. Hier ist Coach. Hast du heute Morgen mit Harley gesprochen?«

»Heute? Nein. Ich habe sie neulich angerufen, um zu plaudern, und wir wollten uns abends mal mit Rayne und Mary treffen. Wir wollten auch Kleider für den Armeeball zusammen kaufen, haben aber noch kein Datum festgelegt. Warum?«

»Ich kann sie nicht erreichen.«

»Oh, es ist sicher alles in Ordnung.«

»Ja. Kannst du mir Bescheid sagen, wenn du von ihr hörst?«

»Klar. Soll ich Fletch anrufen?«

»Nein, ich treffe mich bald mit ihm.«

»Okay, wir sprechen uns später, Coach.«

»Bis dann.«

Coach beendete den Anruf und wählte sofort Montesas Nummer. Es ging vermutlich etwas zu weit, dass er ihre Schwester anrief, die er nur einmal getroffen hatte, doch das Training, das er gerade gehabt hatte, hatte ihn auf Hochtouren gebracht. Die Nackenhaare standen ihm zu Berge und er hatte genau das gleiche Gefühl im Magen wie damals, als sie in Afghanistan in einen Hinterhalt geraten waren. Glücklicherweise hatte Ghost sofort reagiert, nachdem Coach seine Bedenken geäußert hatte, und sie hatten es gerade noch geschafft, aus der brenzligen Situation zu entkommen.

»Hallo?«

»Montesa?«

»Ja, wer spricht da?«

»Hier ist Coach, Harleys Freund.«

»Oh, hallo Coach. Ist alles in Ordnung?«

»Ich weiß nicht. Hast du heute etwas von Harley gehört?«

»Nein. Sie hat mich gestern angerufen und war verärgert darüber, dass sie *dich* nicht erreichen konnte. Was ist los? Hat sie dich gefunden?«

»Ja, ich musste gestern ein paar Dinge verarbeiten, bin dann aber zu ihr gefahren und wir haben uns ausgesprochen. Es ist alles im Reinen zwischen uns, ich kann sie jetzt nur nicht erreichen. Sie sollte sich zum Mittagessen mit mir treffen.«

»Sie ist wahrscheinlich einfach nur in ihren Code vertieft.«

Coach biss die Zähne zusammen. Wenn er das noch ein weiteres Mal hörte, würde er ausrasten. »Ich bin bei ihr zu Hause. Ihr Auto ist nicht da und sie geht nicht an die Tür.«

»Oh.«

»Ich habe sie angerufen und mehrere SMS geschrieben, aber sie antwortet nicht.«

»Lass mich sehen, ob ich sie erreichen kann.«

»Dafür wäre ich dir sehr dankbar. Sagst du mir Bescheid, wenn du Erfolg hast?«

»Natürlich.«

»Danke. Ich liebe sie, Montesa.« Coach wusste nicht genau, warum er den Drang hatte, Harleys Schwester seine Gefühle für sie mitzuteilen, doch es fühlte sich richtig an. »Ich weiß das schon eine Weile, aber es ist mir wichtig, dass du als ihre ältere Schwester weißt, dass ich alles in meiner Macht Stehende tun werde, um sie zu beschützen.«

Es war still am anderen Ende. Schließlich sagte Montesa: »Gut. Denn sie bedeutet mir alles. Sie braucht jemanden wie dich, der für sie einsteht und sie ab und zu dazu zwingt, das Haus zu verlassen.«

»Du rufst mich zurück, sobald du von ihr hörst, oder?«

»Ja.«

»Danke. Bis dann.«

Coach beendete auch diesen Anruf, ohne darauf zu warten, dass sie sich verabschiedete. Er wählte sofort Davidsons Nummer. Er forderte jetzt wirklich sein Glück heraus, doch er würde erst ruhen, wenn er Harley gefunden hatte.

»Ja.«

»Hier ist Coach, Harleys Freund. Hast du heute etwas von Harley gehört? Ich kann sie nicht finden und mache mir Sorgen.«

»Nein. Wir telefonieren nicht jeden Tag. Ich habe letzte Woche zum letzten Mal mit ihr gesprochen.«

»Verdammt. Okay, aber *falls* sie sich meldet, sagst du mir Bescheid?«

»Was ist denn los? Habt ihr euch gestritten?«

»Nein. Ich kann ... sie ist einfach verschwunden.« Als Coach diese Worte zum ersten Mal laut aussprach, schmeckten sie wie Säure in seinem Mund. »Ich weiß nicht, wo sie ist.«

»Verdammt. Okay, ich werde sie auf dem Handy anrufen und sehen, ob ich sie erreichen kann.«

»Meine Anrufe werden direkt auf die Voicemail umgeleitet«, sagte Coach zu Davidson.

»Dann werde ich bei ihr zu Hause vorbeifahren.«

»Ich *bin* bei ihr zu Hause. Sie ist nicht hier. Schau, ich will sie nicht in Verlegenheit bringen, wenn sie nur ein paar Besorgungen macht, aber ich habe ein schlechtes Gefühl. Ich werde in der Gegend herumfahren und sehen, ob ich ihr Auto finden kann.«

»Gute Idee. Das werde ich auch tun. Hast du Montesa angerufen?«

»Ja, gerade eben. Ich habe ihr nicht gesagt, dass sie verschwunden ist, aber ich bin sicher, dass sie sich Sorgen macht.«

»Gute Entscheidung. Sie *wird* sich Sorgen machen, aber sie wird nichts unternehmen, bis wir mehr wissen. Ich rufe dich später an, damit wir uns austauschen können.«

»Danke, Davidson.«

»Sie ist meine Schwester. Ist doch klar, dass ich helfe.«

Coach wusste *genau*, wie der andere Mann sich fühlte. »Bis dann.«

»Bis dann.«

Coach saß einen Moment lang in seinem Auto und wusste nicht, wen er als Nächstes anrufen sollte. Schließlich wählte er eine weitere Nummer.

»Hast du sie gefunden?«

»Nein. Ghost, ich brauche deine Hilfe. Und die des Teams. Und vielleicht die dieses mysteriösen Computerfreaks, den du kennst. Ich kann sie nirgends finden. Das Auto ist weg und sie ist nicht zu Hause. Die Nachbarn haben sie nicht wegfahren sehen und sie hat weder ihren Bruder noch ihre Schwester noch Emily oder Rayne angerufen. Irgendetwas stimmt nicht.«

»Wie damals in Afghanistan?« Ghost hatte ein Talent dafür, immer genau die richtigen Fragen zu stellen.

»Ja.«

»Wir sind dran«, sagte Ghost sofort zu seinem Freund und Teamkollegen, ohne nach weiteren Informationen zu fragen. »Wir treffen uns bei dir zu Hause. Wir schmieden einen Plan und sehen, ob wir eine Art Rastersuche durchführen können. Ich werde Rock anrufen und ihn fragen, ob er uns helfen kann.«

»Rock? Der Scharfschütze, der jetzt in San Antonio arbeitet?«

»Ja. Er hat uns bei der Sache mit diesem Arschloch Jacks geholfen, der Emily und Annie entführt hatte. Da er Polizist ist, kann er sein Team anweisen, nach ihrem Auto Ausschau zu halten.«

Coach schluckte die Galle herunter, die ihm in die Kehle schoss. »Denkst du, dass das wirklich notwendig ist?«

»Ja. Und ich denke, du weißt auch warum. Coach, falls ihr Wagen gestohlen, sie entführt wurde oder sogar einen Unfall hatte, ist das Auto der Schlüssel.«

»Ich muss alle Krankenhäuser und die örtliche Polizei anrufen«, sagte Coach und erkannte, dass er das noch nicht getan hatte. Der Gedanke daran, dass Harley sich in den Händen eines Verrückten befinden könnte, war mehr, als er im Moment verarbeiten konnte.

»Okay, mach das, ich rufe Rock an und bitte ihn um seine Meinung. Ich werde so schnell wie möglich zu dir nach Hause kommen, Coach. Wir kümmern uns darum. Wir werden sie finden.«

»Danke, Ghost.«

»Du brauchst dich nicht zu bedanken, Mann. Sie ist eine von uns. Wir halten zusammen.«

Coach beendete den Anruf und legte verzweifelt einen Moment lang den Kopf aufs Lenkrad. Dann riss er sich zusammen und suchte nach der Nummer des örtlichen Krankenhauses.

Harley war irgendwo da draußen und er würde sie finden. Vielleicht machte sie nur ein paar Besorgungen und seine Sorge war unbegründet.

Doch er nahm nicht an, dass das der Fall war.

Nein, er *wusste*, dass das nicht der Fall war.

»Halte durch, Harley. Ich komme«, flüsterte Coach, während er darauf wartete, dass jemand im Krankenhaus ans Telefon ging.

KAPITEL EINUNDZWANZIG

Sechzehn Stunden vermisst

»Wir haben die ganze Stadt abgesucht, ihr Auto ist nirgends zu finden«, sagte Beatle frustriert, fuhr sich mit der Hand übers Haar und schritt vor dem Sofa in Coachs Wohnung umher.

»Ich habe mich in den schummrigen Bars rund um den Stützpunkt umgehört«, erzählte Truck seinen Teamkollegen. »Habe gesagt, dass wir nach einer vermissten Frau suchen und unter der Hand bezahlen würden, ohne irgendwelche Fragen zu stellen, wenn jemand Informationen hat.« Alle nickten. Wenn jemand damit Erfolg haben könnte, war es Truck. Dank seiner Narbe und seiner beeindruckenden Größe konnte er sich leicht unter die Barbesucher mischen. Niemand würde es wagen, irgendwelche Spielchen mit ihm zu treiben. Sogar die härtesten Typen respektierten ihn.

»Davidson hat vor einer Weile angerufen und gesagt, er hätte auch kein Glück gehabt. Er hat heute Abend wieder nach ihrem Auto gesucht«, sagte Hollywood zu der Gruppe.

»Was ist mit Tex?«, fragte Coach Ghost. »Hat er irgendwelche Vorschläge gemacht?«

»Nein. Ich konnte ihn nicht erreichen. Anscheinend steht seine Frau kurz vor der Geburt und er ist nicht verfügbar.«

»Verdammt!«, knurrte Blade frustriert. »Was ist mit Tigers Freundin? Dem Computerfreak in San Antonio?«

»Habe sie noch nicht gefragt«, antwortete Ghost ruhig. Er war die Ausbrüche und den Frust seines Teams gewohnt. Er war offensichtlich genauso enttäuscht wie sie, doch als Teamleiter hatte er sich besser unter Kontrolle. Penelope Turner anzurufen stand auf seiner Aufgabenliste, doch er war noch nicht dazu gekommen, da er damit beschäftigt gewesen war, die Suchaktion in die Wege zu leiten.

Coach fühlte sich, als hätte er mehrere Energiegetränke zu sich genommen. Er hatte noch nichts gegessen, seit er festgestellt hatte, dass Harley verschwunden war, doch er hatte immer noch viel Adrenalin in seinem Blutstrom. »Was hat Rock gesagt?«

»Er hat ihr Auto auf die Fahndungsliste gesetzt. Bisher noch keine Übereinstimmungen«, sagte Fletch zu der Gruppe eng verbundener Männer.

»Was tun wir als Nächstes?«, fragte Hollywood.

»Ich werde Tiger anrufen und sie bitten, Beth hinzuzuziehen«, sagte Ghost entschlossen. Er setzte dies zuoberst auf seine Aufgabenliste. »Wir müssen Harleys Telefon orten und sehen, wo es zuletzt aktiv war. Das wird uns helfen, den Suchbereich einzugrenzen. Beth wird auch in der Lage sein, ihren digitalen Fußabdruck zu verfolgen. Kreditkarten, Geldautomat-Transaktionen, solche Dinge.«

Coach setzte sich auf die Couch und verbarg das Gesicht in seinen Händen. »Ihr Handy ist ausgeschaltet. Deshalb gehen Anrufe direkt zur Voicemail. Sie fährt diesen alten

Schrotthaufen, deshalb haben wir auch keine GPS-Ortung. Und ihr wisst alle genauso gut wie ich, dass sie mittlerweile ein paar Staaten weit weg sein könnte, wenn jemand sie entführt hat.«

»Vielleicht, vielleicht auch nicht. Wir müssen es versuchen«, sagte Ghost mit ernster Stimme zu seinem Freund. »Wir werden nicht aufgeben, und du auch nicht.«

Das war genau das, was Coach hören musste, doch er war frustriert. »Verdammt, ich gebe nicht auf, Ghost. Ich habe schreckliche Angst um sie. Ich frage mich, ob sie Angst hat. Ob sie Schmerzen hat. Ob jemand sie entführt hat, und wenn, was derjenige von ihr will. Ob er ihr wehtut. Ob sie noch am Leben ist. Es gibt so viele Menschen auf dieser Welt, die spurlos verschwinden. Ich kann sie nicht verlieren, Mann. Ich kann nicht!«

Er war total durch den Wind, das wurde mit jeder Silbe deutlicher.

»Wir werden nicht aufgeben, bis wir sie gefunden haben, Coach. Das weißt du doch«, sagte Ghost zu seinem Freund und legte ihm die Hand auf die Schulter.

»Ich weiß«, entgegnete er ruhig, doch sie konnten alle den ängstlichen Unterton in seiner Stimme hören.

Zweiunddreißig Stunden vermisst

Coach saß dem Inspektor der Polizeistation von Temple gegenüber. Er war mit Davidson zusammen zur Station gefahren, um eine offizielle Vermisstenanzeige aufzugeben. Er hoffte nur, dass die Beamten sofort etwas unternehmen würden, anstatt: »Sie ist erwachsen und hat das Recht, ein paar Tage mit niemandem zu sprechen«, zu predigen. Da

Davidson mit Harley verwandt war, war er derjenige, der die Formalitäten erledigte.

Der Inspektor hatte sie in separate Verhörzimmer gebracht, um ihre Aussagen entgegenzunehmen. Das war jetzt zwei Stunden her und Coach wurde immer noch verhört. Er wusste, dass bei Vermisstenfällen in der Regel der Freund oder Mann als Erster verdächtigt wurde, doch seine Geduld wurde auf die Probe gestellt. Er war bis jetzt nur noch nicht ausgerastet, weil er wusste, dass sein Team da draußen nach Harley suchte, während er immer wieder dieselben Fragen beantwortete.

»Erzählen Sie mir noch einmal, was an dem Abend, bevor Harley verschwunden ist, passiert ist«, befahl der Inspektor. Sein Stift schwebte über dem Notizblock.

Coach seufzte. Er hatte dem Kerl bereits zweimal erzählt, was passiert war, und wusste, dass der Mann nur nach Unstimmigkeiten in seiner Geschichte suchte, doch es ärgerte ihn trotzdem. *Er* wusste, dass er Harley nichts angetan hatte, doch jetzt musste er *dieses Arschloch* davon überzeugen, damit er endlich aufhörte, ihn als Täter anzusehen, und mit der Ermittlung begann.

»Ich war aufgebracht wegen etwas, das an diesem Tag passiert war, und kehrte erst am frühen Morgen wieder zu ihrem Haus zurück. Wir sprachen uns aus und gingen schlafen. Ich stand um fünf Uhr dreißig auf, weil ich zum Training auf den Stützpunkt musste. Ich habe keinen Hausschlüssel, deshalb habe ich die Tür nicht abgeschlossen, sondern nur von innen verriegelt und hinter mir zugezogen. Das ist alles.«

»Und Harley hat geschlafen, als Sie gegangen sind?«

»Ja.«

»Weswegen waren Sie so aufgebracht?«

Coach biss die Zähne zusammen und versuchte, nicht

wütend zu werden. »Es war nichts, das irgendetwas mit dem Verschwinden von Harley zu tun hätte.«

»Woher wollen Sie das wissen? Vielleicht hatte, was immer es auch war, einen direkten Einfluss. Haben Sie sich gestern mit jemandem gestritten? Vielleicht ist diese Person zurückgekommen, um ihre Wut an Harley auszulassen. Vielleicht haben Sie sich mit *ihr* gestritten. War es das? Haben Sie sie geschlagen? Vielleicht ist sie vor Ihnen weggelaufen?«

»Nein, verdammt!«, fluchte Coach, stand auf und lehnte sich über den Tisch. »Wir haben uns *nicht* gestritten. Ich liebe Harley. Wir haben uns gestern Abend zum ersten Mal gestanden, dass wir uns lieben.«

»Weswegen waren Sie denn dann so aufgebracht?«

Verdammt. Der Kerl wollte einfach nicht lockerlassen. Coach hatte keine Lust, den Vorfall von gestern oder den aus seiner Kindheit noch einmal zu durchleben, doch wenn er es nicht tat, würde er es nie schaffen, aus diesem verdammten Zimmer zu kommen. »Wir haben zu Mittag gegessen und einige Schülerinnen haben sich über ein paar andere Mädchen lustig gemacht. Das hat mich gestört. Ich habe den Teenagern die Meinung gesagt. Das war alles. Kein Streit. Nur ein paar gute Ratschläge an die jüngere Generation.«

»Hmmmm«, sagte der Beamte und kritzelte etwas auf seinen Notizblock. »Gab es Zeugen für diese Ratschläge?«

»Ja«, knurrte Coach. »Harley war da. Und meine Freunde Ghost, Blade, Hollywood, Emily, Rayne und Mary. Und natürlich die Schülerinnen. Und es gab wahrscheinlich noch ein oder zwei zufällige Beobachter, die zu dem Zeitpunkt das Restaurant verließen. Bitte. Harley wird vermisst und jede Minute, die Sie hier mit mir verbringen, ist eine weitere Minute, in der keine Ermittlung stattfindet.«

Der Inspektor lehnte sich in seinem Stuhl zurück, als hätte er alle Zeit der Welt. »Na ja, *Sie* sagen, dass sie vermisst wird, aber vielleicht ist das gar nicht der Fall. Sie ist erwachsen und kann kommen und gehen, wann es ihr passt. Das verstößt nicht gegen das Gesetz.«

»Gut. Sie mag vielleicht von sich aus gegangen sein, aber es ist trotzdem Ihre Pflicht herauszufinden, wo sie ist. Verfolgen Sie ihre Kreditkarten, orten Sie ihr Telefon, schauen Sie sich ihre Bankauszüge an. Wenn sie von sich aus gegangen ist, können Sie das herausfinden, und dann mache ich mir keine Sorgen mehr um sie.« Coach wusste, dass *das* eine Lüge war, doch er wollte, dass dieser Kerl endlich mit diesem Mist aufhörte und etwas *tat*.

Der Inspektor stand endlich auf und steckte den Notizblock in seine Tasche. »Sind Sie verfügbar, falls wir noch weitere Fragen haben? Ich werde mich auch mit Ihrem Kommandanten und der Militärstrafverfolgungsbehörde in Verbindung setzen müssen.«

Coach war es scheißegal, ob dieser Kerl die Militärstrafverfolgungsbehörde auf dem Stützpunkt kontaktierte, solange er etwas tat. »Kein Problem. Ich werde Ihnen die Telefonnummer meines Kommandanten geben.« Da Coach noch stand, war er jetzt auf Augenhöhe mit dem Inspektor. Er musste versuchen, zu dem Mann durchzudringen.

»Bitte. Ich weiß, dass ich verdächtigt werde. Damit kann ich leben, konzentrieren Sie sich aber bitte nicht nur auf mich. Ich bin unschuldig. Ich würde Harley kein Haar krümmen. Ich liebe diese Frau so sehr, dass ich wie Wachs in ihren Händen bin. Tun Sie, was Sie tun müssen, aber suchen Sie um Himmels willen weiterhin nach ihr, während Sie mich überprüfen.«

»Wir melden uns bei Ihnen.«

Sein Appell schien den Inspektor nicht im Geringsten

zu bewegen. Coach schloss einen Moment lang die Augen. Gut. Er hatte rechtlich gesehen das Richtige getan und Harleys Verschwinden auf dem Dienstweg gemeldet. Er hoffte nur, dass Beth, Penelopes Freundin, mehr Informationen hatte.

Penelope Turner war eine Soldatin, die sie in der Türkei aus den Fängen von ISIS gerettet hatten. Sie war knallhart und das gesamte Team war von ihr beeindruckt gewesen. Sie lebte in San Antonio und arbeitete jetzt Vollzeit bei der Feuerwehr. Durch einen seltsamen Zufall war sie mit Rock befreundet, dem ehemaligen Delta-Scharfschützen, der jetzt TJ genannt wurde.

Es war alles sehr verschlungen, doch Coach war das egal. Hilfe war Hilfe und er konnte alle gebrauchen, die er bekommen konnte. Penelopes Bruder war mit einer Frau namens Beth zusammen. Sie war eine Computerhackerin, so wie Tex. Coach wäre normalerweise misstrauisch gewesen, wenn sich die richtigen Leute zur richtigen Zeit trafen, doch er war schon lange genug ein Delta Force-Soldat, um zu wissen, dass man einem geschenkten Gaul nicht ins Maul schaute. Er würde sich jede zufällige Verbindung zu Nutzen machen und so viele Hinweise wie möglich zur Verfügung stellen, solange es dabei half, Harley zu finden.

Dreiundfünfzig Stunden vermisst

»Ihr hattet recht, ihr Telefon sendet kein aktives Signal mehr aus«, sagte Beth über die Freisprechanlage zu den Männern, die ganz Ohr waren. »Ich habe versucht, es zu orten, und das letzte Signal kam von der Antenne gleich neben ihrem Haus. Aber ich kann nicht sagen, ob es gesendet wurde, während sie in ihrem Haus war oder als sie wegfuhr. Es gab keine Transaktionen mit ihren Kreditkarten und die beschissenen Kameras in ihrer Gegend sind schon seit mindestens einem Jahr nicht mehr in Betrieb.«

»Du hast also auch nichts«, murrte Coach frustriert.

»Das würde ich nicht sagen«, konterte Beth sofort. »Ich habe die Verkehrsüberwachungskameras rund um ihr Haus überprüft und bin mir ziemlich sicher, dass ihr Auto von einigen aufgezeichnet wurde. Die Bildqualität ist so schlecht, dass ich weder das Nummernschild lesen noch sehen kann, wer im Auto sitzt, aber es sieht aus wie ein blauer Ford Focus mit einer Person auf dem Fahrersitz. Das bedeutet nicht, dass sie nicht von einer weiteren Person mit einer Pistole zum Fahren gezwungen wurde oder dass es überhaupt sie ist, die fährt.«

»Wo waren die Kameras?«, fragte Ghost.

»Eine ist an der Kreuzung von Main und der Vierten, die andere weiter unten, bei Main und der Achten.«

»Welche Richtung?« Dieses Mal kam die Frage von Hollywood.

»Westen.«

Fletch drehte sich zu den anderen um, die um den Tisch auf dem Stützpunkt herumsaßen. Sie hatten die Operation mit dem Segen ihres Kommandanten dorthin verlegt, da sie dort Zugang zu mehr Geräten als in Coachs Wohnung hatten. »Okay, sie hat also das Haus verlassen –«

»Wir wissen nicht, ob sie freiwillig gegangen ist oder ob jemand eingebrochen ist und sie zum Gehen gezwungen hat«, unterbrach Truck ihn. »Coach hatte keinen Schlüssel, um die Tür zu verriegeln, deshalb wäre es einfach gewesen, sie aufzubrechen.«

»Die Polizei hat zugegeben, dass es keine Anzeichen dafür gab, dass sie manipuliert wurde«, fuhr Fletch fort. Er war keineswegs irritiert darüber, dass er unterbrochen worden war. »Und der Bolzen war verriegelt, als die Polizisten sich die Tür angeschaut haben. Der Vermieter musste sie aufschließen, um sie hereinzulassen. Da Coach gesagt hat, dass er nur den Knopf am Knauf gedrückt hat, müssen wir davon ausgehen, dass sie an diesem Morgen wie gewohnt das Haus verlassen und den Bolzen verriegelt hat.«

»Wir wissen nicht, wohin sie gefahren ist«, bemerkte Blade.

»Nein, aber sie ist in Richtung Westen durch die Stadt gefahren. Coach, kannst du mit ihren Geschwistern reden und sie fragen, ob sie irgendeine Ahnung haben, wohin sie gegangen sein könnte?«

»Ja.« Coach hatte nicht viel geschlafen, nur zwanzig Minuten hier und da. Jedes Mal wenn er eingeschlafen war, hatte er Harleys Gesicht gesehen und gehört, wie sie um Hilfe rief. Als er sie fragte, wo sie war, verschwand sie in einer Rauchwolke und er war zitternd und schwitzend aufgewacht.

Der Traum, den er kurz vor diesem Treffen gehabt hatte, war genauso schrecklich gewesen. Sie hatten auf einer Mauer in der Nähe des Meeres gesessen, als plötzlich aus dem Nichts ein Tsunami kam und Harley wegfegte. Er hatte ihre Hand gehalten, als die Welle sie verschlingen wollte. Er hatte sie nicht mehr festhalten können und zusehen müssen, wie sie vom Wasser weggezogen wurde, während sie ihn um Hilfe anflehte.

»Ich habe mir noch nicht alle Kameras angesehen«, sagte Beth über den Lautsprecher des Telefons.

»Was ist mit den Telefonaufzeichnungen?«, fragte Coach und versuchte, die Erinnerungen an seinen Albtraum zu verdrängen. »Hat sie an diesem Morgen irgendwelche Anrufe erhalten oder jemandem eine SMS geschrieben?«

»Nein, und frag nicht, woher ich das weiß. Ich breche ungefähr dreiundvierzig Regeln der Kommunikationsaufsichtsbehörde, aber ich würde es im Handumdrehen wieder tun. Und ich habe mich in ihren PC gehackt. Auch da habe ich nichts Außergewöhnliches gefunden. Harley hat sich um acht Uhr zweiundvierzig angemeldet und einige E-Mails gelöscht. Sie hat ihr Profil in den sozialen Medien überprüft, hat aber weder Beiträge kommentiert noch mit jemandem interagiert. Sie hat auch keine Webseiten besucht.«

Es war einen Moment lang still im Zimmer.

»Wie kann sie nur einfach so spurlos verschwunden sein?«, sinnierte Coach mit gequälter Stimme. »Als wäre sie vom Erdboden verschluckt worden.«

»Sie muss irgendwo sein«, sagte Beth beruhigend am anderen Ende des Telefons. »Wir werden sie finden. Ich glaube, dass ihr Auto der Schlüssel ist. Das muss es sein. Ich werde meinen Suchbereich erweitern. Ich werde mich in die Kameras an den Flughäfen von Austin und Dallas / Fort Worth hacken und sehen, ob das Auto da aufgetaucht ist. Ich werde auch die Autobahnen in der Umgebung überprüfen. Komme was wolle, Coach, ich gebe auf keinen Fall auf.«

»Danke, Beth. Ich schulde dir was«, sagte Coach mit sanfter Stimme. So sehr er auch hoffte, dass sie Harleys Auto finden würden, er wusste, dass das noch lange nicht hieß, dass sie auch Harley finden würden. Wenn jemand sie entführt hatte, könnte ihr Auto stehen gelassen und sie mittlerweile Hunderte von Kilometern weit weggebracht worden sein. Sogar Tausende, wenn sie geflogen waren. Doch er hatte keine Ahnung, wer sie entführt haben könnte ... oder warum. Er hatte so viele Fragen, auf die er keine Antwort hatte, dass ihm schwindlig wurde. Doch er war dankbar dafür, dass er so viele Freunde hatte, die alles stehen und liegen ließen, rund um die Uhr arbeiteten und alles taten, was sie konnten, um Harley zu finden.

»Nein, tust du nicht«, konterte Beth etwas schroff. »Du schuldest mir überhaupt nichts. Du hast Pens Leben gerettet. Sie ist eine meiner besten Freundinnen. Ohne sie hätte ich es hier in San Antonio nie geschafft. Wir sind quitt. Und jetzt muss ich l-l-los. Ich melde mich bei dir.«

Sie hängte auf und niemand wagte es, ihr Stottern zu kommentieren. Sie war genauso davon in Mitleidenschaft gezogen wie alle anderen, obwohl sie Harley nicht persönlich kannte.

»Wir müssen die Straßen absuchen. Nach Bremsspuren oder beschädigten Leitplanken Ausschau halten. Vielleicht hatte sie einen Unfall«, kommentierte Ghost.

»Ich habe alle Krankenhäuser angerufen. Es wurde nirgends eine Harley Kelso eingeliefert, die einen Autounfall hatte«, sagte Coach zu Ghost.

»Okay, aber wenn die Kameras zeigen, dass ihr Auto auf der Main nach Westen gefahren ist, müssen wir das weiterverfolgen.«

»Ich und Beatle können uns auf den Weg machen«, sagte Blade. »Ich fahre, damit er sich auf alles Außergewöhnliche konzentrieren kann.«

»Gut«, sagte Ghost zu den beiden. »Achtet auch auf den Kies auf den Randstreifen. Wenn ihr aus der Stadt hinausfahrt, sind einige der Straßen angehoben. Viele davon sind von Bewässerungsgräben und Bächen gesäumt.«

»Werden wir machen«, beruhigte Beatle Ghost und Coach. »Wenn es irgendwelche Anzeichen für einen Unfall gibt, werden wir uns die Stelle genauer ansehen.«

»Ich werde sehen, ob ich in ihre Wohnung gelangen kann«, kündigte Coach an und stand auf. »Ich will sie mir selbst anschauen. Vielleicht finde ich etwas, das die Bullen übersehen haben. Ich war an diesem Morgen da und sollte merken, wenn etwas fehl am Platz ist.«

»Ich komme mit«, sagte Truck. Sein Stuhl quietschte, als er aufstand.

»Coach, sorg dafür, dass du gegen Mittag wieder da bist. Die Militärstrafverfolgungsbehörde will dich befragen«, erinnerte Ghost ihn. »Das darfst du nicht verpassen. Sonst siehst du schuldig aus.«

»Ich werde da sein.« Coach wusste, dass er *jetzt schon* schuldig aussah, erwähnte es jedoch nicht. Es spielte keine Rolle. Coach hatte keine Lust auf ein weiteres Verhör, doch er würde so viele überstehen, wie notwendig waren, damit die Bullen ihn endlich in Ruhe ließen. Er hatte Harley nichts angetan. Je schneller die Beamten das verstanden, desto besser. Vielleicht würden sie dann endlich mehr Ressourcen dafür einsetzen, Harley zu finden, anstatt ihn auf Schritt und Tritt zu verfolgen.

Harleys Wohnung sah immer noch genauso aus wie an dem Morgen, als er sie verlassen hatte. Es standen jedoch ein paar zusätzliche Teller in der Spüle, also war Harley aufgestanden und hatte gefrühstückt. Coach schaute in den Papierkorb und konnte nichts Außergewöhnliches entdecken, obwohl er geleert werden musste. Er würde ihn jedoch auf keinen Fall anfassen. Das würde die Bullen erst recht ermutigen, ihr Verschwinden mit ihm in Verbindung zu bringen ... und ihn zu beschuldigen, Beweismaterial vernichtet zu haben, wenn er den Müll zur Mülltonne brachte.

»Ich werde mich umsehen«, sagte Coach zu Truck. Sein Freund nickte und ließ den Blick weiterhin über Harleys

Sachen schweifen, als ob er sich jede Kleinigkeit einprägen wollte.

Coach schlenderte in ihr Zimmer und der Anblick ihres Bettes raubte ihm fast den Atem. Die Bettdecke war zurückgeworfen, als wäre sie eben noch da gewesen. Er konnte sich vorstellen, wie sie ihre Füße seitlich aus dem Bett hatte gleiten lassen, nachdem sie endlich aufgewacht war. Hatte sie an ihn gedacht? Hatte sie sich Sorgen gemacht über das, was er ihr erzählt hatte? Hatte sie das traurig gemacht? Ihr Bett hatte keine Antworten.

Er schaute zum Nachttisch. Er konnte nirgends ihre Brille sehen, was bedeutete, dass sie sie wahrscheinlich wie gewohnt aufgesetzt hatte, als sie aufgestanden war. Ein Teil von Coach wünschte sich, dass sie da war. Das wäre zumindest *ein* Hinweis gewesen.

Als Coach ins Badezimmer schaute, konnte er nichts Außergewöhnliches entdecken. Das Handtuch hing an der Halterung neben der Dusche, Zahnbürste und Zahnpasta lagen neben dem Waschbecken. Der Haartrockner war an seinem gewohnten Platz. Er öffnete die Türen unter dem Waschbecken. Auch hier enthielt der Abfalleimer nichts Ungewöhnliches. Einige Baumwolltupfer, ein Wattestäbchen und ein benutztes Taschentuch.

Die Sonne schien durch das kleine Fenster über der Dusche in den Raum. Es war, als hätte sie mit den Fingern geschnippt und war ... schwupp ... verschwunden. Es war frustrierend und so verdammt deprimierend.

Einen Moment lang erlaubte sich Coach, die Verzweiflung zuzulassen. Er hatte höllische Angst davor, Harley nie wiederzusehen. Er hatte endlich das Glück gehabt, die Frau seines Lebens zu finden, nur um sie im nächsten Augenblick wieder zu verlieren. Es war nicht fair. Für ein oder zwei Minuten drohte die dunkle Wolke, die ihn nach dem

Tod seiner Schwester jahrelang verfolgt hatte, ihn wieder zu verschlingen. Er hatte viele Monate in einer Art Nebel verbracht, ohne seine Schuld, Verzweiflung und Trauer zu verarbeiten.

Coach atmete tief durch und erlangte wieder die Kontrolle. Es half Harley nicht, wenn er deprimiert war, und ihm selbst half es erst recht nicht.

Er biss entschlossen die Zähne zusammen. Es würde ihm niemand seine Freundin unter der Nase weg stehlen. Auf gar keinen Fall. Er und seine Freunde waren in der Delta Force. Sie waren die härtesten Soldaten, die das Militär hatte. Sie würden sie finden, komme, was wolle. Das war ihr Job, dafür waren sie ausgebildet worden.

Er verließ ihr Schlafzimmer und ging zurück in den Wohnbereich.

»Nichts«, sagte Coach zu Truck.

»Ja, es sieht so aus, als hätte sie das Haus verlassen, um Besorgungen zu machen.«

Coach nickte zustimmend. »Ihre Handtasche fehlt, ihre Brille, ihr Schlüssel und das Handy sind nicht hier, und obwohl ich kein Experte bin, was ihre Kleidung betrifft, kann ich ihre Turnschuhe nicht sehen.«

»Ich werde Beth bitten, sich nach Jacks zu erkundigen. Ich weiß, dass er im Gefängnis sitzt für das, was er Emily und Annie angetan hat, aber ich traue dem Kerl nicht. Er hasst uns bis aufs Blut. Es könnte sein, dass einer seiner Freunde Harley entführt hat, nur um uns eins auszuwischen«, sagte Truck mit monotoner Stimme.

»Stimmt«, sagte Coach und nickte. »Daran habe ich nicht gedacht. Wenn dieser Mistkerl Harley auch nur ein Haar gekrümmt hat, bringe ich ihn um.«

Anstatt auf Coachs schroffe Aussage zu reagieren, schaute Truck auf die Uhr. »Du musst zum Stützpunkt zurück. Die Militärpolizei und die Militärstrafverfolgungs-behörde warten auf dich.«

»Ja.« Coach schaute seinen Freund einen Moment lang an und sagte schließlich: »Ich habe nichts damit zu tun, Truck.«

»Was soll das?«, spie der andere Delta. »Natürlich nicht. Warum sagst du so etwas überhaupt?«

»Ich weiß, dass die Bullen denken, dass ich es war. Ich wollte dir nur von Mann zu Mann, von Delta zu Delta sagen, dass ich nichts mit ihrem Verschwinden zu tun habe.«

Truck legte Coach die Hand auf die Schulter und sagte mit leiser und ernster Stimme: »Coach, ich habe mehr Tage mit dir in der Hölle verbracht, als ich zählen kann. Wir haben nebeneinander gekämpft, wir haben uns mehrmals gegenseitig das Leben gerettet. Ich kenne dich, Mann. Ich *kenne* dich. Du würdest nie jemandem etwas antun, der dir am Herzen liegt. Niemals. Ich stehe hinter dir. Und das gilt auch für Ghost, Blade, Hollywood, Beatle und Fletch.«

»Danke.« Mehr brachte Coach nicht heraus. Er liebte seine Teamkollegen wie Brüder.

»Komm, lass uns zurück zum Stützpunkt fahren.«

Die beiden Männer schwiegen auf dem Weg nach Fort Hood. Coach dachte darüber nach, was wohl mit Harley passiert sein könnte, und Truck machte sich Sorgen darüber, was auf seinen Freund zukommen würde.

Zweiundsiebzig Stunden vermisst

»Es wurde uns berichtet, dass sie eine Auseinandersetzung vor einem Burrito-Restaurant in der Sanders Street hatten«, sagte der Militär-Ermittler zu Coach. Er saß mit einem weiteren Mann auf der anderen Seite des Metalltisches. Sie saßen beide vor ihren Notizblöcken und hatten ihn gebeten, die Ereignisse bis zu dem Zeitpunkt zu wiederholen, an dem Harley verschwunden war.

»Es war keine Auseinandersetzung«, protestierte Coach. »Ich hatte ein Gespräch mit einer Gruppe von Teenagern. Dann bin ich gegangen.«

»Wir sind zu der Highschool gegangen und haben mithilfe der Mitarbeiter dort die jungen Frauen aufgespürt, mit denen Sie gesprochen haben. Und deren Geschichte klang ganz anders als Ihre.« Der andere Beamte schaute auf seine Notizen, offensichtlich hatte er Nachforschungen angestellt, und las vor, was dort geschrieben stand. »Er hat uns Angst gemacht. Er hat uns aus nächster Nähe ange-schrien, uns Fieslinge genannt und gesagt, wir seien verdor-ben. Doch das sind wir nicht. Er sagte, er hofft, dass mein Hund sterben und meine Kinder Krebs bekommen würden.« Der Beamte schaute auf. »Für mich klingt das wie eine Auseinandersetzung.«

»Das ist nicht das, was ich gesagt habe. Sie können jeden fragen, der anwesend war. Doch wie ich bereits zugegeben habe, habe ich sie *tatsächlich* Fieslinge genannt. Das war falsch, aber ich war aufgebracht und konnte nicht klar denken.«

»Waren Sie auch aufgebracht und konnten nicht klar denken, als Sie später zu Miss Kelso gegangen sind?«

Obwohl ihm diese Anspielung nicht gefiel, überraschte sie ihn nicht. Coach versuchte, sich unter Kontrolle zu behalten. »Ich war aufgebracht, aber nicht so, wie Sie denken. Ich ging zu Harleys Haus, weil ich wusste, dass ich mich besser fühlen würde, wenn ich bei ihr war. Außerdem musste ich ihr erklären, warum ich an diesem Tag all diese Dinge gesagt hatte.«

»Hat sie Ihre Erklärung *verstanden*? Vielleicht war sie von Ihrem Verhalten diesen Kindern gegenüber schockiert. Vielleicht hat sie zu Ihnen gesagt, dass sie Sie nicht wiedersehen will, und Sie sind ausgerastet. Haben ein bisschen zu hart zugeschlagen. Wenn man Ihr Training bedenkt, hätte das gut sein können. Ich weiß, dass Sie und Ihre Freunde wissen, wie man tötet, ohne Spuren zu hinterlassen. Es würde mich auch nicht überraschen, wenn Sie Verbindungen zu Leuten hätten, die Ihnen bei der Beseitigung der Leiche geholfen hätten.«

Obwohl er wusste, dass der Mann ihm absichtlich auf den Zahn fühlen wollte, verärgerten seine Worte Coach. »Ich. Habe. Harley. Nicht. Wehgetan«, sagte er klar und deutlich. »Ich habe sie nicht geschlagen. Ich habe sie nicht angeschrien. Ich habe ihr *nichts* angetan. Ich bin zu ihr ins Bett gekrochen und wir haben uns gegenseitig festgehalten. Die ganze Nacht. Ich habe ihr gesagt, dass ich sie liebe, und sie hat es erwidert. Wir haben gekuschelt und sind eingeschlafen. Am Morgen war sie erschöpft. Als ich gegangen bin, hat sie geschlafen.«

»Hatten Sie Sex mit ihr?«

Coach biss die Zähne zusammen und schaute dem Ermittler in die Augen. Er hätte dem Mann am liebsten gesagt, dass ihn das nichts anging und nichts damit zu tun hatte, was mit seiner Freundin passiert war, doch er wusste, dass er sich das nicht leisten konnte. Wenn er Harley helfen wollte, durfte er die Kontrolle nicht verlieren. »Nein. In dieser Nacht nicht. In der Nacht zuvor? Ja. In dieser Nacht waren wir beide zu müde und ausgelaugt für Sex. Wir haben uns nur festgehalten. Verstößt es neuerdings gegen das Gesetz, einfach nur zu schlafen?«

Coachs abfälliger Kommentar störte den Beamten, der die Fragen stellte, nicht im Geringsten. »Nein. Aber es hätte sein können, dass Sie sauer waren, weil sie Sie nicht rangelassen hat. Vielleicht wollten Sie sie dazu zwingen und sie hat Angst bekommen und ist weggelaufen.«

»Ich habe meine Freundin nicht vergewaltigt!«, schrie Coach und konnte sich nicht mehr beherrschen. »Ich *liebe* sie. Ich würde mir eher die Augen ausstechen, als ihr wehzutun. Ich habe Ihnen genau erzählt, was passiert ist, aber Sie hören mir nicht zu. Als ich an diesem Morgen gegangen bin, war sie alleine, in Sicherheit und hat geschlafen. Wir wollten uns zum Mittagessen treffen und ich konnte sie nicht erreichen. Genau so. Das ist alles. Jetzt ist sie verschwunden und Sie tun nichts weiter, als mich dazu zu bringen zuzugeben, dass ich ihr etwas angetan habe. Das habe ich nicht. *Könnte* ich gar nicht.« Er hielt inne, bis er die beiden Fremden anflehte, die so stoisch vor ihm saßen.

»Bitte. Sie müssen mir glauben. Ich habe ihr nichts angetan. Ich habe nur die Nacht mit der Frau verbracht, die ich liebe, und sie am Morgen schlafend im warmen Bett zurückgelassen. Sie ist irgendwo da draußen. Sie braucht Hilfe, ich kann es spüren. Doch es hilft Harley nicht, wenn Sie mich beschuldigen, ihr etwas angetan zu haben. Die Zeit läuft uns davon und wenn Sie sie nicht finden, stirbt sie.«

»Haben Sie ihr wehgetan nach Ihrem Streit? Und dann Panik bekommen, weil Sie wussten, was mit Ihrer Karriere passieren würde, wenn jemand es herausfand? Haben Sie sie irgendwo in einem Motel versteckt? Sie gefesselt? Braucht sie einen Arzt? Glauben Sie deshalb, dass sie sterben wird? Wenn Sie uns sagen, wo Sie sie hingebracht haben, können wir ärztliche Hilfe holen. Dann stirbt sie nicht und Sie werden nicht wegen Mordes angeklagt.«

Coach legte niedergeschlagen den Kopf auf die harte, kalte Tischplatte vor ihm. Wenn Jacks etwas mit Harleys Verschwinden zu tun hatte, war es ihm gelungen, ihm das Leben zur Hölle zu machen. Er hatte gewonnen.

Abgesehen davon würde Harley sterben, weil alle die Köpfe in den Sand steckten und nicht erkannten, dass *er* nicht der Bösewicht war. Coach hatte sich noch nie in seinem Leben so niedergeschlagen und verängstigt gefühlt.

Es spielte keine Rolle, wie oft er während seiner Einsätze Todesangst gehabt hatte.

Es spielte keine Rolle, dass sein Name Schwarz auf Weiß in den Kriegsverzeichnissen der Vereinigten Staaten eingetragen war.

Er hatte mehr Medaillen gewonnen, als er tragen konnte.

Doch das spielte alles keine Rolle.

Nichts spielte eine Rolle.

Harley würde sterben und irgendwie fühlte er sich, als wäre es seine Schuld, weil er sie nicht finden konnte.

KAPITEL ZWEIUNDZWANZIG

Neunzig Stunden vermisst

Vielen Dank, dass Sie sich die Abendnachrichten hier auf KWTX anhören. Heute geht es um eine vermisste Frau hier aus der Gegend, Harley Kelso. Wir haben bereits über ihr Verschwinden und die Befragung eines Armeesoldaten berichtet. Heute Nachmittag haben wir telefonisch eine Nachricht von einem von Miss Kelsos Nachbarn erhalten.

»Ich rufe wegen dieser Frau an, die verschwunden ist. Sie wohnt mir gegenüber auf der anderen Straßenseite und ich schlafe nicht mehr viel. Und ich muss sagen, dass hier etwas nicht stimmt. Ich sah einen großen Geländewagen, der wirklich früh am Morgen bei ihr vorgefahren ist und nur ein paar Stunden später wieder wegfuhr. Der Kerl war riesig, den würde ich sicher nicht in einer dunklen Gasse treffen wollen. Er hatte etwas damit zu tun. Ich weiß es. Warum wäre er sonst so schnell wieder verschwunden? Das ergibt keinen Sinn. Es ist alles sehr verdächtig und ich bin bereit, der Polizei zu helfen, damit er hinter Gitter kommt.«

Die Polizei von Temple und die Ermittler der Armee haben den Soldaten verhört, doch bisher wurde niemand verhaftet. Wenn Sie irgendwelche Informationen über Harley oder ihr vermisstes Fahrzeug haben, wenden Sie sich bitte so schnell wie möglich an die Polizeistation in Temple.

Coach schaute nicht auf den Fernseher. Er hörte die Nachrichtensendung kaum und es war ihm scheißegal, dass er in den Medien gekreuzigt wurde und Leute, die er nicht kannte, mit dem Finger auf ihn zeigten. Er hatte den mysteriösen Nachbarn, der die Radiostation angerufen hatte, um ihn zu beschuldigen, nie getroffen.

Er hatte Harley nichts angetan. Er wusste es. Seine Freunde wussten es. Himmel, sogar ihre Geschwister wussten es. Alle anderen konnten sich zum Teufel scheren.

Seit Harley verschwunden war, stand Coach in engem Kontakt mit Montesa und Davidson. Davidson hatte sich mit den anderen Deltas auf die Suche gemacht und Ghost hatte ihn über das Wenige informiert, das sie wussten. Montesa hatte sich mit den sozialen Medien beschäftigt, überall Bilder einer lächelnden Harley gepostet und die Leute aufgefordert, alles zu berichten, was sie gesehen hatten, egal wie unbedeutend es zu sein schien.

Coachs Hände zitterten, als er sich an seinen letzten Traum erinnerte. Er und Harley waren wieder Fallschirm gesprungen. Sie war mit dem Rücken an seine Brust geschnallt, wie damals, als er sie zum ersten Mal getroffen hatte. Sie kicherte, als er sie aus dem Flugzeug stieß. Dann sahen sie sich plötzlich Auge in Auge und stürzten zu Boden. Er wollte an der Reißleine ziehen, doch sie war nicht da. Er trug gar keinen Fallschirm.

Harley hatte ihn im Traum angeschaut und mit trauriger Stimme gefragt: »Ich werde sterben, nicht wahr?«

Er wollte ihr gerade versichern, dass das nicht stimmte und er alles tun würde, um sie zu retten, als ihre Augäpfel zu bluten anfingen. Das Blut sickerte aus ihren Augenhöhlen und tropfte auf sein Gesicht, während die Schwerkraft sie beide in Richtung Boden zog. Er blinzelte, konnte Harley jedoch nicht mehr sehen, sondern nur noch roten Dunst.

»Ich habe solche Angst, Johnny. Ich brauche dich«, waren ihre letzten Worte. Plötzlich klang sie wie seine Schwester Jenny. Dann wachte er auf.

Er lief ins Badezimmer und erbrach sich. Doch das reichte nicht aus, um die Erinnerungen an den schrecklichen Traum aus seinem Kopf zu verbannen.

Die letzten paar Tage waren unerträglich gewesen. Er hatte nur stundenweise geschlafen und sie hatten überhaupt keine Ahnung, wo Harley war. Blade und Beatle hatten keine Hinweise auf einen Autounfall finden können, als sie der Hauptstraße von Temple bis hinaus aufs Land gefolgt waren. Es waren immer noch keine nichtidentifizierten Leichen in die Leichenhalle oder die Krankenhäuser eingeliefert worden. Auch Beth hatte dem Team keine neuen Informationen geliefert.

Sie hatte sich nach Jacks erkundigt und berichtet, dass der Mann, so wie es aussah, keinen Kontakt mit den Männern aus seiner ehemaligen Einheit hatte. Er war damit beschäftigt, seinen bevorstehenden Prozess mit seinem Anwalt zu besprechen.

Es war keine von Harleys Kreditkarten benutzt worden und ihr Handy war immer noch tot.

Mittlerweile war Coach bewusst, dass Harley weit weg sein konnte, vielleicht sogar in Kalifornien. Oder es hätte sie jemand entführen, das Nummernschild an ihrem Auto wechseln und sie über die Grenze nach Mexiko fahren können. Er wusste, was mit den meisten Frauen passierte, die nach Mexiko verschleppt wurden. Er durfte nicht daran denken. Aber noch schrecklicher als die Möglichkeit, dass sie entführt und als Sexsklavin benutzt werden könnte, war der Gedanke, dass sie tot sein könnte.

Coach war nicht dumm, er wusste, dass die Wahrscheinlichkeit, dass eine vermisste Person tot war, mit jedem Tag zunahm.

Vier Tage. Sie war seit vier Tagen verschwunden. Das war eine Ewigkeit. Nur wenige Menschen wurden nach so langer Zeit lebend gefunden. Die wenigen veröffentlichten Fälle waren die Ausnahme, nicht die Norm.

Die Jungs waren abwechselnd bei ihm geblieben. Heute war Truck an der Reihe.

»Was glaubst du, was mit ihr passiert ist?«, fragte Coach leise und gequält. Truck mochte zwar groß sein und furcht-erregend aussehen, doch Coach wusste, dass er ein weiches Herz hatte. Er hatte sich als Erster freiwillig um die neugeborenen Welpen gekümmert, als im Tierheim Personalmangel herrschte. Innerhalb des Teams war er immer der Erste, der auf Einsätzen Frauen und Kinder rettete, und er war auch derjenige, der sich um Mary und die anderen Frauen kümmerte, wenn sie Hilfe brauchten. Er schien Marys sarkastische Art eher liebenswert als beleidigend zu finden. Obwohl er die meiste Zeit locker und gelassen war, war er wahrscheinlich der Erste, der einem Terroristen ein Messer an den Hals halten würde, sollte der es wagen, einen seiner Teamkollegen zu bedrohen.

»Tu dir das nicht an«, warnte ihn Truck. »Das tut nur weh.«

»Es tut jetzt schon weh«, erwiderte Coach müde. »Denkst du, dass sie entführt wurde?«

»Coach ...«

Er ignorierte den warnenden Unterton in der Stimme seines Freundes und redete weiter. »Es kann fast nicht anders sein. Sonst hätten wir doch mittlerweile *irgendeine* Spur von ihr finden müssen. Sogar Tex hat gesucht, nachdem er aus dem Krankenhaus nach Hause gekommen war, und hat absolut nichts gefunden.«

Coach hatte offenbar beschlossen, diesem Gedankenstrang zu folgen, ob schmerzhaft oder nicht, und Truck schloss sich ihm an. »Das Auto hätte in einem See oder einem Teich versenkt werden können. Es könnte Jahre dauern, bis es gefunden wird.«

»Aber Harley hätte sich gewehrt. Ich weiß es. Sie hätte sich auf keinen Fall einfach so entführen lassen. Das kann ich mir nicht vorstellen.«

»Ja, das stimmt. Sie hätte wahrscheinlich versucht, Spuren zu hinterlassen, genau wie Tiger es in der Türkei getan hat.«

»Auch ihr Handy. Sie weiß, dass es durch die Antennen geortet werden kann. Sie hätte es so lange wie möglich behalten oder mir sogar eine SMS geschickt. Es ergibt keinen Sinn.«

»Die Entführer hätten es ihr wegnehmen und die Batterie entfernen können«, konterte Truck.

Coach nickte. »Es kann immer noch sein, dass sie einfach davongelaufen ist. Wobei ich ihr das eigentlich nicht zutraue, vor allem weil sie ihren Geschwistern so nahesteht. Aber vielleicht hat sie vor, sich in ein paar Monaten bei ihnen zu melden, nachdem die Suche nach ihr abgebrochen wurde. Vielleicht konnte sie mit dem, was ich ihr erzählt habe, nicht umgehen. Vielleicht habe ich sie angewidert, als ich in diesem Burrito-Laden den Schulmädchen die Meinung gesagt habe. Ich habe mich sogar selbst angewidert. Ich würde es ihr nicht übel nehmen, wenn –«

»Sie hat dich nicht verlassen, Coach«, unterbrach ihn Truck. »Auf keinen Fall. Ihr seid wahrscheinlich umeinander herumgetanzt und habt versucht, eure neue Beziehung zu verstehen, aber ich kann dir mit hundertprozentiger Sicherheit sagen, dass sie nicht einfach davongelaufen ist. Wir alle haben gesehen, wie sie dich in den letzten Monaten angeschaut hat. Sie liebt dich.«

Coach hob den Kopf und schaute seinen Freund an. Es kümmerte ihn nicht, dass ihm zum zweiten Mal in einer Woche die Tränen in die Augen schossen. »Wo ist sie denn dann, Truck? Wo zum Teufel ist sie?«

Truck legte Coach die Hand auf die Schulter. »Ich weiß es nicht, Coach. Ich weiß es einfach nicht.«

Sechsundneunzig Stunden vermisst

»Johnny Beckett Ralston, Sie müssen uns begleiten. Wir haben weitere Fragen zum Verschwinden von Harley Kelso.«

»Wie bitte? Ich habe Ihnen schon alles gesagt, was ich weiß!« Obwohl es nicht ganz unerwartet war, überraschten die Beamten ihn trotzdem.

»Drehen Sie sich um, Sir. Legen Sie die Hände auf den Rücken.«

»Truck!«, brüllte Coach, als einer der Beamten ihn am Oberarm packte und umdrehte. Er wehrte sich nicht, rief jedoch wieder nach seinem Freund. »Verdammt, Truck!«

Sein Teamkollege kam gerade noch rechtzeitig aus

Coachs hinterem Flur, um zu sehen, wie sein Freund von den beiden Beamten der Polizei von Temple an den Armen festgehalten wurde.

»Ruf Montesa an«, befahl Coach in schroffem Ton. »Sie hat mir gestern erst versprochen, dass sie und ihr Partner John für mich da sein würden, sollte ich sie brauchen.«

»Alles klar. Keine Angst, ich sorge dafür, dass du –«

»Ich mache mir keine Sorgen um mich«, sagte Coach, während er über seine Schulter zurückblickte und die Beamten ihn in Richtung Parkplatz führten. »Wir wissen beide, dass ich nichts getan habe. Mir ist egal, wie viele Fragen sie mir stellen. Hör nicht auf, nach ihr zu suchen! Sie können mich auf unbestimmte Zeit dortbehalten, das ist mir egal. Versprich mir nur eins. *Versprich* mir, dass du nicht aufhören wirst, nach Harley zu suchen, bis du sie gefunden hast!«

»Ich schwöre es dir, Coach!«

Truck stand mit geballten Fäusten in Coachs Hauseingang. Er wusste nicht, was die Bullen gegen Coach in der Hand hatten oder welche Fragen sie ihm stellen würden, denn das Team war stark. Wenn die Detectives mehr Informationen als Beth oder Tex hätten, wäre er schockiert.

Harley hatte sich buchstäblich in Luft aufgelöst. Wenn ihre Computer-Hacker-Freunde nicht die geringste Spur von ihr hatten finden können, war es unmöglich, dass die Bullen irgendetwas gefunden hatten, das auf Coach deutete. Spekulationen und Indizien vielleicht, aber nichts Konkretes.

Truck kannte zwar weder Montesa noch ihren Partner, doch wenn sie auch nur annähernd wie ihre Schwester war, würde sie dafür sorgen, dass Coach fair behandelt und nicht auf unbestimmte Zeit in einem Verhörraum festgehalten würde.

In der Zwischenzeit musste er dem Team mitteilen, dass Coach für eine weitere Befragung festgenommen worden war. Alleine, dass er *verdächtigt* wurde, einen Mord begangen zu haben, könnte seiner Armeekarriere schaden. Truck würde das auf keinen Fall zulassen. Coach war ein verdammt guter Soldat und ein noch besserer Delta Force-Agent. Das Team brauchte ihn. Zur Hölle, das *Land* brauchte ihn.

Truck schüttelte den Kopf, während er sich umdrehte und in Coachs Wohnung zurückging, um sein Handy und seine Brieftasche zu holen. Wo in aller Welt war Harley? Er befürchtete, dass Coach jetzt nur noch gerettet werden konnte, indem sie gefunden wurde.

Siebenundneunzig Stunden vermisst

Roberta Harris war wie immer spät dran. Sie hatte ihr ältestes Kind an der Schule abgesetzt und dann beim Lebensmittelgeschäft angehalten, um Milch und ein paar andere Dinge zu kaufen. Ihre Kinder aßen wie Scheunendrescher und schienen immer hungrig zu sein. Natürlich waren wieder nur zwei Kassen offen und die Selbstbedienungskasse außer Betrieb. Sie musste hinter einer Frau warten, die zwei volle Körbe mit Lebensmitteln trug und einen Stapel Coupons in der Hand hielt.

Sie würde Ricky zu spät im Kindergarten absetzen. Schon wieder. Sie schaffte es einfach nicht, pünktlich zu sein. Glücklicherweise hatten die Kindergärtnerinnen Verständnis. Es war neun Uhr fünfundfünfzig und in fünf Minuten fing der Unterricht an. Das konnte sie unmöglich schaffen. Sie überlegte, ob sie die Lebensmittel stehen lassen sollte, entschied sich dann aber dagegen. Ricky und Rob würden nach der Schule hungrig sein und sie würde an diesem Tag keine andere Gelegenheit mehr haben einzukaufen.

Während sie Ricky zum Kindergarten fuhr, dachte sie über ihren verrückten Zeitplan nach und wünschte sich, dass ihr Mann nicht zum dritten Mal zu einem Einsatz gerufen worden wäre. Roberta sah den braunen Kojoten, der über die Straße rannte, erst, als es zu spät war.

Sie trat auf die Bremse, doch es nützte nichts. Sie hörte ein Jaulen und spürte einen Ruck, als das arme Tier gegen die vordere Stoßstange des Autos knallte.

Roberta zitterte, während sie ihr Auto an den Straßenrand lenkte. Sie wollte weiter von der Straße entfernt anhalten, doch eine Leitplanke verhinderte dies. Da jedoch in den letzten fünf Minuten nur ein einziges Auto vorbeigefahren war, nahm sie an, dass es sicher war, anzuhalten und sich das Auto anzusehen. Sie drehte sich im Sitz um und schaute Ricky an. Als sie sah, dass er lächelte und alles in Ordnung war, stieg Roberta endlich aus, um den Schaden zu betrachten.

In diesem Moment waren keine anderen Autos zu sehen auf der verlassenen Straße außerhalb der Stadt. Rickys Kindergarten war etwas weiter weg, doch er hatte gute Bewertungen erhalten und Ricky mochte die Kindergärtnerinnen. Im Gegenzug dafür, dass er die bestmögliche Ausbildung erhielt, nahm sie den weiten Weg gern in Kauf. »Das hat mir gerade noch gefehlt«, murrte sie. »Hoffentlich treibt das die Versicherungsprämie nicht in die Höhe.« Sie ging zur Vorderseite des Autos und war erleichtert, als sie nur einen kleinen Kratzer an der Stoßstange sah.

Sie konnte jedoch den Kojoten, den sie angefahren

hatte, nirgends entdecken. Weder auf der Straße noch im Straßengraben.

Roberta begann, sich Sorgen zu machen, und hoffte, dass er nicht von der Straße geschleudert worden war und unter schrecklichen Schmerzen sterben musste. Sie ging an den Rand der breiten Straße, um über die Leitplanke zu schauen. Wenn das verletzte Tier dort war, würde sie die Polizei rufen. Vielleicht konnten sie es erschießen und von seinem Elend erlösen. Sie konnte den Gedanken nicht ertragen, dass irgendeine Kreatur Schmerzen ertragen musste.

Als sie die Schlucht hinunter zu dem kleinen Bach schaute, der an der Straße entlang floss, schnappte sie nach Luft. Sie schaute zweimal hin, da sie sicher sein wollte, dass sie sich nicht irrte, und griff nach ihrem Telefon. Ja, sie würde definitiv die Polizei rufen.

KAPITEL DREIUNDZWANZIG

Achtundneunzig Stunden vermisst

Coach schritt in dem kleinen Verhörzimmer umher. Die Polizisten hatten ihn auf unhöfliche Art in den Raum gesteckt und ihm befohlen, Platz zu nehmen. Sobald er während der Befragung sein Recht auf einen Anwalt geltend gemacht und die Beamten darüber informiert hatte, dass bereits einer unterwegs war, hatten sie genickt und gesagt, sie würden wiederkommen, sobald Montesa eingetroffen war.

Er kannte diesen Trick. Er wurde von den Kameras aufgenommen und die Beamten analysierten jede seiner Bewegungen. Er hatte genügend Krimis gesehen, um zu wissen, dass seine Verhaltensweise genauso unter die Lupe genommen wurde wie das, was er sagte. Alles, was er tat, konnte dazu führen, dass er noch mehr Misstrauen auf sich zog.

Coach biss die Zähne zusammen und schritt weiterhin im Raum umher. Jede Minute, die verging, war eine weitere, in der er nicht nach Harley suchen oder wenigstens planen konnte, was er tun sollte. Er nahm den Bullen nicht wirklich übel, dass sie ihre Arbeit taten. Er war der Hauptverdächtige, vor allem wegen seines Hintergrunds und weil es absolut keine Spur von Harley gab, doch es war schrecklich frustrierend. Sie wurde immer noch vermisst.

Und so schritt er weiter im Raum umher.

Vier Schritte nach rechts, eine Drehung, zwei Schritte, eine weitere Drehung, vier weitere Schritte und dann zwei weitere Schritte zurück zum Ausgangspunkt. Er hatte aufgehört zu zählen, wie oft er den kleinen Raum umkreist hatte, doch er hatte sich nicht annähernd beruhigt. Coach wollte wissen, was die Ermittler gegen ihn in der Hand hatten, doch er wollte mit niemandem reden, bis John oder Montesa eintrafen.

Coach knurrte der Magen, doch er ignorierte ihn. Er hatte in den letzten Tagen nicht viel gegessen, er konnte einfach nichts bei sich behalten. Die wenigen Male, die seine Teamkollegen ihn davon überzeugt hatten, dass er für Harley bei Kräften bleiben musste, hatte er Albträume gehabt und alles, was er zu sich genommen hatte, wieder erbrochen. Es war einfacher, nichts im Magen zu haben, das er erbrechen *konnte*.

Gerade als Coach dachte, dass er ausrasten würde, trotz all seines Trainings, wie man während eines Verhörs einen kühlen Kopf bewahrte, wurde die Tür aufgerissen und er zuckte überrascht zusammen.

Ein Mann mittleren Alters, der nur Montesas Partner sein konnte, stand in der Tür. Coach konnte seinen Gesichtsausdruck nicht interpretieren.

»John Black?«

»Ja. Hören Sie zu, irgendetwas geschieht gerade.«

»Ja, die Bullen wollen mir etwas anhängen, das ich nicht getan habe«, sagte Coach gereizt zu seinem Anwalt.

»Nein, ich meine, was Ihren Fall betrifft. Es ist etwas vorgefallen. Die Polizisten laufen herum, als hätten sie Feuer unter dem Hintern, und keiner will mir sagen, was los ist. Schließlich habe ich die Sekretärin gefragt, wo Sie festgehalten werden, und sie hat mir den Weg erklärt.«

»Harley?«, fragte Coach mit einem dringlichen Unterton.

»Schon möglich. Ich werde mich da draußen mal umhören und sehen, ob ich an irgendwelche Informationen kommen kann.«

»Verdammt! Ich muss hier raus.«

»Leider wird das im Moment nicht möglich sein«, sagte der andere Mann verständnisvoll zu Coach.

»Verdammt.« Coach zog einen Stuhl vom Tisch weg, ließ sich hineinfallen, stützte die Ellbogen auf die Knie und legte den Kopf in die Hände. Er saß einen Moment lang so da, hob dann den Kopf und schaute John an. »Gehen Sie. Aber wenn es irgendetwas mit Harley zu tun hat, dann *muss* ich es wissen. Es ist mir egal, wen Sie verprügeln müssen, um hierher zurückzukommen.«

»Werde ich machen. Wenn es um jemanden ginge, den ich liebe, würde ich es auch wissen wollen.« John machte auf dem Absatz kehrt und verließ den kleinen Raum. Die Tür fiel mit einem lauten Knall ins Schloss.

Coach konnte absolut nichts anderes tun, als zu warten. Wenn er Glück hatte, bedeuteten die Geschehnisse dort draußen, dass Harley gefunden worden war. Wenn er *extremes* Glück hatte, war sie lebend gefunden worden.

Coach betete, wie er noch nie zuvor in seinem Leben gebetet hatte. So sehr er auch mit Harley zusammen sein wollte, er wäre damit zufrieden, wenn sie atmete und in der

Obhut von jemand anderem war. Seine Teamkollegen würden sich darum kümmern. Sie würden sich um sie kümmern, bis er bei ihr sein konnte.

Auf alle Fälle kreuzte Coach an beiden Händen die Finger und sprach ein weiteres schnelles Gebet. »Bitte mach, dass sie am Leben ist. Wir können mit allem anderen, das ihr zugestoßen ist, umgehen, solange sie nur atmet.«

Coach saß für weitere dreiundneunzig Minuten alleine im Verhörraum. Jede Minute verging langsamer als die vorhergehende, doch schließlich wurde die Tür von einem der Beamten geöffnet, der ihn in seiner Wohnung verhaftet hatte. Seine Worte brachten Coachs Herz zum Stillstand.

»Wir haben Ihre Freundin gefunden.«

KAPITEL VIERUNDZWANZIG

Coach saß auf dem harten Stuhl neben Harleys Bett auf der Intensivstation und beobachtete einfach, wie sich ihre Brust hob und senkte. Es war das Schönste, das er in seinem ganzen Leben gesehen hatte.

Er war ohne irgendeine Entschuldigung aus der Polizeistation entlassen worden, nachdem man ihm gesagt hatte, dass Harley gefunden worden und sie noch knapp am Leben war.

Zum Glück war John noch dort gewesen und hatte ihn direkt ins Krankenhaus gefahren. Es war ein Notruf eingegangen, kurz nachdem Coach zur Station gebracht worden war. Eine Frau behauptete, dass sie sieben Kilometer außerhalb von Temple ein Auto entdeckt hatte, das sich überschlagen hatte. Es lag in einer Schlucht im Wasser und sie hatte behauptet, dass es so aussah, als wäre es erst vor Kurzem dort gelandet.

Die Polizisten hatten eine Suche eingeleitet und den Ford Focus gefunden ... und Harley. Sie war bewusstlos, lebte jedoch. Sie war dehydriert, hatte sich das Schlüsselbein und den Arm gebrochen und eine schwere Gehirnerschütterung erlitten. Die Sanitäter vor Ort hatten Montesa und Davidson erklärt, dass es so aussah, als wäre sie die ersten paar Tage bei Bewusstsein gewesen und hätte Wasser aus dem Bach getrunken, da kein akutes Organversagen aufgrund von Flüssigkeitsmangel eingetreten war. Das hatte ihr das Leben gerettet. Ihr Handy hatte nutzlos neben ihr im Wasser gelegen.

Harley war nicht in der Lage gewesen, sich selbst zu befreien, da der eingeklemmte Sicherheitsgurt sie gefangen gehalten hatte und sie gegen das Lenkrad gedrückt worden war. Mit gebrochenem Arm und Schlüsselbein hatte sie sich kaum bewegen können. Sie hatte nichts anderes tun können, als in ihrem zertrümmerten Auto auf der Seite zu liegen und zu hoffen, dass jemand sie finden würde.

Im Moment bestand das größte Problem darin, dass Harley extrem dehydriert war und die Ärzte sich Sorgen um ihre Nierenfunktion machten. Sie war zu schwach für die Operation an ihrem Arm und die Ärzte mussten warten, bis sich ihr Zustand stabilisierte, bevor sie den Zeitpunkt für die Operation bestimmen konnten.

Die Maschinen um Coach herum piepten und summten, und doch konnte er nur darauf achten, dass Harleys Brust sich bewegte. Sie atmete, wenn auch mithilfe von Maschinen im Moment, doch sie war am Leben. Sie hatte das Bewusstsein noch nicht wiedererlangt, doch Coach wollte bei ihr sein, wenn sie erwachte. Er wollte, dass er das Erste war, das sie sah.

»Ist sie schon aufgewacht?«

Die Frage erklang leise, doch Coach wusste, dass sie von Ghost kam.

»Nein, aber das wird sie bald.«

»Natürlich wird sie das. Sie ist zäh, Coach. Sonst hätte sie auf keinen Fall vier Tage lang da draußen überleben können.«

»Ja.«

»Brauchst du irgendetwas?«

Coach schätzte es, dass Ghost nicht versuchte, ihn zum Gehen zu überreden oder irgendwelche hohlen Phrasen von sich gab. »Nein. Aber danke.«

»Montesa und Davidson haben versprochen, morgen vorbeizukommen.«

Coach nickte.

»Wir haben uns diese Straße genau angeschaut. Es gab keine Anzeichen für den Unfall«, sagte Ghost. Er wusste genau, was sein Freund dachte. »Blade und Hollywood sind rausgefahren, nachdem der Krankenwagen weg war, und haben alles noch einmal überprüft. Keine Bremsspuren. Die Leitplanke war beschädigt, doch das hätte man von der Straße aus nicht sehen können. Das Einzige, was sie finden konnten, war ein Teil ihres Vorderreifens, der am Straßenrand lag. Die beiden können sich das nur so erklären, dass sie auf der Straße in etwas hineingefahren sein muss. Es lagen ein paar Trümmer herum, die so aussahen, als wären sie von einem Lastwagen gefallen. Wenn das der Fall war, hat sie die Kontrolle über das Auto verloren, als der Reifen geplatzt ist. Vermutlich hat sie gegengelenkt und das Auto hat sich deswegen überschlagen. Es ist zwar unwahrschein- lich, aber sie könnte von der Straße katapultiert worden sein, ohne eine Spur zu hinterlassen. Die Hinweise lassen jedoch darauf schließen, dass genau das passiert ist.«

»In der Schlucht war ein großes Loch zu sehen, dort, wo das Auto aufgeschlagen ist, doch dann rollte es in die andere Richtung und kam in der Nähe der Straße zum Stillstand. Es war von der Straße aus nicht sichtbar, aus keiner der beiden Richtungen. Es war buchstäblich ein Wunder, dass die Frau den Kojoten an dieser Stelle angefahren und dann angehalten hat, um sich ihr Auto anzuschauen. Einen halben Kilometer weiter und sie hätte Harleys Auto überhaupt nicht gesehen.«

Coach nickte nur wieder. Er war erleichtert, dass seinen Freunden nichts entgangen war, doch der Gedanke daran, dass Harley alleine und verängstigt im Straßengraben gelegen und Schmerzen gehabt hatte, quälte ihn immer noch. Er würde später den Namen der Frau, die das Auto gefunden hatte, herausfinden und sie belohnen. Im Moment konnte er nur an Harley denken.

»Ich werde der Krankenschwester sagen, dass du hierbleibst«, versicherte Ghost Coach.

»Danke.«

»Das Team wird morgen früh hier sein. Wenn ihre Geschwister zu Besuch kommen, kannst du mit ihnen reden und sie können deine Fragen beantworten.«

Coach konnte den Gedanken, Harley auch nur eine Minute von der Seite zu weichen, nicht ausstehen, doch er wusste, dass ihre Geschwister sie auch sehen wollten. Das würde er ihnen nicht verwehren. Wenn es anders gewesen wäre und Jenny in einem Krankenhausbett gelegen hätte, hätte er auch nicht gewollt, dass man ihn von ihr ferngehalten hätte. Coach wandte sich zum ersten Mal an seinen Freund. »Ich weiß das zu schätzen, Ghost. Ich weiß, es war eine lange Woche. Und obwohl ich es dir nicht gesagt habe – ich bin froh, dass du für mich da warst.«

»Das würdest du für mich und Rayne auch tun. Oder für Fletch und Emily. Das wissen wir alle. Ich habe es schon einmal gesagt und ich werde es wiederholen. Sie ist eine von uns. Und jetzt versuch, etwas zu schlafen.«

Coach sagte nichts weiter und Ghost hatte offensichtlich

auch keine Antwort erwartet. Er drehte sich um und verließ den Raum. Die Tür fiel kaum hörbar hinter ihm ins Schloss.

Coach wandte die Aufmerksamkeit wieder auf Harley. Sie hatte sich nicht bewegt. Ihre Lunge wurde weiterhin durch die Maschine, die ihr beim Atmen half, mit Luft gefüllt. Er hasste es, sie so hilflos zu sehen, doch er war dankbar dafür, dass sie hier war. Er hatte ehrlich gesagt gedacht, dass er sie nie wiedersehen würde. Dass jemand sie aus irgendeinem Grund entführt hatte. Er war sicher gewesen, dass Jacks etwas damit zu tun hatte, doch sowohl Tex als auch Beth hatten immer wieder betont, dass sie von einer Beteiligung dieses Mannes nicht überzeugt waren.

Coach war erleichtert und gleichzeitig entsetzt darüber gewesen, dass Harley die ganze Zeit, in der sie vermisst worden war, nur etwa sieben Kilometer von ihrem Haus entfernt gewesen war. Sie hätten einen Hubschrauber einsetzen sollen oder Hunde ... oder irgendetwas. Er schüttelte den Kopf und war sich bewusst, dass man im Nachhinein immer alles klarer sah. Klar, sie waren es gewohnt, ihre Einsätze hinterher noch einmal zu besprechen und zu überlegen, was sie besser hätten machen können. Doch dies war nicht wirklich ein Einsatz gewesen.

Er ließ sich zurück in den unbequemen Stuhl sinken, hielt den Blick auf Harleys Brust gerichtet und legte seine Hand auf ihren Arm. Er musste sie spüren. Ihre warme Haut berühren. Das rhythmische Geräusch des Beatmungsgeräts ließ Coach in einen unruhigen Schlaf sinken.

Vier Stunden später, mitten im Dunkel der Nacht, schreckte Coach aus dem Schlaf hoch. Irgendetwas hatte ihn geweckt.

Harley.

Sie zuckte unter seiner Hand und machte verzweifelte Würgegeräusche.

Coach stand auf und der Stuhl machte ein lautes Quietschgeräusch, bevor er umkippte. Er drückte sofort den Rufknopf für die Krankenschwester und beugte sich dann so weit über Harley, bis sein Gesicht nur wenige Zentimeter von ihrem entfernt war.

»Entspann dich, Harl. Ich bin hier. Es ist alles in Ordnung. Du bist im Krankenhaus. Du hast einen Atemschlauch im Hals, wehr dich nicht dagegen. Ich habe die Krankenschwester gerufen.«

Ihre Blicke trafen sich und er konnte die Panik in ihren Augen sehen. Ihre Augen waren weit aufgerissen und in ihrer Panik erstickte sie fast an dem Schlauch. Er legte eine Hand auf Harleys Stirn, die andere auf ihre Wange und neigte sich noch näher zu ihr. Ihre Nasen berührten sich nun. Anstatt zärtlich mit ihr zu sein, sprach er mit ernster Stimme. Er wollte, dass sie sich auf das konzentrierte, was er sagte, und wieder zu sich kam. »Es ist alles in Ordnung, Harley. Wir haben dich gefunden. Du bist in Sicherheit. Hörst du mich? Ich bin bei dir. Ich bin hier.«

Erstaunlicherweise schien seine Strategie zu funktionieren. Ihre Augen waren vor Angst immer noch weit aufgerissen, doch sie wehrte sich nicht mehr gegen den Schlauch.

»Gut so. Braves Mädchen. Hör auf, dich zu wehren. Lass die Maschine für dich atmen. Halte durch. Die Krankenschwester wird jeden Moment hier sein und sich um dich kümmern. Ich bin so verdammt froh, deine braunen Augen zu sehen, Harl. Du hast ja keine Ahnung.«

Sie öffnete den Mund, um etwas zu sagen, doch Coach schüttelte den Kopf. »Nein, versuch nicht, zu reden. Schau mich einfach nur an. Okay? Ich bin hier. Du bist so verdammt schön. Danke, dass du da draußen um dein Leben gekämpft hast. Danke, dass du zu mir zurückgekommen bist.«

In diesem Moment kam die Krankenschwester durch die Tür. »Was ist passiert?«

Coach drehte sich nicht um, sondern hielt den Blick auf Harley gerichtet. »Sie ist aufgewacht und hat Panik bekommen.«

»Ah, okay, lassen Sie mich mal sehen.«

Coach wich zurück, sagte jedoch zu Harley: »Schau mich an. Genau so. Es ist alles in Ordnung.«

Er brach den Augenkontakt nicht ab, während die Krankenschwester die verschiedenen Maschinen überprüfte.

»Ich werde den Arzt rufen. Ich kann ihr ein Beruhigungsmittel geben, bis der Arzt hier ist, oder ich kann fragen, ob ich den Schlauch jetzt gleich entfernen kann.«

Harley schaute Coach durchdringend an. Er wusste, was sie wollte, ohne dass sie ein Wort sagen musste. »Rufen Sie den Arzt an und fragen Sie, ob sie ihn herausnehmen können.«

»Ich denke, wir sollten –«

»Nein. Sie ist jetzt bei klarem Bewusstsein. Harley?«

Sie nickte kräftig.

Coach wandte zum ersten Mal den Blick von ihr ab, damit er die Krankenschwester anschauen konnte. »Entfernen Sie ihn.«

Er wusste, dass die Schwester das letzte Wort hatte, und starrte sie an, damit sie endlich dafür sorgte, dass Harley sich besser fühlte. Schließlich nickte sie. »Okay, ich bin gleich wieder da.«

Coach wollte nicht, dass sie ging, wandte sich jedoch nur an Harley. »Kein Problem, Harl. Das ist ein Kinderspiel im Vergleich zu dem, was du durchgemacht hast. Es dauert nur noch einen kleinen Moment, okay?«

Sie nickte und Coachs Brust schmerzte, als er das

Vertrauen in ihren Augen sah. Zum ersten Mal seit fast einer Woche spürte er, dass das ungute Gefühl in seinem Nacken nachließ. Sie würde sich wieder erholen. Dafür würde er sorgen.

KAPITEL FÜNFUNDZWANZIG

Harley saß auf Coachs Sofa und lächelte alle um sie herum an. Sie war heilfroh, dass sie aus dem Krankenhaus entlassen worden war. Sie wusste, dass sie dem Tod nahe gekommen war. *Viel* zu nahe. Sie hatte ihn gespürt, als sie eingeklemmt in ihrem Auto gelegen hatte. Der Unfall war so schnell passiert, dass sie nicht einmal dazu gekommen war, auf die Bremse zu treten. Von einem Moment auf den anderen steckte sie in ihrem Auto fest und lag zentimetertief im Wasser.

Es würde einige Zeit dauern, bis sie wieder sie selbst sein und die fünf Kilo, die sie verloren hatte, zunehmen und zu Kräften kommen würde, damit sie wieder stundenlang vor dem Computer sitzen konnte. Doch im Großen und Ganzen hatte sie Glück gehabt – das wusste sie.

»Ich weiß nicht, wie du das geschafft hast«, sagte Emily. »Ich habe mich zu Tode gefürchtet, als diese Typen mich und Annie entführt hatten. Aber ich wusste, dass es nur eine Frage der Zeit war, bis Fletch mich finden würde.«

»Soll ich dir sagen, wie ich es geschafft habe?«, fragte Harley die andere Frau. »Ich wusste, dass Coach nicht aufhören würde, nach mir zu suchen.« Sie spürte, wie Coach leicht ihren Nacken drückte und lächelte, während sie fortfuhr. »Die erste Nacht war am schlimmsten. Ich dachte, dass jemand gleich am ersten Tag mein Auto sehen würde. Doch als die Stunden vergingen und ich die Autos über mir rauschen hörte und niemand anhielt, wusste ich, dass ich in Schwierigkeiten war.«

»Es ist fast unheimlich, dass dein Auto an einer Stelle gelandet ist, an der du für alle, die vorbeigefahren sind, unsichtbar warst«, sagte Rayne voller Mitgefühl.

»Ja. Mein Handy war im Bach gelandet, als das Auto zum Stillstand kam, und ich konnte es nicht erreichen. Wobei das keine Rolle spielte, denn es war völlig durchtränkt. Mein Arm hatte einen Winkel, der es mir unmöglich machte, aus dem Auto zu kriechen. Ich konnte nur abwarten. Nach der ersten Nacht wurde es aber merkwürdigerweise einfacher«, versuchte Harley zu erklären. »Ich glaube, ich habe mindestens drei neue Spiele in meinem Kopf entworfen, und jede einzelne Minute, die ich mit Coach verbracht hatte, Revue passieren lassen. Es war fast ... beruhigend.«

»Du musst aber wissen, Harley«, sagte Truck mit rauer Stimme, »dass wir alles in unserer Macht Stehende getan haben, um dich zu finden. Ein ehemaliger SEAL in Pennsylvania hat versucht, dich zu finden, zusammen mit der Freundin eines Feuerwehrmanns in San Antonio und einem Streifenpolizisten, den wir aus der Armee kennen. Ganz zu schweigen von uns allen.«

»Ich weiß das zu schätzen. Jede Sekunde«, sagte Harley mit erstickter Stimme.

»Du bist eine von uns«, sagte Ghost zu ihr und widerholte, was er Coach mehr als einmal versichert hatte, während sie vermisst wurde.

»Hat sich dieses Arschloch von Polizist schon bei dir entschuldigt, Coach?«, fragte Harley mit ernster Stimme, bemüht, das Gespräch in eine neue Richtung zu lenken.

»Ha, nein. Aber das ist mir scheißegal. Ich wusste, dass ich dir nichts angetan hatte. Meine Freunde wussten es. Mir war scheißegal, was alle anderen gedacht haben.«

»Ich kann nicht glauben, dass sie dir die Schuld geben wollten. Arschlöcher«, murmelte Harley. »Es macht mich sauer. Du würdest mir niemals wehtun. Ich hasse es, dass sie dich einbuchten wollten«, schmollte Harley.

»Vergiss es«, spottete Montesa. »Sie hatten keine wirklichen Beweise. Der Polizeichef fühlte sich nach dem ganzen Presserummel unter Druck gesetzt und musste etwas tun, und da sie keine Hinweise hatten, beschlossen sie, sich auf Coach zu konzentrieren.«

Harley lächelte und freute sich darüber, dass ihre Schwester Coach so entschieden verteidigte. Es gefiel ihr, dass sowohl ihr Bruder als auch ihre Schwester ihn mochten. Es war ihr wichtig. »Danke, Schwesterherz.«

»Keine Ursache.«

»Ich habe heute Morgen einen Anruf von Fish bekommen«, warf Truck unerwartet in die Runde.

»Wirklich?«, fragte Ghost.

»Ohne Scheiß?«, rief Hollywood gleichzeitig.

»Ja. Anscheinend hat Tex ihn angerufen und ihm erzählt, was passiert ist. Er war stinksauer. Doch das Komische ist, dass ich denke, es war das Beste, was passieren konnte«, sagte Truck grinsend.

»Wie zum Teufel soll Harleys Verschwinden irgendetwas Gutes gewesen sein?«, fragte Coach leise und in einem gefährlichen Tonfall. Vor lauter Anspannung verkrampfte sich seine Hand an Harleys Nacken.

Unbeeindruckt von Coachs Wut erklärte Truck: »Er hat

im Krankenhaus Trübsal geblasen und sich weder auf seine Physiotherapie konzentriert noch sich um seine Genesung bemüht. Die Tatsache, dass er uns nicht helfen konnte, nach Harley zu suchen, oder sich an den Ermittlungen beteiligen konnte, hat ihn verärgert. Seitdem tut er alles in seiner Macht Stehende, um so schnell wie möglich gesund zu werden und das Krankenhaus verlassen zu können.«

Coach beruhigte sich. »Wird er in den Ruhestand gehen?«

Truck nickte. »Ja. Er sagte, er wolle nach Idaho ziehen und eine Weile nichts mit anderen Menschen zu tun haben.«

Ghost zuckte mit den Schultern. »Das kann man ihm nicht verübeln. Die meisten Leute sind ätzend.«

»Das stimmt nicht«, protestierte Rayne. »Ich finde euch alle ziemlich klasse.«

»Anwesende natürlich ausgeschlossen«, versicherte ihr Ghost lächelnd und küsste Rayne seitlich auf den Kopf.

»Er sagt, er wäre im Handumdrehen da, wenn wir ihn brauchen. Und er meint es ernst. Der Mann war am Boden zerstört, als er sein Team verloren hat. Er braucht uns und ich werde ihn anrufen, ohne zu zögern, wenn wir Verstärkung brauchen. Genau wie bei Rock kann es nicht schaden, da draußen einen Bruder zu haben, der uns Rückendeckung gibt«, sagte Truck fast abwesend.

»Und im Gegenzug geben wir ihm Rückendeckung«, fügte Coach inbrünstig hinzu.

Die Delta Force-Männer murmelten alle: »Hundertprozentig«, und: »Selbstverständlich.«

»Wann gehen wir denn nun zusammen aus?«, fragte Harley die anderen Frauen, die sich um sie versammelt hatten, und versuchte, das Thema zu wechseln und die Stimmung aufzuheitern. »Wir wollen schon so lange einen

Frauenabend planen und haben es immer noch nicht geschafft. Und ich brauche immer noch ein Kleid für den Armeeball.«

Emily, Rayne, Mary und Montesa fingen alle gleichzeitig an zu reden. Sie diskutierten, wann und wohin sie gehen wollten.

Coach pfiff laut durch die Finger, was das Geplapper stoppte und die Aufmerksamkeit auf ihn lenkte. »Wie wäre es, wenn Harley sich erst mal vollständig erholt, bevor wir uns darüber unterhalten, auszugehen und uns zu betrinken? Ich bin nicht sicher, ob das im Moment in ihrem Interesse ist.«

»Coach, mir geht's gut –«

»Du wurdest gerade erst aus dem Krankenhaus entlassen.«

»Und?«

»Wie wär's damit? Wenn du aufrecht sitzen kannst, ohne dabei einzuschlafen, eine ganze Portion scharfes Hunan-Hühnchen essen und eine Marathonrunde von *This is War* mit mir spielen kannst, wie wir es bei unserer ersten Verabredung getan haben, hast du meinen Segen für den Frauenabend und die Einkaufstour.«

Harley schaute Coach in die Augen. Er saß neben ihr auf der Couch. Eigentlich war die Beschreibung »neben ihr« nicht ganz richtig. Sie saß praktisch auf seinem Schoß. Er hatte einen Arm um ihre Schultern gelegt und rieb ihr den Nacken. Mit der anderen Hand hielt er ihre Hand fest, die in ihrem Schoß ruhte.

Sie hatte protestieren wollen, doch sie sah seinen sorgenvollen Blick. Er schien seit dem Morgen, an dem sie verschwunden war, zehn Jahre gealtert zu sein. Ja, sie war diejenige gewesen, die sich verletzt hatte und vermisst wurde, aber *er* war offensichtlich derjenige gewesen, der gelitten hatte.

Er hatte ihr eines Abends im Krankenhaus, als sie wegen der Schmerzen in ihrem Arm nicht schlafen konnte, erzählt, wie sie ihn im Traum angefleht hatte, sie zu finden. Harley wusste nicht genau, wie spirituelle Dinge funktionieren, doch es war zumindest für sie offensichtlich, dass der Kojote, der interessanterweise nie gefunden wurde, der Grund dafür gewesen war, dass sie gefunden wurde. Harley hatte sich mehr als einmal gefragt, ob es Jenny oder ihre Eltern gewesen waren, die eingegriffen und bei der Suche geholfen hatten. Was auch immer passiert war, Coach hatte alles getan, um sie zu finden. Er war sogar fast verhaftet worden.

»In Ordnung, Coach. Wenn ich unsere erste Verabredung realistisch nachspielen kann, planen wir unseren Abend.«

»Danke, Harl.«

»Okay, die Besuchszeit ist vorbei«, erklärte Emily. »Annie treibt ihre Sportlehrerin mittlerweile wahrscheinlich in den Wahnsinn. Es war so nett von ihr, dass sie zugestimmt hat, sie so lange zu betreuen, damit wir Harley nach Hause bringen können, aber so wie ich meine Tochter kenne, hat sie ihre Lehrerin vermutlich dazu gebracht, den Hindernisparcours im Hinterhof neu aufzustellen.«

Alle lachten, doch niemand widersprach. Emily hatte wahrscheinlich recht. Annie konnte ganz schön anstrengend sein, doch sie liebten sie alle.

»Da wir alle versammelt sind, möchte ich etwas sagen«, begann Fletch plötzlich.

Alle schauten den Mann an, der plötzlich nervös wirkte.

Er drehte sich zu Emily um und nahm ihre Hände in seine. »Nach allem, was mit Harley passiert ist, ist mir klar geworden, wie kurz das Leben ist. Ich habe zwar Annie adoptiert, aber *dich* habe ich noch nicht offiziell zu meiner Frau gemacht. Miracle Emily Grant, willst du mich heiraten?«

Harley hielt sich die Hand vor den Mund und ihre Augen füllten sich mit Tränen. Sie konnte nicht glauben, dass Fletch hier vor ihnen allen um Emilys Hand angehalten hatte.

Emily ließ ihn nicht lange auf eine Antwort warten. »Natürlich will ich das!«

»Bald«, forderte Fletch.

Alle grinsten, Emily auch.

Sie umarmten sich und sie schaute zu ihm hoch. »Wann immer du willst. Jederzeit. Nenne einfach das Datum und ich und Annie werden da sein.«

»Bald. Ich will nicht warten.«

»Ich werde daran arbeiten.« Emily hielt einen Moment inne, bevor sie fragte: »Können wir Fish einladen? Und Tex? Und vielleicht deine SEAL-Freunde?«

»Warum nicht?«, antwortete Fletch. »Ich kann nicht versprechen, dass sie kommen können, das hängt vom Datum ab, aber wir können sie auf jeden Fall fragen.«

»Gut«, entgegnete Emily mit Genugtuung. »Ich möchte einige der Männer kennenlernen, mit denen du arbeitest. Um ihnen dafür zu danken, dass sie dir Rückendeckung geben.«

Die beiden starrten sich einen Moment lang an, bevor sie sich küssten. Es war ein langer, leidenschaftlicher Kuss. Harley schaute zu Coach hinüber.

Er blickte sie an, nicht seinen Freund.

»Ist alles in Ordnung?«, fragte Harley leise.

»Du bist in Sicherheit und wieder in meinen Armen. Es könnte mir nicht besser gehen«, antwortete Coach.

Sie lächelte ihn an und schloss dann zufrieden die Augen. Sie öffnete sie wieder, als sie hörte, wie die anderen Fletch und Emily gratulierten und ihre Sachen zusammenpackten. Harley wollte nicht, dass sie alle gingen, doch sie war erschöpft. Coach hatte recht, es würde eine Weile dauern, bis sie wieder bei Kräften wäre.

»Danke, dass ihr alle vorbeigekommen seid«, sagte Harley, während sie sich für den Aufbruch bereit machten.

Jeder der Männer kam zu ihr und küsste sie auf die Wange. Sehr zu Coachs Missfallen winkten die Frauen nur.

»Truck, kannst du Mary mitnehmen?«, fragte Rayne in unschuldigem Ton. »Ghost und ich müssen auf dem Heimweg ein paar Besorgungen machen.«

»Er muss mich nicht –«

»Klar. Kein Problem«, unterbrach Truck sie grinsend.

»Verdammt, Rayne«, meckerte Mary, doch Rayne ignorierte sie einfach.

»Danke, Truck. Wir sehen uns später. Bis bald!« Rayne winkte und zog Ghost aus dem Raum, bevor ihre beste Freundin etwas sagen konnte.

Harley lachte, als Mary schmollte und die Arme über der Brust verschränkte. Es war amüsant, diese ... Beziehung – wenn man sie denn als solche bezeichnen konnte – zwischen Mary und Truck zu beobachten. Er war ein großer Mann und ragte weit über die kleine Frau hinaus, doch sie ließ sich nichts von ihm gefallen. Es war fast so, als würde sie zu oft protestieren. Es würde Spaß machen, die beiden in Zukunft zu beobachten. Wenn Harley hätte wetten müssen, hätte sie auf Truck gesetzt. Er hatte einen bestimmten Schimmer in den Augen, wenn er Mary anschaute.

Fletch und Emily traten ans Sofa, um sich von ihr zu verabschieden.

»Ich gratuliere euch beiden von ganzem Herzen«, sagte Harley aufrichtig.

»Danke«, antwortete Emily und grinste über das ganze Gesicht.

»Wenn du dich besser fühlst, kannst du Emily helfen, die Hochzeit zu planen, was sagst du?«, fragte Fletch.

»Okay, aber vielleicht fragt ihr besser jemand anderen. Ich besitze nur ein einziges Kleid und bin schlecht im Dekorieren. Aber ich werde mein Bestes geben«, sagte Harley ehrlich.

»Es wird locker und entspannt werden«, entgegnete Emily entschieden. »Eine kurze Zeremonie, dann eine große Party. Nichts Ausgefallenes oder Spießiges. Eigentlich brauche ich nur jemanden, der dafür sorgt, dass ich nicht übertreibe.« Emily umarmte sie schnell und vorsichtig und sagte: »Ich bin froh, dass es dir gut geht.«

»Ich auch«, antwortete Harley und spürte, wie Coach ihre Hand drückte.

»Bis morgen«, sagte Coach zu Fletch.

Die beiden gingen und die anderen folgten ihnen. Schließlich waren nur noch sie und Coach übrig.

»Wie geht es dir, Harl?«, fragte er leise.

»Mir geht's gut.«

»Keine Schmerzen?«

»Das habe ich nicht gesagt. Aber sie sind auszuhalten.«

»Das ist nicht gut genug«, sagte Coach, stand plötzlich auf und lud sie auf seine Arme.

Anstatt zu protestieren, was sie wahrscheinlich in der Vergangenheit getan hätte, legte sie einfach den Kopf auf Coachs Schulter, während er sie in sein Schlafzimmer trug.

»Ich liebe dich, Harley.«

»Ich liebe dich auch, Johnny.« Ihre Worte klangen sanft und waren voller Liebe.

»Willst du bei mir einziehen?«

»Wie bitte?«

»Zieh bei mir ein. Ich kann mir nicht mehr vorstellen, morgens ohne dich aufzuwachen, oder dass du abends nicht da bist, wenn ich nach Hause komme.«

»Ich will nicht, dass du mich fragst, weil du dich schuldig fühlst oder weil du Angst hast, dass ich wieder verschwinde, wenn du mich aus den Augen lässt. Das war etwas Außergewöhnliches, Coach. Es wird nicht wieder passieren.«

»Ich frage dich nicht deswegen. Ich kann nicht abstreiten, dass ich mir ständig Sorgen um dich machen werde. Du wirst es irgendwann satthaben, dass ich ständig SMS schreibe und anrufe. Ich frage dich, weil ich dich vermisst habe. Der Gedanke, dich nie wiederzusehen, hat mir an der Seele genagt. Das Leben ist kurz und ich will meines nicht ohne dich verbringen.«

»Verdammt, Coach. Wie soll ich dazu Nein sagen können?«

Sein Lächeln verwandelte sich in ein fast boshaftes Grinsen. »Das kannst du nicht.«

Harley schlug ihm spielerisch auf die Schulter, während sie sich auf dem Bett niederließen. »Du hast mich manipuliert.«

Sein Lächeln verschwand und er beugte sich über sie, bis sie sich auf das Bett legte. Sein Gesicht war über ihrem, als er sagte: »Ich liebe dich. Ich will den Rest meines Lebens mit dir verbringen. Ich versuche nicht, dich zu manipulieren. Wenn du nicht bereit bist, dann bist du nicht bereit. Das macht nichts. Aber ich will dich heiraten. Und nicht, weil Fletch heute Abend um Emilys Hand angehalten hat. Ich –«

»Ja. Ich ziehe bei dir ein. Oder du kannst bei mir einziehen. Mir gefällt mein Haus irgendwie besser.«

»Abgemacht.«

»Danke, dass du mich nicht aufgegeben hast. Ich weiß, dass du nicht derjenige warst, der mich gefunden hat, aber es kann niemand behaupten, dass du dich nicht angestrengt hättest.«

»Verdammt richtig. Oh, und ich muss dir etwas sagen.«

»Ja?«

»Hollywood holt morgen dein neues Auto ab.«

»Coach!«

»Keine Widerrede. Es ist ein Highlander, genau wie meiner. Er ist mit GPS-Technologie ausgestattet. Wenn du einen Unfall hast, ruft das System automatisch die Polizei an. Sie kann dich per Knopfdruck ausfindig machen. Lass mich das bitte für dich tun.«

»Okay.« Harley nickte. »Ehrlich gesagt werde ich mich auch besser fühlen. Aber ich werde nicht zulassen, dass du dafür bezahlst.«

»Zu spät.«

»Nein. Auf keinen Fall.«

»Wie wäre es mit einer Wette?«

»Eine Wette? Was für eine Wette?«

»Wir spielen ein Videospiel meiner Wahl. Wenn ich gewinne, verlierst du kein Wort mehr über das Auto. Wenn du gewinnst, darfst du mir die Hälfte zurückzahlen.«

»Das ist keine Wette. Wenn ich gewinne, bezahle ich für alles.«

»Nein, entweder oder.«

»Gut.« Harley gähnte und errötete. Verdammt. Sie war immer noch so müde. »Welches Spiel?«

Coach ließ sie los und wandte sich ihren Schuhen zu. Er zog sie ihr aus und half ihr dann vorsichtig aus der

Jogginghose und dem T-Shirt. Er wickelte sie in die Decke und achtete darauf, ihren Arm nicht zu berühren. Sie drehte sich auf die unverletzte Seite und legte den Gips auf ein Kissen. Sie hörte, wie Coach sich auszog, und kuschelte sich an ihn, nachdem er hinter ihr ins Bett gekrochen war.

»*Bejeweled*.«

Harley wollte ihren Kopf zu ihm umdrehen, doch als er ihren Hinterkopf küsste, ließ sie es bleiben. »*Bejeweled*? Das ist kein echtes Videospiel.«

»Wie schade.«

»Du nervst«, grummelte Harley. »Ich hasse dieses dumme Spiel.«

»Ich weiß. Und ich habe geübt.«

»Kann ich mir vorstellen.«

Sie schwiegen eine Weile, bevor Coach ihr ins Ohr flüsterte: »Du bist alles für mich, Harley Kelso. Du hast mir Angst gemacht, doch ich fürchte mich nicht so schnell. Ich liebe dich.«

»Ich liebe dich auch, Johnny. Wenn ich diesen Gips los bin ...«

»Ja?«

»Möchte ich unser erstes Mal nachspielen.«

Sie spürte, wie Coachs Lippen sich zu einem Lächeln verzogen.

»Abgemacht. Aber irgendwie habe ich das Gefühl, dass du nicht so lange warten kannst. Morgen werden wir uns was einfallen lassen.«

»Deine Denkweise gefällt mir.« Harley konnte nicht aufhören zu grinsen. Sie hatte einfach alles. Eine großartige Karriere, einen Mann, der sie liebte, tolle Geschwister und jetzt sogar viele neue Freunde. Das Leben war schön.

»Gute Nacht, Harl.«

»Gute Nacht, Johnny. Heute Nacht haben wir schöne Träume, oder?«

»Oh ja. Von jetzt an haben wir nur noch schöne Träume.«

»Einverstanden.« Wenige Augenblicke später schlief Harley in den starken Armen ihres Mannes ein.

Harley stöhnte, als Coach sich hinter ihr bewegte. Sie kniete auf dem Bett und ihre Hände ruhten auf dem Kopfteil. Der Großteil ihres Gewichts wurde von ihren Beinen und Coachs Händen getragen. Obwohl ihr Arzt an diesem Tag bestätigt hatte, dass das Schlüsselbein und der Arm vollständig geheilt waren, traute Coach sich nicht, sie irgendwelcher Belastung auszusetzen.

»Coach, bitte, ich sterbe.«

»Willst du mich?«

»Ja!«

Kaum hatte sie das gesagt, stieß Coach hart zu. Sie bückte sich und wölbte den Rücken, damit er noch tiefer in sie eindringen konnte. Harley mochte es, wenn Coach sie von hinten nahm. In dieser Position schien er sie viel tiefer nehmen zu können als in jeder anderen. Sie stöhnte laut und wusste, dass Coach das mochte.

»Oh mein Gott, das fühlt sich wunderbar an.«

Coach glitt gemächlich aus ihr, stieß dann langsam wieder zu und ließ sich Zeit. Harley versuchte, sich gegen ihn zu drücken, doch er hielt ihr Becken fest, sodass sie nichts anderes tun konnte, als sich an sein Tempo anzupassen. Sie spürte, wie er eine Hand zu der Stelle bewegte, an der sie verbunden waren, und sanft ihre Klitoris rieb.

»Coach, ernsthaft, hör auf rumzuspielen. Bitte. Ich brauche dich.«

Er zog sich aus ihr zurück und Harley stöhnte enttäuscht. Bevor sie etwas sagen konnte, drehte er sie um und hockte sich über sie.

»Du nimmst seit sechs Wochen die Pille, oder?«

»Mhm.«

»Ich will dich ohne Kondom spüren.«

Harley schwieg. Nach all dieser Zeit hatten sie immer noch nicht ohne Kondom miteinander geschlafen. Er hatte nicht riskieren wollen, dass sie schwanger wurde, erst recht nicht, während sie sich immer noch von den Folgen des Unfalls erholte. Sie hatte mit der Pille begonnen, bevor der Unfall passiert war, doch wegen der langen Unterbrechung, während sie vermisst war und im Krankenhaus gelegen hatte, hatte er sich geweigert, die Kondome wegzulassen.

»Wirklich?«

»Ja.«

Harleys Atemzüge wurden schneller. »Ja, bitte. Ich kann es kaum erwarten, dich zu spüren.«

Coach griff nach dem Kondom, das über seinen erigierten Schwanz gerollt war, und entfernte es. Er ließ es neben dem Bett zu Boden fallen, ohne sich darum zu kümmern, wo es landete.

Harley streckte die Hand aus und streichelte ihn. Sie liebte es zu fühlen, wie hart und gleichzeitig weich er war. Ohne den Blick von ihm abzuwenden, bewegte sie die Hand zwischen ihre Beine und steckte zwei Finger in ihre Muschi, um sie reichlich mit ihrem Saft zu bedecken. Dann zog sie

sie wieder heraus und begann, seinen Schwanz zu streicheln.

»Harley«, stöhnte Coach und warf einen Moment lang den Kopf zurück.

»Ich muss dafür sorgen, dass du gut geschmiert bist, wenn wir kein Kondom benutzen.«

Ihre Worte brachten Coach zum Grinsen, doch er sagte nichts, schob nur ihre Hand von seinem Schwanz weg und beugte sich wieder über sie.

Er nahm ein Kissen und schob es ihr unters Becken, sodass es angehoben und in seine Richtung angewinkelt war. Er berührte mit seinem Schwanz ihre nassen Falten und schob ihn dazwischen, ohne jedoch in sie einzudringen, sondern nur, um ihn mit ihrem Saft zu benetzen.

»Ich weiß, dass ich das schon einmal gesagt habe, aber ich würde Himmel und Hölle in Bewegung versetzen, damit du in Sicherheit bist. Solltest du jemals wieder verschwinden, wird mich nichts davon abhalten, dich zu finden. Ich will mein Leben nicht ohne dich verbringen, Harley. Ich liebe dich. Willst du mich heiraten? Mrs. Johnny Ralston werden?«

»Ja«, antwortete sie, ohne zu zögern.

Coach drang so tief wie möglich in seine Verlobte ein.

Sie atmeten beide lustvoll aus.

»Fühlt es sich anders an?«, fragte Harley.

»Ja. Und wie.« Coach bewegte sich. »Es ist fantastisch.«

Es war offensichtlich, dass es erregend für ihn war, ohne Kondom in ihr zu sein, da er immer wieder zustieß, je länger desto härter. Ihre Brüste zuckten ruckartig mit jedem Stoß.

»Ah, ich werde es nicht lange aushalten können. Bring dich zum Höhepunkt«, befahl Coach. Er hatte sich in der Sensation des intensiven Hautkontakts verloren.

Ohne zu zögern, begann Harley, fieberhaft ihre Klitoris zu reiben. Sie war es gewohnt, vor Coach zu masturbieren, während er sie nahm.

»Harl, mein Gott. Bitte sag, dass du kurz davor bist.«

»Ich komme gleich, nur noch ein wenig ... mehr ...«

Harley spürte, wie der Orgasmus sie überkam, bemühte sich jedoch, den Augenkontakt mit Coach nicht abzubrechen. Seine Zähne waren entblößt und die Adern an seinem Hals standen in starkem Kontrast zu seiner normalerweise glatten Haut. Er knurrte und machte Geräusche, die sie noch nie von ihm gehört hatte. Dann stieß er so tief wie möglich zu und hielt dann inne.

Als er schließlich wieder zu ihr hinunterschaute, lächelte Harley ihn an und strich mit den Fingern beruhigend über seine Brust.

»Ich glaube, es gefällt dir, mich ohne Kondom zu nehmen.«

»Ich werde nie wieder eins benutzen«, sagte Coach mit ernstem Gesicht.

Harley lächelte wieder. »Ich habe nichts dagegen.«

Coach legte sich neben sie und zog sie in seine Arme. »Willst du mich wirklich heiraten?«

»Ja.«

»Wann?«

Harley zuckte mit den Schultern. »Wann immer du willst.«

»Okay. Lass uns darüber nachdenken.«

»Ich muss dich aber warnen, Montesa wird das volle Programm verlangen.«

»Verdammt«, fluchte Coach, lächelte jedoch, während er es sagte, damit sie wusste, dass er scherzte. »Die Sache ist die. Ich will dich absichern. Ich möchte, dass du alle Vorteile genießen kannst, die eine Heirat mit einem

Soldaten mit sich bringt. Was würdest du davon halten, wenn wir auf dem Standesamt heiraten? Dann könnte ich den Papierkram mit der Armee regeln und wir hätten Zeit, eine große Party zu planen.«

Harley lächelte. »Können wir es für uns behalten?«

Coach zog fragend eine Augenbraue hoch.

»Ich schäme mich nicht, mit dir verheiratet zu sein, aber ich glaube nicht, dass Montesa oder Davidson es verstehen würden, und –«

»Natürlich können wir das«, erwiderte Coach sofort und verstand, was sie meinte. »Mein Kommandant wird es wissen und vermutlich auch die Jungs, aber ich werde sie bitten, es für sich zu behalten. Ich werde nicht erlauben, dass Ghost und Fletch es Rayne und Emily erzählen. Ist das in Ordnung?«

»Ja. Das ist in Ordnung. Wärst du beleidigt, wenn ich meinen Nachnamen nicht ändern würde?« Ohne ihn zu Wort kommen zu lassen, fuhr sie fort und erklärte: »Es ist nur so, dass er mir viel bedeutet, da meine Eltern nicht mehr leben. Unsere Kinder werden Ralston heißen, aber ich bin schon so lange Harley Kelso, dass es mir komisch vorkäme, wenn ich jetzt meinen Namen ändern würde.«

Coach beugte sich zu ihr hinunter, küsste sie zärtlich und sagte: »Das macht mir nichts aus. Solange du rechtlich meine Frau bist, kannst du heißen, wie du willst.«

Sie lächelte. »Werde ich einen Ring bekommen, von dem jeder denkt, dass er ein Verlobungsring ist, der in Wirklichkeit aber ein Ehering ist?«

»Aber sicher. Den größten, den ich finden kann, damit alle wissen, dass du vergeben bist.«

Harley rollte mit den Augen. »Es ist nicht so, dass die Männer bei mir Schlange stehen, Coach. Du musst dir keine Sorgen machen. Ich liebe dich. So sehr.«

Er seufzte zufrieden und Harley stöhnte, als sein Schwanz aus ihr herausrutschte. Im nächsten Moment ließ er seine Finger zwischen ihren Beinen mit der Mischung ihrer Säfte spielen.

»Hmm, über *diesen* Teil des Verzichts auf Kondome habe ich mir noch gar nicht nachgedacht«, bemerkte sie trocken.

»Mir gefällt er. Ich hoffe, dass du das nicht abartig findest, aber ich will es sehen.«

»Was sehen?«

»Sehen, wie mein Sperma aus dir tropft.«

»Okay, ja, das ist eklig.«

Coach lächelte sie nur an.

»Warum findest du das nicht eklig?«

»Schatz, du hast keine Ahnung, was wirklich eklig ist. Bei meiner Arbeit sehe ich ständig Dinge, die eigentlich niemand sehen sollte. Als Truck Fishs Arterie zwischen den Fingern hielt, während er ihn aus der Wüste trug und er ihn vollblutete, das war eklig. Glaub mir. Das hier? Das Ergebnis unseres Vergnügens? Nein. Ganz und gar nicht.«

Harley räusperte sich zwar, gab jedoch nach. »Lass mich aufstehen. Ich will nicht auf einer nassen Stelle schlafen.«

Coach ließ seine Hand auf ihren Falten liegen. »Bleib. Nur für einen Moment.«

»Dir gefällt das.«

»Ja.«

»Also dann. Coach?«

»Ja, Harl?«

»Ich liebe dich. Danke, dass du nicht aufgehört hast, mich zu suchen.«

»Niemals. Ich liebe dich.«

Hollywood starrte auf die Einladung zum jährlichen Armeeball. Er hasste ihn. *Verabscheute ihn.* Seit er der Armee beigetreten war, hatte er an jedem dieser Bälle teilgenommen, doch jeder einzelne war eine Tortur gewesen. Dieses Jahr fand er in Austin, Texas statt. Sie hatten ein Hochhaus gemietet und der Anlass fand auf der obersten Etage statt.

Er wusste, dass er gut aussehend war, doch wenn er seine Ausgehuniform trug, schienen die Frauen den Verstand zu verlieren. Seine Teamkollegen würden mit den Augen rollen, wenn sie wüssten, wie sehr er es hasste, die ganze Zeit angemacht zu werden.

Das war einer der Gründe, warum er sich bei dieser dummen Online-Partnerbörse angemeldet hatte. Rayne hatte ihn deswegen verspottet, doch er glaubte, dass das eine der wenigen Möglichkeiten war, eine Frau kennenzulernen, die an ihm und nicht nur an seinem Äußeren interessiert war.

Er hatte auf der Webseite ein älteres Foto verwendet. Auf dem Bild angelte er mit einem der Jungs und trug Jeans und ein langärmliges Hemd. Er hatte eine Baseballmütze auf, die er tief ins Gesicht gezogen hatte. Er sah durchschnittlich aus ... zumindest fast.

Seit ein paar Wochen unterhielt er sich online mit einer Frau. Er mochte sie. Sie schien ihn auch zu mögen. Während der letzten paar Gespräche hatte er jedoch das Gefühl gehabt, dass sie ihm etwas verheimlichte. Das war dumm, natürlich tat sie das. Sie hatten sich online kennengelernt. Natürlich würde sie ihm nicht gleich all ihre Geheimnisse erzählen ... schließlich erzählte er ihr auch nichts über sich. Doch irgendwie hatte er das Gefühl, dass es mehr als nur die übliche Zurückhaltung war, die man Fremden im Internet gegenüber an den Tag legte.

Hollywood wollte sie fragen, ob sie mit ihm zum Armeeball gehen würde, wusste aber nicht, ob sie Ja sagen würde.

Ihr Name war Kassie.

Sie wohnte in Austin.

Sie war jünger als er.

Und sie hatte Angst und verheimlichte etwas vor ihm.

Es war zwar nur ein Verdacht, doch irgendwie wusste er, dass er recht hatte.

Hollywood atmete tief durch und traf eine Entscheidung. Er würde sie nie besser kennenlernen, wenn er nicht in den sauren Apfel biss und sie persönlich traf. Der Ball war der perfekte Plan. Es würden viele Leute da sein und sie würde sich wohlfühlen und sehen, dass er ein Soldat war, viele Freunde hatte und sie ihm vertrauen konnte. Es war die perfekte erste Verabredung – warum war er dann so nervös?

Kassie Anderson schaute ängstlich auf ihr Handy, das in ihrer Hand klingelte. Sie hoffte, wieder von Hollywood zu hören, hatte aber auch Angst vor dem, was er sagen würde. Sie steckte viel zu tief drin, war schwach, wusste aber auch nicht, wie sie sich wieder aus der Situation retten konnte, in der sie sich befand.

Als sie sah, dass die E-Mail nicht von Hollywood stammte, wollte Kassie das Handy ausschalten und es ignorieren, doch das konnte sie nicht. Das wusste sie. Sie öffnete die E-Mail, dessen Inhalt sie nicht überraschte.

Jacks freut sich über den Fortschritt. Zeit für den nächsten Schritt. Melde dich so schnell wie möglich.

.   .   .

Kassie hätte kotzen können.

Ihr Exfreund würde sie nie in Ruhe lassen. Niemals. Sie hatte gedacht, dass sie sich endlich entspannen konnte, nachdem er wegen Entführung und Körperverletzung verhaftet worden war. Dass sie mit ihm fertig war. Doch sie hatte sich getäuscht. Es spielte keine Rolle, dass er hinter Gittern war. Er hatte genügend Freunde, die sie im Auge behielten. Wenn sie nicht tat, was er verlangte, würde sie bezahlen.

Ihr Telefon klingelte wieder. Noch eine E-Mail.

Diesmal war es die, die sie von Hollywood erwartet hatte.

Hallo Kassie. Ich habe nicht viel Zeit und werde mich kurzfassen. Wir haben uns lange genug unterhalten, sodass ich mir inzwischen sicher bin, dich wirklich zu mögen. Du bist lustig und süß und ich würde dich gern persönlich kennenlernen. Ich will aber nicht, dass du dich bedroht fühlst. In ein paar Wochen ist ein Armeeball. Man muss sich schick machen und er findet in Austin statt. Vielleicht hast du ja Lust, dich dort mit mir zu treffen. Wir könnten herausfinden, ob wir von Angesicht zu Angesicht dieselbe Anziehungskraft haben wie online. Wenn ja, großartig, dann sehen wir weiter. Wenn nicht, kein Problem. Was sagst du?

Hollywood

Kassie las die E-Mail zweimal, ihre Augen füllten sich mit Tränen.

Hollywood hatte das, was sie mit ihm machte, nicht verdient. Das Schlimmste war, dass sie ihn wirklich mochte.

Sie konnte die Anziehungskraft zwischen ihnen spüren. Was als Racheakt ihres Exfreundes begonnen hatte, hatte sich schnell in etwas ganz anderes verwandelt.

Sie hätte am liebsten Nein gesagt. Dass sie ihn nicht mehr sehen oder mit ihm reden wollte, doch das war unmöglich. Jacks hielt alle Karten in der Hand.

Sie tippte langsam eine Antwort und hasste sich selbst mit jedem Wort mehr.

Sehr gern. Ich freue mich darauf, dich kennenzulernen.
Kassie

*

Die Hochzeit von Emily (Buch Vier) **(erhältlich ab Ende September 2019)**

BIOGRAFIE

Susan Stoker ist die New York Times, USA Today und Wall Street Journal Bestsellerautorin der Buchreihen »Badge of Honor: Texas Heroes«, »SEAL of Protection«, »Die Delta Force Heroes« und einigen mehr. Stoker ist mit einem pensionierten Unteroffizier der US-Armee verheiratet und hat in ihrem Leben schon überall in den Vereinigten Staaten gelebt – von Missouri über Kalifornien bis hin zu Colorado. Zurzeit nennt sie die Region unter dem großen Himmel von Tennessee ihr Zuhause. Sie glaubt ganz und gar an Happy Ends und hat großen Spaß daran, Geschichten zu schreiben, in denen Romantik zu Liebe wird.

Besuchen Sie Susan im Netz!
www.stokeraces.com
facebook.com/authorsusanstoker
twitter.com/Susan_Stoker
bookbub.com/authors/susan-stoker

instagram.com/authorsusanstoker
Email: Susan@StokerAces.com

9 781644 990094